LASSANA TOURE

TOTEMS
TOME 1 : BEZIA FACE À SON DESTIN

TOTEMS

TOME 1 : Bezia face à son destin

By Lassana Toure

Copyright 2012 Lassana Toure

ISBN: 978-2-9542750-0-0

Dépôt légal: Avril 2012

Table des matières

On dit que raconter à quelqu'un l'histoire de sa vie, c'est lui faire un don. Cette histoire n'est pas l'histoire de ma vie, mais elle provient d'une partie de moi qui est plus unique que mon empreinte digitale : il s'agit de mon imagination.

Vous donner l'accès aux fruits de mon imagination est un don que je vous fais. En retour, c'est un honneur que vous me faites en me lisant et je suis profondément touché par ce présent.

C'est cet échange qui nourrit ma passion pour l'écriture, sachez que c'est vous qui maintenez la flamme allumée et je vous en remercie.

--LASSANA TOURE

PROLOGUE

Tout a commencé il y a de cela un siècle et demi dans un village perdu quelque part en Afrique du nom d'Olubumi avec la naissance d'une petite fille, elle se nommait Wandja. Née d'un père berger et d'une mère sorcière, Wandja commença la première étape de sa vie avec son père dans une magnifique ferme à la sortie du village.

Depuis sa plus tendre enfance, elle assistait quasiment tous les jours à l'exécution de beaucoup d'animaux que son père capturait dans la jungle, les engraissait avant de les céder aux plus offrants.

Marre du caractère abusif de ses semblables envers ces animaux avec lesquels il lui arrivait de tisser des liens forts, Wandja alla vivre avec sa mère dans une grotte située aux portes de la savane.

Depuis, plusieurs années s'écoulèrent, et la petite fille qu'elle était devint une grande sorcière, pour ne pas dire la plus grande sorcière du village. Même après tant d'années écoulées, le souvenir des animaux qu'elle avait vu se faire massacrer continuait à hanter son esprit. À défaut de pouvoir changer la fameuse chaine alimentaire, elle y trouva une alternative.

À Olubumi la population était divisée en plusieurs clans. Wandja lança un sort au leader de chaque clan en le désignant comme serviteur et fervent défenseur d'un animal bien précis qu'il nommera son « TOTEM ».

Ce sort interdira aux élus, non seulement de tuer leurs totems mais l'interdiction s'étendait sur tous leurs clans. Bien sûr les quelques Hommes choisis, avides de pouvoir comme ils l'étaient, accueillirent leurs sorts à bras ouverts car ils leur conféraient non seulement le pouvoir d'avoir la force surnaturelle de leurs totems mais aussi de se transformer en une forme démoniaque de cet animal. C'est ainsi que les élus formèrent un conseil dans lequel, chaque leader peu importe son rang ou sa force participait aux décisions concernant la jungle et plaidait la cause de son totem.

Cela marcha un moment jusqu'à ce que l'on remarque que toutes les décisions étaient fortement influencées par celles du plus fort. Décidément cette loi divine (loi de la jungle) existait toujours. De ce fait, on ne pouvait pas vraiment parler d'égalité, par conséquent quelques esprits malins arrivèrent à la conclusion que : le blanc à force d'être extrêmement sali devenait noir, que la notion de bien et mal était relative, que le pauvre à force de travail pouvait devenir riche et inversement, que le faible à force d'entrainement devenait fort. En d'autres termes que rien n'était irréversible.

Ceci dit, le lièvre n'avait toujours aucune chance de battre le lion avec cette théorie mais le crocodile, la panthère et les hyènes avaient bien compris le sens de cette philosophie.

Ainsi les plus forts, c'est-à-dire les prédateurs qui étaient au sommet de la chaine alimentaire ne craignant rien des autres prédateurs, convoitaient le titre du roi et essayaient de se détruire pendant que les plus faibles se cachèrent assez pour ne jamais susciter leur colère. Voici pourquoi beaucoup de familles se turent à jamais.

La légende dit que le sort lancé aux Hommes serait rompu si l'une des races dominantes venait à s'éteindre car l'équilibre serait rompu, ce qui soulagerait les générations futures de ce lourd fardeau.

C'est ainsi que fut instaurée la notion de totem chez les habitants d'Olubumi.

De nombreuses générations plus tard, Olubumi perdu dans l'immense forêt Chakanaka devint un village des plus ordinaires. Les totems avaient toujours une grande importance dans la région, mais uniquement en qualité de croyances. Les histoires sur les Hommes pouvant se transformer en monstres n'étaient désormais plus que des légendes racontées aux enfants par les griots.

Les totems se présentaient sous forme animale ou sculpture vénérée l'une autant que l'autre par les différents clans.

Jusque-là, la vie dans cette communauté avait toujours été paisible et épanouie, on ne pouvait pas vraiment dire que les habitants manquaient de chose à faire dans le village. Les jeunes avaient tendance à associer plaisir et travail, l'argent n'était pas ce qu'il y avait de plus important. Les activités professionnelles étaient établies en fonction des tribus, qui, elles étaient conçues en fonction de la même croyance pour un totem bien précis. D'une certaine manière les totems définissaient les divisions sociales.

Les forgerons, les cultivateurs, les menuisiers, les griots, les couturiers, les chasseurs, ils avaient tous que faire de leurs journées car leurs vies tournaient autour de leurs activités professionnelles et ils prenaient du plaisir à les exercer.

Malgré le fait que le village soit situé au milieu d'une grande forêt, les animaux, qu'ils soient féroces ou non, ne s'y aventuraient pas souvent car l'être humain restait l'espèce la plus redoutée de toutes, ce qui est encore une des innombrables raisons pour lesquelles on dit que l'Homme a été créé à l'image de Dieu.

CHAPITRE 1 : Perte

Dans le village vivait un jeune homme du nom de Bezia. Membre à part entière de la tribu des crocodiles, il était un chasseur digne de la réputation de son totem. Bezia connaissait les moindres recoins d'Olubumi car ce village l'avait vu naitre et grandir. Il y habitait avec sa grand-mère qui était l'objet de toute son attention.

Ce jour-là ne s'annonçait en rien être différent des autres, hormis qu'il avait décidé de ne pas emprunter le chemin des bois comme à son habitude pour rentrer chez lui. Pour une fois il avait décidé de traverser le village.

Il rentrait d'une séance de chasse qui s'était révélée glorieuse. Il entretenait une relation privilégiée avec les animaux derrière lesquels, il passait ses journées à courir et qui, la plupart du temps finissaient ensuite dans son assiette pour le diner. Bezia est né avec un don, celui de percevoir les émotions des êtres vivants rien qu'en croisant leurs regards. De ce fait, il préférait la compagnie des animaux car ni aucun voile, ni aucun filtre ne diluait la puissance de leurs émotions, contrairement aux humains qui luttaient sans cesse pour combattre leur propre nature, soit par désir de plaire aux autres ou pour ne pas trahir un code de conduite qui leur a été imposé par la société.

Durant tout son trajet jusqu'à sa demeure, il tentait désespérément de donner un sens au regard de ses congénères. Le regardaient-ils à cause de sa grande taille ? Ses cheveux si crépus qu'ils formaient des boules à la manière de crottes de chèvres ? Ou étais-ce simplement à cause de cette gazelle qu'il portait sur ses épaules ? Dans tous les cas, c'était un casse-tête de résoudre l'énigme qu'était l'œil humain.

Cependant, il ne pouvait pas leurs en vouloir à lorgner sur lui. Il avait tout pour attirer les regards : sa grande taille qui faisait certainement de lui le garçon le plus grand du village, sa musculature si bien proportionnée qu'elle donnait l'impression d'avoir été sculptée, et sa silhouette élancée qui lui donnait une allure princière, même s'il était battit comme un esclave.

Après les quelques minutes interminables qu'il prit pour traverser Olubumi, Bezia arriva enfin devant sa grande case construite par son arrière-grand-père. Chaque fois qu'il la voyait, il ressentait l'incroyable bonne sensation de « rentrer chez soi ». Il savait que dès qu'il franchira la porte, il oubliera à quel point le monde extérieur pouvait être stressant.

Il était sur le point de laisser devant l'entrée de sa case le gibier qu'il avait chassé quand retentit une voix.

— Bonjour Bezia ! lui criât sa voisine Sanou, assise devant sa maison certainement pour surveiller les moindres faits et gestes de tous les passants.

— Bonjour Sanou.

Surpris par cette salutation soudaine et si peu habituelle, sa réponse fut brève et immédiate. Si c'était bien connu que le principal divertissement de bon nombre de gens était de se renseigner sur la vie de leurs voisins, Sanou était à un tout autre stade. La principale source à laquelle elle puisait tout son amour pour la vie était le commérage. Elle avait comme activité principale de se renseigner sur la vie de tout le monde, pour ensuite en faire des potins.

Sanou n'épargnait personne et pouvait même inventer des histoires sur quelqu'un quand elle était en manque d'exclusivité.

Son long cou lui permettait d'avoir le meilleur angle de vue, ses grands yeux ronds rendaient sa vue optimale, et ses oreilles décollées et pointues ne rataient pas la moindre petite information. Toute sa morphologie était finement taillée pour faire d'elle la meilleure dans son domaine : le commérage.

Bezia ne traina pas les pieds. Il savait que si Sanou l'avait salué c'était certainement parce qu'elle avait des vues sur l'animal qu'il avait chassé, il savait également que son nom sera sali si elle avait le temps de lui demander une partie sans l'obtenir. Ses mains n'étant pas libres, il infligea un coup d'épaule à la porte et fit par la même occasion une entrée brutale dans la maison.

Dans sa précipitation il renversa « Bamba », une statue haute comme un gamin de quatre ans, qui ressemblait tout autant à un humain qu'a un crocodile. Bamba était le totem de sa grand-mère. Elle le vénérait comme si c'était son Dieu, Bezia quant à lui avait toujours été convaincu que Dieu était beaucoup plus grand et qu'une statue ne pouvait en aucun cas être à l'origine de ce grand monde.

Sachant qu'il était le seul dans la maison qui resterait insensible à la vue de Bamba par terre, il déposa l'animal sur le sol puis s'empressa de redresser le totem avant que son aïeule ne s'en aperçoive. Heureusement pour lui que cette vieille dame passait son temps à ronfler.

Dans sa précipitation, contrairement à ses habitudes il n'avait pas pris le temps de savourer pleinement l'effet que lui procurait sa petite case, il décida d'y remédier aussitôt.

La case étincelait de propreté. Zaza du haut de ses soixante dix ans était très organisée, limite maniaque. À cause de ses nombreuses heures de sommeil on pouvait la croire paresseuse, mais elle ne faisait jamais sa sieste avant d'avoir passé un coup de chiffon sur tout ce qu'elle pouvait atteindre dans la maison. L'agréable parfum de thé à la menthe qui s'échappait de la bouilloire et la fraicheur de l'ombre des arbres sur la maison créaient l'environnement idéal pour tous les paresseux fans de sommeil. Bezia contempla Zaza se balancer dans son hamac. S'il était content qu'elle ait une retraite aussi paisible, cela le chagrinait fortement qu'elle n'attende plus rien de la vie. Il eut envie d'aller la secouer, lui verser de l'eau froide sur le visage

14

ou encore couper la corde du hamac pour qu'elle daigne se lever et profiter du bel après-midi et par la même occasion de la vie, mais il n'en fit rien. Il se contenta de soupirer tout en pensant :

— J'espère que je ne serais pas aussi paresseux quand j'atteindrais ton âge.

Le bruit de ses ronflements s'estompa aussitôt.

— Avoir les yeux fermés ne signifie pas forcément que je suis endormie. Lança-t-elle tout en se balançant dans son hamac pour donner plus de crédibilité à sa théorie.

— J'imagine que ronfler ne veut pas non plus dire que tu dors ! Rétorqua Bezia étonné qu'elle l'ait entendu, il avait pensé à haute voix.

Démasquée, elle s'esclaffa, ne pouvant faire autrement. Elle avait cette habitude de nier son état de sommeil permanent car elle avait honte d'admettre qu'elle passait plus de temps dans les nuages que sur terre.

— Je rêvais que j'étais une belle jeune fille. Renchérit-elle en levant ses yeux au plafond d'un air mélancolique.

— Il n'y a nul doute que tu sois la plus belle fille que je connaisse, mais les jeunes filles ne passent pas leurs temps à dormir. Elles préfèrent se faire belle, passer du temps avec leurs ami(e)s. Toi, ça fait un moment que tu as renoncé à tout ça ! On ne cesse de vivre que le jour où on rend l'âme. Expliqua Bezia dans l'espoir de la faire réagir.

Après quelques instants de non-réponse, le jeune chasseur culpabilisa de troubler le moment de calme que savourait sa grand-mère avant qu'il ne rentre. De peur qu'elle interprète mal le message qu'il voulait lui faire passer, il décida de lâcher l'affaire. Il alla chercher une petite tasse dans laquelle il versa un peu thé encore chaud qu'il porta à sa grand-mère.

— Dans ce cas, la belle jeune fille que je suis, voudrait que tu lui masses les pieds. Dit-elle après avoir bu une gorgée de sa boisson préférée.

Un sourire fendit les lèvres de Bezia, réconforté par l'effet de son message.

— Tu pourrais attendre que j'aie le temps de souffler, surtout après un résultat aussi glorieux à la chasse ! Profita-t-il pour lui mettre la puce à l'oreille, ou plutôt l'eau à la bouche.

Même si Bezia avait un caractère sauvage bien trempé, il était doux comme un agneau avec sa grand-mère qui était sa seule famille depuis toujours. Il n'avait jamais connu l'identité de ses parents et s'était contenté de ce que Zaza lui avait raconté sur leurs disparitions. Ce n'est qu'à ce moment qu'il se rendit compte que l'animal mort gisant sur le sol se vidait de son sang, salissant ainsi le sol que Zaza avait déjà nettoyé. Décidément il était bien parti pour l'embêter.

16

Pour éviter des réprimandes, d'un tour de bras habile il reprit la gazelle sur ses épaules puis alla la poser dehors sur le pas de la porte en attendant de la dépecer. Son regard croisa celui de Sanou, cette dernière lui adressa un sourire mendiant en retour. Bezia feignit l'indifférence et retourna aussitôt dans sa case. L'animal n'étant plus en position de salir, il prit une éponge et s'appliqua à frotter le sol pour faire partir la tache de sang.

— Quand t'auras fini ce que t'es en train de faire, sache que j'attends toujours mon massage.

— Je n'ai pas oublié. Souffla-t-il pour manifester sa frustration d'être pressé.

— En mon temps les hommes arrivaient à chasser, cultiver, forger et s'occuper de leurs femmes tout ça pendant la même journée ! Rajouta-t-elle sans tenir compte des ressentiments de Bezia.

Zaza reposa lentement sa tête sur son hamac en cherchant une position plus confortable. Le gargouillement de son ventre trahit la joie qu'elle avait ressentie après avoir vu les couleurs de son diner.

— Il faut croire que le monde s'améliore au fil du temps Zaza, les hommes n'ont pas que ça à faire de nos jours.

— Et si t'arrêtais de me fatiguer et de t'occuper un peu de mes vieux pieds tout fatigués. Insista-t-elle

— C'est comme si c'était fait, donne-moi juste le temps de préparer ta lotion de massage.

Bezia s'attela à fouiller au fond d'un vase pour trouver des plantes aux effets relaxants qu'il avait cueilli quelques jours auparavant lors d'une de ses séances de chasses avec son ami d'enfance Yedei. En glissant ses mains sous un tas de récipients, il put enfin récupérer une petite tasse fabriquée par ses soins avec une noix de coco, puis y mit dedans les plantes.

Ses mains n'étant pas assez fines pour atteindre le fond du bocal, il se creusa la tête pour penser à un objet qui pourrait les écraser efficacement. Ce fut un vrai casse-tête avant de se rendre compte qu'il pouvait le faire avec la base de son couteau de chasse. Son regard se perdit au loin et son esprit s'égara un peu, il repensa à la fois où il avait mis toute une journée à fabriquer un lavabo en bois dans lequel il laissera tremper la vaisselle sale, sans pourtant se dire que le bois pourrirait à force de contenir de l'eau de manière permanente.

Bezia avait une forme d'intelligence particulière qui lui valait souvent le statut du garçon pas très futé. Il lui arrivait d'avoir des idées dignes des plus grands sages, mais trouvait difficilement des solutions pour les petits problèmes du quotidien. Ce qui avait d'ailleurs inspiré Yedei à mettre au point plusieurs vannes spécialement pour lui dont les plus insultantes étaient « quand on dit à un abruti qu'une bataille aura lieu demain, il dormira les poings fermés » et « dans une pièce de théâtre un mouton ne pourra jamais jouer le rôle du lièvre » ce qui était sa manière à lui d'insinuer que Bezia était toujours partant pour tout ce qui relevait de la force mais qu'il ne fallait jamais compter sur lui pour un avis intelligent, et que quand on est bête, on ne peut pas simuler le contraire. Un avis qui n'était pas partagé par tout le monde car il était arrivé à Bezia plus d'une fois qu'on lui reproche d'avoir la sagesse d'un vieux. Cela était certainement dû au fait qu'il habitait avec une vieille (tu parles d'une évidence). Il fut arraché à ses pensées quand Zaza se plaignit après l'avoir entendu rire à haute voix.

— N'oublie pas que quelqu'un attend toujours son massage.

— Oui Zaza j'y suis presque. Répondit-il sèchement

— *Comme si ce n'était pas assez suffisant que je lui masse le pied, il fallait en plus qu'elle me mette la pression pour que j'aille plus vite.* Pensa-t-il avant de se précipiter auprès de son aïeule.

Hélas cela avait aussi ses inconvénients de vivre avec une vieille. Elle s'inquiétait toujours pour tout et s'impatientait très rapidement alors qu'il fut un temps où elle était reconnue pour sa patience extraordinaire.

— Ce ne serait pas trop te demander de m'appeler grand-mère en ma présence ? qu'est-ce qu'ils peuvent être insolent les enfants de nos jours ! Soupira-t-elle.

— Tu pourrais arrêter de te plaindre deux secondes ? je fais de mon mieux.

Bezia se remit alors à écraser la plante au fond de la calebasse jusqu'à ce qu'il remarque une formation d'huile. Puis il revint à côté de sa grand-mère, qui, couchée dans son hamac, attendait impatiemment que sa requête soit exaucée. Cela devait être relaxant de pouvoir compter sur quelqu'un pour répondre à ses caprices, mais il se devait de faire cela pour elle car il lui devait tant. Bezia essayait de profiter des moments comme celui-là pour s'assagir car il écoutait les aventures et les histoires de Zaza, c'était pour lui une forme d'enseignement.

Il plongea ses doigts dans le bocal histoire de recueillir un peu de lotion qu'il étala ensuite sur l'ensemble de ses grandes mains avant de saisir le pied gauche de Zaza. Il massa délicatement de son talon vers ses orteils et répéta ce geste, encore et encore en prenant le soin de terminer avec un orteil différent à chaque passage. Il faisait souvent exprès d'exercer et de varier l'intensité des pressions de ses pouces pour la chatouiller. Il régnait un silence dans la pièce pendant qu'elle savourait pleinement son massage.

— Bezia ? Brisa-t-elle le silence.

— Oui grand-mère ?

— Peu importe ce qui se passe et même quand je ne serais plus là pour y veiller, essaie de rester qui tu es ! Dit-elle tristement.

— Pas besoin de faire la mourante pour que je te masse encore plus longtemps. Plaisanta Bezia pour éviter l'ambiance morose qu'elle voulut installer.

— Non je suis sérieuse.

Son air sérieux et fataliste finit par attirer toute l'attention de son petit-fils.

— Je pense que tu seras encore là assez longtemps pour me maintenir sur le droit chemin. Pourquoi parles-tu comme quelqu'un qui allait mourir ?

Zaza ne répondit pas à la question et referma ses yeux aussitôt. Sur le coup Bezia se demanda, qu'est-ce qui pouvait être aussi fort que de vivre un instant comme celui-là avec une personne aussi chère ? Ils n'avaient aucune dette envers personne, ils mangeaient à leurs faims, même s'ils n'étaient pas spécialement riches, Zaza et lui savaient qu'ils étaient tout l'un pour l'autre.

— Zaza, je serais toujours là pour toi. Arrête d'anticiper la mort comme ça, ça me tracasse.

Avec ces mots surgirent beaucoup de sentiments. Dans son délire de femme pitoyable elle avait réussi à le pousser à réaliser qu'un jour elle ne sera plus là, et qu'il devait profiter pleinement de tous les moments passés avec elle. Il laissa le pied gauche pour alors masser le droit. Il prit un instant pour regarder son visage, dans l'esprit de déceler une quelconque expression qui trahirait son semblant d'insensibilité à ses talents de masseur.

En l'observant, Bezia se rendit compte qu'il ne la regardait pas souvent très attentivement. Cette manie des Hommes de souvent passer devant des merveilles sans pour autant s'attarder dessus. Avec ses longs cheveux gris et noirs elle s'était fait deux grandes nattes qui lui tombaient sur les clavicules. Son visage quant à lui était long et fin, ses lèvres étaient étonnamment bien dessinées, ça se voyait qu'elle avait été très belle dans sa jeunesse. Les rides sur ses joues renseignaient sur tous les évènements qui l'avaient fait sourire, ceux de son front parlaient des scènes qui l'avaient tracassé, toutes ses rides témoignaient de ses expériences dans la vie, ce qui lui donnait un charme sans égal. Du côté de sa tempe, entre ses yeux et ses oreilles pointues on pouvait encore voir deux petites balafres, qui étaient le signe d'appartenance à leur ethnie, toutes les ethnies avaient leurs symboles. Bezia ne s'était jamais posé la question de pourquoi lui n'en avait pas. Il s'arrêta un moment de masser et lui demanda :

— Pourquoi n'ai-je pas les petites balafres sur la tempe comme toi ?

— Continue de masser ! lui rappela-t-elle tout en ignorant la question.

Ce petit détail n'avait-il pas d'importance pour elle ?

— Ah oui désolé.

Un silence régna dans la pièce pendant quelques instants. Si Bezia avait l'air d'être complètement absorbé par sa tâche, Zaza quant à elle était pensive.

— Bezia ?

— Te sens tu obligée de prononcer mon nom chaque fois que tu veux me dire quelque chose ?

— Quand j'étais plus jeune j'ai vécu des moments extraordinaires avec ton grand-père. Poursuivit-elle, faisant mine d'ignorer les ricanements de son petit-fils.

— Voilà qui est intéressant, raconte-moi !

— Au début, je n'étais pas vraiment sûre de l'aimer. Tu sais que dans nos coutumes on n'a pas le droit de se marier avec quelqu'un qui n'est pas de notre clan.

— Il faudra penser à m'expliquer pourquoi d'ailleurs. Yedei m'a expliqué que rien n'empêchait deux personnes d'être ensemble, sauf bien sûr s'ils sont frères et sœurs. Et à ce que je sache vous …

— Je vois que ce bon vieux Yedei continue à vouloir refaire le monde à sa manière. Des fois je me demande s'il te rend plus intelligent ou si c'est plutôt le contraire.

— Je me le demande aussi des fois. Continue ton histoire !

Zaza se racla la gorge deux fois, avala sa salive et fit une grimace comme si elle effectuait un rituel pour se rappeler d'où est-ce qu'elle en était dans son récit.

— Mes parents et ceux de ton grand-père se sont arrangés pour nous fiancer sans qu'on n'ait jamais eu l'occasion de se voir.

— Jamais ?

— Pas une seule fois.

— …

— Cette décision ne me plaisait pas du tout. Tu sais ? À un moment ou à un autre, on essaye tous de suivre les tendances de notre époque. Moi je rêvais de l'homme idéal (dit elle tout en faisant semblant de ne pas remarquer le ricanement moqueur de Bezia). Un homme que j'aurais rencontré par moi-même et que j'aurais aimé parce que je l'aurais choisi et non parce qu'on me l'aura imposé. À cette époque, j'en connaissais un qui avait tout pour plaire et qui connaissait tout de moi. Il arrivait à deviner ce que j'avais dans la tête avant même que je ne pense à le dire. Cependant il y avait un problème, nous ne venions pas du même clan, par conséquent nous ne vénérions pas le même totem. Ma mère avait ténu à ce que je rencontre au moins une seule fois ton grand-père avant de jouer à la jeune fille rebelle. C'est ainsi qu'ils organisèrent un rendez-vous. Un soir on s'est retrouvé au bord du lac où on a discuté pendant longtemps. Cet amour n'était pas compliqué et ne faisait pas mal.

— Il était beau ? l'interrompit-il.

— Il n'était pas le plus beau, il n'était pas un de ces garçons qui attiraient toutes les filles mais il avait une fière allure, exactement comme toi. Quand il me regardait je voyais dans ses yeux tout ce que j'avais toujours voulu. Au bout d'un moment, je n'ai plus du tout hésité en ce qui nous concernait et jusqu'à aujourd'hui je n'ai pas regretté un seul instant d'avoir croisé son chemin.

Bezia la regarda pendant qu'elle lui racontait son histoire, et est même allé jusqu'à trouver cela émouvant. Ses sourcils gris tombaient, ses yeux se mouillèrent, la nostalgie qui s'affichait sur son visage était si sincère que ça lui ficha la frousse.

— *Est-ce donc cela l'amour ? J'espère ne jamais être aussi accro un jour !* Pensa-t-il.

— Tu ne devrais pas te souhaiter malheur à toi-même.

— Tu m'as entendu ?

— Tu m'aurais cassé les oreilles si tu avais parlé plus fort.

— Désolé, j'ai encore pensé un peu trop fort.

— Ne nous éloignons pas de notre sujet.

— Où veux-tu en venir grand-mère ?

— Pour t'éviter d'avoir à faire un choix de la sorte, je voudrais m'assurer que la première fille que tu vas aimer soit aussi une fille que tu peux aimer.

— C'est-à-dire ?

— Depuis un bon moment déjà j'observe une fille que je trouve parfaite pour toi.

— Yedei dit que la perfection n'existe que chez…

— Oublie un peu ce que Yedei te raconte, il… le coupa-t-elle avant d'être coupée à son tour.

— Grand-mère, je suis loin de penser au mariage encore, il me faudra d'abord trouver une première copine, ce qui ne sera pas très évident. En plus, vu que je n'arrive pas à bien cerner le regard des filles, je ne sais jamais ce qu'elles pensent de moi.

— C'est de moi que tu as hérité cette faculté de ne pas te faire tromper par les gens, tu ne maitrises pas encore totalement ce don mais moi j'ai vu dans ses yeux que cette fille serait prête à tout pour toi.

— Elle a un nom la fille dont tu me parles ?

— Il s'agit de Maïssa ! Ne m'en veux pas mais j'ai déjà fais part de mes intentions à ses parents.

— C'est que tu ne dois pas avoir peur du ridicule si t'as osé proposer un garçon comme moi à une famille comme la sienne. Ils doivent penser que je suis un animal.

— Moi quand je te regarde, je vois un grand homme noir et fort qui a dans ses mains la force d'un esclave. Tu sais combien de filles seraient prêtes à s'acheter un esclave de ton rang ? S'esclaffa-t-elle.

— Très drôle !

— Rien ne t'oblige à te lier à ma promesse, je voulais juste que tu saches ce que je souhaite pour toi.

— Bon sang, que vous deviez être bizarre en votre temps.

Pendant ce temps, Sanou assise devant sa case n'avait d'yeux que pour la gazelle de Bezia. Elle s'imaginait en train de griller le magnifique gibier qui ornait la devanture de ses voisins.

La faim tiraillait ses entrailles et un puissant gargouillement s'échappa de son estomac. Elle avala sa salive à trois reprises avant de se lever pour aller chercher un couteau dans sa case. Légèrement recourbée, elle marchait sur les pointes de ses pieds comme la plus qualifiée des voleuses pour ne pas faire le moindre petit bruit. À quelques centimètres de l'antilope :

— *Si je coupe une jambe, il en restera quand même assez pour les nourrir*, Pensa-t-elle.

Puis avant de couper une jambe de l'animal, sa gourmandise monta.

— *Si au lieu d'une jambe, j'en prenais deux plutôt. Mais avant de couper deux jambes, il faut bien commencer par une.* Se rappela-t-elle. *Mais si je coupe la gazelle en deux, il en restera quand même toujours assez pour eux. Je suis sure que Zaza ne mange plus beaucoup et Bezia malgré sa grande taille ne doit pas être capable de manger la moitié d'une gazelle à lui tout seul.*

Sanou perdu dans sa gourmandise laissa tomber maladroitement le couteau par terre. Un bruit qui fut clairement entendu par Bezia et Zaza.

— Qu'est-ce que ça peut bien être ? Demanda Bezia.

— Vas voir et tu seras fixé !

Sanou ayant fait du bruit, s'était empressé de cacher le couteau au niveau de sa ceinture. Quelques secondes s'étant écoulées depuis le bruit lâché, elle soupira à l'idée que personne ne l'avait entendu quand brusquement Bezia ouvrit la porte.

— Ah Sanou, qu'est-ce que tu fais là ? S'étonna-t-il.

— Ré-bonjour Bezia. Lui fit-elle remarquer qu'ils s'étaient vus un peu plus tôt. Cependant elle tendit sa main pour serrer celle de Bezia.

— Désolé, j'ai les mains un peu sales.

Son refus de lui serrer la main n'eut guère l'air de l'avoir vexé, néanmoins même s'il ne se préoccupait pas trop de ce que les gens racontaient sur lui, Bezia ne voulait pas qu'elle pense qu'il lui réservait un mauvais accueil à cause de sa réputation de commère. Cela pouvait avoir des conséquences énormes sur sa réputation, ce dont il se passerait volontiers. Ne comprenant pas les raisons de sa visite, Bezia resta donc à la porte en attendant qu'elle le lui dise car, c'était bien la première fois qu'il la voyait chez eux, même si elle fût leur voisine la plus proche.

— Tu ne devrais pas être encore à la chasse ?

— Comme tu vois ce n'est pas le cas. Qu'est-ce que je peux faire pour toi ?

— Zaza est là ?

— Oui, tu peux entrer. Répondit Zaza depuis son hamac.

— Pourquoi es-tu couchée ? j'espère que tu vas bien. S'enquit-elle de la santé de Zaza.

— Je vais très bien Sanou et toi-même ?

— Je me demandais si tu ne pourrais pas me dépanner avec deux ou trois oignons, je n'ai pas eu le temps d'aller en chercher.

— Bien sur. Bezia, donne-lui quelques oignons !

Pendant que le jeune homme s'exécutait, sa chère voisine se mit à lui faire la conversation.

— J'ai vu la belle gazelle que tu as chassée aujourd'hui. Je vois que tu deviens de plus en plus un grand chasseur.

— Il faut croire que oui. Dit-il brièvement.

— J'ai toujours voulu savoir ce que ça faisait d'être la voisine d'un grand chasseur. J'imaginais la situation plus avantageuse qu'elle ne l'est en réalité.

Simultanément Zaza et son petit-fils la fusillèrent du regard.

— Ne me regardez pas comme ça voyons, c'était de l'humour.

— Je me disais bien. Commenta Bezia de plus en plus agacé par la visite.

Voilà donc les raisons de sa visite! Pensa Bezia jusqu'alors resté perplexe sur les raisons de sa présence. C'était logique, elle avait certainement dû voir la bête morte devant la porte, c'était à coup sûr ce qui l'avait attiré.

Cela l'irritait profondément que sa voisine profite souvent de son absence pour abuser de la gentillesse de sa grand-mère. Cependant, il en voulait plus à Zaza de céder qu'a Sanou de demander.

Sanou récupéra les deux oignons que le jeune homme lui avait ramenés, fit quelques remerciements avant de tourner les talons. Arrivée sur le seuil de la porte :

— Maintenant que j'y pense …

— Quoi encore ? Gronda Bezia.

Sanou ne le regarda pas pour lui faire comprendre que ce n'était pas à lui qu'elle s'adressait.

— Zaza maintenant que j'y pense, aujourd'hui c'est le jour du « Sigui niongon ya » (un jour où les forts totems doivent faire une offrande à leurs voisins ayant un totem plus faible en compensation de leur domination).

— Comme par hasard ! Ronchonna Bezia.

— Que veux-tu Sanou, en ce jour bien spécial ? Demanda Zaza.

Sanou savait que Zaza était très respectueuse de coutumes, elle pouvait demander tout ce qu'elle voulait, dans la limite du possible, sa voisine n'hésiterait pas à le lui céder.

Une jambe de la belle gazelle devant la porte serait un excellent cadeau.

— Tant qu'à faire, pourquoi ne pas lui donner tout le gibier. Il faut respecter les coutumes jusqu'au bout. Lança Bezia qui avait de plus en plus de mal à cacher son exaspération.

— C'est une excellente idée. Opina Sanou. Finalement je suis contente d'avoir un voisin chasseur. Si tu avais été un pécheur, je n'aurais certainement pas eu cette bonne viande aujourd'hui. (*Son totem étant le poisson, elle n'avait pas le droit d'en manger*).

— Je suis sûre qu'une jambe lui suffira ! Décréta Zaza.

— Donner c'est donner et reprendre c'est voler comme on dit ! Répliqua aussitôt Sanou.

L'expression sereine que Zaza arborait sur son visage s'effaça soudainement. Sanou, ayant eu plus que ce qu'elle était venue chercher, ne traina pas le pas, elle avait sans doute peur d'un éventuel changement d'avis. À peine après que Sanou ait claqué la porte derrière elle, la vieille commença à exprimer son ressentiment.

— Pourquoi as-tu donné toute notre viande ?

— Je pensais que tu n'en voulais pas.

— Arrête de te payer ma tête Bezia.

— J'admets que j'ai fait ça pour t'embêter, mais tu avais tellement l'air de compatir à sa situation ! Grimaça-t-il.

— Mais parce que à chaque fois que tu n'es pas là, elle fait semblant de manquer de certaines choses chez elle, aujourd'hui c'était des oignons, demain ce sera du sel, puis du poivre ainsi de suite.

— Justement si j'ai fait ça, c'est pour te faire comprendre qu'elle ne se demandera pas comment tu t'en sors du moment qu'elle a ce qu'elle veut.

Etant donné que dans le village les gens savaient qu'ils pouvaient compter les uns sur les autres pour se dépanner dans ce genre de situation, Sanou ne se gênait pas pour s'approvisionner chez Zaza.

— Je me demande bien ce qu'on va pouvoir manger ce soir.

— Tu n'as pas à t'inquiéter pour ça ZAZ… grand-mère je retourne de suite t'attraper quelque chose qui en vaut vraiment la peine.

Bezia trouva un prétexte pour fuir assez vite avant qu'elle ne recommence à reparler de Maïssa. Il était tellement béat face à sa grand-mère, qu'il aurait fini par lui faire une promesse.

— Tu reviens de la chasse, et t'y retourne déjà ?

— Tu as toi-même dis que les hommes pouvaient faire une activité plusieurs fois dans la même journée.

— T'as bien confiance en toi pour penser que, t'auras encore assez de chance pour en attraper un autre ou est-ce que tes talents de chasseur se seraient développés sans que je ne m'en rende compte.

— Dors moins souvent et peut-être que tu verras l'évolution.

— Petit insolent ! Fait attention à toi Bezia.

En regardant son petit-fils sortir, elle ressentit l'envie de le prendre dans ses bras, de lui dire qu'elle l'aimait mais à son époque, les gens avaient un certain complexe à exprimer leurs sentiments. Zaza était de la vieille école.

— Peu importe ce qui se présente à toi comme situation difficile, ne dissocie jamais ton cœur de ta raison, ne laisse pas tes démons réfléchir à ta place.

— J'y penserais.

Au moment où Bezia tourna le dos à Zaza et s'apprêtait à franchir le seuil de la porte, son cœur se mit brusquement à battre très fort, sa gorge se noua et il sentit une sueur froide couler sur son dos. Il ne put s'empêcher de se retourner et de lancer un coup d'œil à sa grand-mère. Celle-ci se portait comme un charme et dès qu'il croisa son regard, sa mamie lui fit un sourire qui effaça instantanément le sentiment qu'il venait d'avoir. C'est ainsi que Bezia s'en alla retrouver son ami afin d'aller créer une frayeur dans le cœur d'un animal.

***

À des kilomètres plus loin, un jeune homme du nom d'Acyl courait pieds nus dans la savane. Le sol, brulant sous l'effet du soleil, ne faisait pas plus d'effet à ses pieds qu'un sol à température normale. Si Bezia avait le don de percevoir les sentiments de tous les animaux y compris les Hommes, Acyl quant à lui, avait celui de les faire frémir rien qu'en croisant leurs regards. Il avait eu ce don de son grand-père avec qui il vivait dans une petite case en pleine savane sans craindre de se faire attaquer.

Membre de la tribu des panthères, Acyl était très certainement le plus grand chasseur de son époque, même Bezia ne faisait pas le poids. Il était un garçon solitaire. À part son grand-père Itaï, ses seules fréquentations étaient les panthères, car elles seules étaient épargnées par son don. Tous les autres animaux, même les plus redoutables comme les lions, ou encore les crocodiles ou les hyènes n'osaient soutenir plus d'une seconde ses yeux sauvages.

Comme à son habitude, Acyl chassait seul. Il ne se posait pas la question de si sa vie était heureuse ou non, palpitante ou non, la simple sensation d'être vivant lui suffisait. Il n'avait peur de rien, ni de personne. Les seuls soucis qu'il pouvait avoir étaient la sécurité de son grand-père et la menace d'un manque de nourriture. Or sa notoriété garantissait la sécurité de son grand-père. Tout homme ou animal qui le connaissait, savait qu'il aurait à faire à lui s'il avait le malheur de poser ne serait-ce qu'un mauvais regard sur Itaï. Malgré son humanité, Acyl était plus fort, plus rapide et aussi félin qu'une panthère sauvage. Conscient de toute cette force qu'il abritait en lui, il savait qu'il ne pourrait jamais rentrer bredouille de la chasse. À moins qu'il n'y ait plus d'animaux sur la terre.

Pourtant malgré toute sa sérénité, alors qu'il poursuivait à lui tout seul une bande de buffles dans la savane, son cœur se mit brusquement à battre très fort, son pouls s'accéléra, sa gorge se noua et une sueur froide coula sur son dos. Il ressentit le même mauvais pressentiment exactement au même moment que Bezia. Ne pouvant ignorer ce sentiment tout nouveau pour lui, il freina brusquement sa course. Il posa sa main sur sa poitrine puis, ressentit les battements de son cœur qui donnait l'impression de se battre pour sortir de sa cage.

À la différence de Bezia qui avait fui la source de son mauvais pressentiment, Acyl renonça à ses buffles afin d'aller chercher la cause de cette énergie négative. Il entreprit une démarche nonchalante vers une direction sans pouvoir s'expliquer pourquoi celle-là. Cette démarche nonchalante se transforma en marche rapide, puis en sprint au fur et à mesure que l'attirance vers la forêt Chakanaka devenait plus grande. Il ne s'était jamais aventuré dans cette forêt auparavant sous la proscription de son aïeul.

Plus il se rapprochait de la forêt plus l'odeur d'une gazelle bien précise caressait son puissant odorat. Acyl se convainquit difficilement que ce fut son instinct de félin qui le fit sortir de chez lui et s'aventurer dans un endroit qui lui était interdit. Ne pouvant se donner une autre explication du sentiment ressenti, il décida que rien ne pouvait le faire rentrer sans la gazelle qui l'avait attiré.

***

À plusieurs lieux de là, dans cette même immense savane et dans une cage ressemblant à une niche, Naghen était assis dans le noir. Les seuls bruits qui parvenaient jusqu'à ses oreilles étaient deux fortes respirations provenant de ses compagnons de cellules. Il s'agissait d'Albout et Zotan, ses deux hyènes de compagnie qu'il avait adoptée depuis qu'il avait huit ans.

Pendant qu'Albout et Zotan bougeaient dans tous les sens dans la cage, leur maitre restait la plupart de son temps immobile, préméditant en boucle dans sa tête les actes qu'il posera lors de sa prochaine libération. Ce qui était encore le cas ce jour-là.

C'était encore l'après-midi, le soleil était bien haut dans le ciel. À cette heure de la journée beaucoup de gens pensaient à rester chez eux. Naghen quant à lui, attendait avec impatience la visite de sa mère pour lui accorder sa balade occasionnelle. Il s'impatientait encore quand commencèrent à raisonner des bruits de pas. Les deux hyènes se mirent à baver quand elles entendirent ces bruits de plus en plus proches. Si les hyènes étaient conditionnées à associer ces bruits à la nourriture, Naghen quant à lui savait que c'était l'heure de sa balade car une mission allait bientôt lui être confiée. Les bruits des pas s'intensifièrent jusqu'à s'arrêter devant la cage. Kajia posa la main sur la porte et l'ouvrit par une simple pression. Naghen savait qu'il n'était pas enfermé à clé mais pour lui c'était évident qu'il ne devait pas sortir tant qu'il n'en avait pas eu l'autorisation.

— Mon fils, il est temps d'avancer sur ta mission ! Lança Kajia.

Sans prononcer le moindre mot, il se hissa en dehors de sa cage et s'étira jusqu'à ce qu'il entende des claquements d'os. Il fixa sa mère en attendant qu'elle lui dise ce qu'elle attendait de lui. Au début de sa vie, Naghen était un garçon très bavard mais avait appris à ne pas parler ; il ne plaçait point mot à moins d'y être contraint. Il exécutait inconditionnellement tout ce que Kajia lui demandait de faire.

— L'élu du clan des crocodiles est toujours vivant, et on ne connait toujours pas son identité. Fais ce que tu as à faire !

Ne pouvant contenir sa hâte, il se mit à marcher vers la case de sa mère où il devra se laver et se changer. Kajia ne manquait jamais d'insister quand il le fallait pour que Naghen ne se montre jamais sale en public. Elle tenait à ce qu'aucune différence ne soit apparente entre lui et les autres jeunes hommes du village. Il avait appris à la perfection à se comporter comme tout le monde et s'efforçait même d'être bavard quand il le fallait.

Parmi toutes les familles qui avaient comme totem le crocodile, Kajia et son fils en avaient ciblé une : Celle de Bezia. Kajia n'avait aucun doute que l'élu provienne de la lignée de Zaza, mais la personnalité de Bezia et ses faibles aptitudes comparées à celles de Naghen ou encore d'Acyl, mettaient un doute sur son titre.

Tous les jours précédents, Naghen avait suivi Bezia de près pour s'assurer qu'il était bien l'élu des crocodiles mais n'avait su déceler en lui aucune aptitude qui le différenciait du reste des villageois. Pour lui c'était donc sûr et certain qu'il fallait essayer du côté de Zaza. Dans le pire des cas, même si elle n'était pas l'élu, sa mort pousserait Bezia à manifester ses pouvoirs et si Bezia non plus n'était pas l'élu, il devra chercher ailleurs.

Naghen était posté non loin de la maison de Bezia et l'avait vu sortir de chez lui, laissant sa grand-mère toute seule et sans défense. Complètement à découvert, il traversa la rue et s'aventura vers la petite maison.

Comme à son habitude Sanou était assise devant sa case et balançait son cou ici et là pour ne rater aucun élément extérieur. Elle ne pouvait pas se permettre de rater un quelconque détail qui puisse un jour être un sujet de commérage.

— Bonjour jeune homme ! lança-t-elle quand elle vit Naghen se précipiter vers la maison.

Naghen lasse des convenances et n'ayant pas de temps à perdre ne lui jeta pas le moindre petit coup d'œil.

— Si c'est Bezia que tu cherches, il n'est pas dedans ! Renchérit-elle quand elle vit le jeune homme tenter d'ouvrir la porte sans frapper préalablement.

Sanou commença à s'inquiéter pour Zaza. Elle se leva de sa chaise et se dirigea vers Naghen qui était déjà prêt à l'achever dès qu'elle sera à portée.

— Es-tu sourd ? Je t'ai dis de t'en aller ! Gronda-t-elle une fois de plus derrière l'étranger.

Les ongles et les canines de Naghen s'allongèrent brusquement et ses yeux se colorèrent d'un blanc uniforme. Jugeant que Sanou venait de signer son arrêt de mort, ça ne lui prendrait plus qu'une fraction de seconde avant de se retourner et enfoncer ses dents pointues dans sa chair. Sanou quant à elle, ne voyait que la nuque de Naghen et ne se doutait pas un seul instant de l'expression de son visage.

— Ne t'inquiète pas Sanou, je le connais, retourne chez toi ! lança brusquement Zaza qui venait d'ouvrir la porte au bon moment.

Malgré la vue du visage démoniaque de Naghen, Zaza ne frémit pas une seule seconde. Elle adressa un sourire franc à sa voisine afin qu'elle rentre chez elle sans faire d'histoire.

— Je me donnerai une pure joie de donner une raclée à ces enfants impolis de nos jours ! Ronchonna Sanou tout en retournant sur sa tour de guet.

C'était bien la première fois que Zaza rencontrait Naghen mais ne fut pas un seul instant surprise, ni par sa présence, ni par sa froideur, encore moins par ses traits monstrueux. Elle le laissa entrer dans sa demeure sans hésiter et donna même l'impression d'attendre sa visite.

— Je savais que t'allais venir Sourouk. *(Surnom des élus des hyènes)*

— Je ne demanderais pas comment tu me connais mais si dans les secondes qui suivent tu ne me dis pas où est-ce que je peux trouver l'élu crocodile, je te décapiterai !

— Tu ne vas pas tarder à découvrir qui est l'élu mais je tiens quand même à te prévenir, tu n'as aucune chance contre lui. Il a un pouvoir en lui que jamais personne ne pourra égaler ! Lança Zaza sur un ton résigné et fier.

De manière très sereine elle prit sa bouilloire et renversa un peu de thé dans deux tasses.

— Comment peux-tu avoir envie d'un thé alors que tu sais ce qui va t'arriver ?

— Hélas la mort fait partie de la vie, cela dépasse ton entendement mon garçon. Ça fait un bon moment que je sais que ce jour arrivera, je n'ai rien fait d'autre que de l'attendre. Il y a quoi de mieux que de boire sa boisson préférée quelques minutes avant son dernier soupir ? Surtout quand tu sirotes avec le diable.

Zaza porta le bol à sa bouche. Le liquide chaud traversait encore sa gorge quand Naghen se précipita brusquement sur elle et serra ses doigts rugueux contre son cou ridé. Il écrasa la vieille dame contre le mur.

— Tu as l'air de ne pas tenir à la vie mais il n'y a quasiment plus de sable dans le sablier. C'est ta dernière chance de rester en vie !

— Va au diable !

D'un revers brusque et puissant, il balança Zaza sur la porte d'entrée, faisant voler la porte à l'impact. Naghen désormais fou de rage se précipita immédiatement sur la vieille. Il ouvrit grand sa bouche et enfonça ses longues canines aiguisées dans la clavicule gauche de Zaza. Il transperça sa chair et broya ses os.

Durant tout le massacre, Zaza ne poussa pas le moindre cri. Pendant que la vie s'échappait lentement de son corps, un sourire franc se dessina sur ses lèvres et ses yeux grands ouverts cherchèrent son totem en bois posté quelques centimètres plus loin et se figèrent quand ils l'aperçurent.

Naghen accroupi à côté du corps meurtri de Zaza, poussa un cri de haine et de déception car sa mission avait échoué. Il n'avait pas eu l'information qu'il était parti chercher. Sa bouche inondée du sang de sa victime reprit sa forme initiale, ses yeux reprirent également leurs couleurs initiales.

CHAPITRE 2 : Destins croisés

Yedei était un jeune garçon très charismatique, membre de la tribu « Gon », son totem était le singe. Son caractère malicieux, ses goûts prononcés pour les grimaces et ses talents d'imitateur n'étaient pas ses seuls points communs avec son totem ; il courait à une vitesse impressionnante et avait une facilité déconcertante à se balader d'arbre en arbre exactement à la manière des primates. S'il était poilu et doté d'une queue, il arriverait très certainement à créer la confusion.

Yedei fort de ses attributs était un bon atout pour Bezia quand ils chassaient entre amis. Ils avaient réussi à élaborer une technique qui consistait à ce que Yedei poursuive les animaux, les déstabilise, et les pousse à emprunter un circuit qui n'avait qu'une seule issue : la lame de Bezia.

Il s'était écoulé beaucoup d'eau sous les ponts depuis l'élaboration de ce procédé. Ils avaient appris à le perfectionner au fil du temps au point de le rendre infaillible. Leur technique n'avait plus échoué, pas une seule fois depuis de longues années jusqu'à ce mémorable jour où, Yedei qui se sentait en une forme olympique se lança à la poursuite d'une gazelle dès qu'il eut la chance d'en croiser une. Persuadé que la pauvre bête serait incapable de lui échapper, il s'amusa à la dépasser en sprint, ce qui poussa la gazelle à faire demi-tour et à lui offrir un nouveau duel de course à cent mètres. Pendant ce temps, Bezia beaucoup plus lent, trouva sa position stratégique et était fin prêt à procéder à l'exécution.

Contre toute attente la gazelle freina si brusquement que ses pattes ont failli s'emmêler puis, rebroussa chemin. La première réaction de Yedei fut de penser qu'elle avait renoncé à son désir de survivre car, elle courait vers lui au lieu d'essayer de lui échapper. Bezia qui, avait le pouvoir de lire les regards, vit dans les yeux du mammifère qu'il n'avait jamais autant ressenti le besoin de détaler. Yedei se mit en position pour arrêter l'animal de ses mains nues mais, celui-ci le dépassa sans lui accorder la moindre petite attention. La gazelle avait apparemment senti un danger d'une plus grande ampleur.

Yedei se sentit insulté et tenta immédiatement de la rattraper. Pendant qu'il courait à sa vitesse maximale, il eut l'impression d'avancer au ralenti quand, un jeune homme surgit de nulle part et le dépassa.

Son accélération était fulgurante tel un félin en chasse. Les morceaux de bois morts craquaient comme des cacahuètes sous la puissance de ses grands pas. La gazelle se retrouva désormais prise en sandwich. Devant elle, Bezia se tenait debout prêt à l'achever et derrière elle, cet étranger au regard perçant. Apparemment la proie avait elle-même choisi celui qui l'achèvera car elle continuait à courir droit sur Bezia qui était certainement moins effrayant. Il ne restait alors que quelques mètres quand Acyl prit appui sur ses jambes herculéennes et fit un bond gigantesque dans les airs pour atterrir ensuite sur la pauvre petite gazelle, la clouant ainsi au sol.

Bezia et Acyl se retrouvèrent face à face pour la première fois. À ce moment encore ils ne se doutaient pas un instant que cette rencontre marquerait leurs vies à jamais.

Ils se regardèrent droit dans les yeux pendant que, la bête encore pleine de vie tentait désespérément de se libérer de l'étreinte de son agresseur. Bezia vit une animosité si grande dans les prunelles sombres d'Acyl qu'il en fut tétanisé. Cependant sa fascination pour le regard du jeune homme-félin ne fut pas le seul impact qu'il avait eu sur lui, il sentit son cœur battre de plus en plus fort et plus rapidement, comme si tout ce qui émanait du corps sauvage d'Acyl éveillait ses instincts primitifs. La présence de leurs deux corps sur la même place dégageait tant de puissance que même les arbres devaient être effrayés.

Acyl, encore persuadé que c'était la gazelle qui l'avait attiré aussi loin de son domicile enfonça ses doigts rigides dans la gorge de celle-ci sous le regard d'un Bezia encore troublé par l'inconnu. En se retenant il luttait de toutes ses forces contre son instinct qui le poussait à faire payer à Acyl ce manque de grâce envers l'animal. Cependant il resta vigilant et concentré au cas où l'inconnu se déciderait à faire le premier pas.

Sans savoir pourquoi, Acyl lui aussi craignait une confrontation avec Bezia, ce qui était d'ailleurs un sentiment tout nouveau pour lui. Les deux jeunes hommes furent finalement déconcentrés quand Yedei osât enfin se dresser entre eux. Il avait mis si longtemps avant de se manifester qu'ils en avaient oublié sa présence.

— Calmes-toi mec. Ce n'est qu'une gazelle, tu l'as eu en premier et on te la laisse ! S'adressa-t-il à l'élu de la panthère en posant une main sur sa poitrine.

Acyl resta le regard figé encore quelques instants sur l'être mystérieux que Bezia fut à ses yeux puis, il baissa son regard sur la main de Yedei posée sur son torse. Celui-ci retira sa main aussitôt. Acyl se redressa avant de prendre ensuite son trophée sur son coup et disparu avec dans les bois. Bezia ne pu s'empêcher de le suivre du regard jusqu'à ce qu'il ne soit plus en mesure de l'apercevoir.

— Hallucinant ! Tu as vu comment d'un seul geste il l'a égorgé ? Armé que de ses doigts ? S'étonna Yedei en mimant les gestes de l'inconnu.

— Immonde tu veux dire ! Ces animaux méritent plus de respect. Répliqua Bezia apparemment moins admiratif devant cet exploit.

— Tu le connaissais ?

— Non, c'était ma première fois de le voir.

— Alors pourquoi le regardais-tu avec tant d'animosité ?

46

— T'as vu son regard à lui et c'est au mien que tu reproches quelque chose ?

— Oh crois-moi, le tien était encore plus terrifiant, au point que j'avais l'impression de ne pas te connaitre.

Bezia ne s'était donc pas trompé. Pendant le petit moment où il avait fixé les yeux d'Acyl, il avait décelé dans son regard la crainte de l'affronter mais s'était jugé lui-même naïf de croire qu'un chasseur d'une aussi grande envergure pouvait redouter une confrontation avec lui.

Cependant depuis le départ d'Acyl, Bezia se sentait changé sans savoir exactement ce qui avait changé en lui. Bizarrement Acyl ressentit la même chose après cette petite altercation.

— Si je comprends bien, Bezia il ne nous reste plus rien pour le diner… Bezia ? Répéta-t-il en essayant de voir ce qu'il fixait aussi attentivement.

— Tu disais ?

— Qu'y a-t-il là-bas ? Qu'est-ce que tu regardes de si passionnant ?

— Un faucon louche qui nous observe depuis un long moment déjà.

Malgré les tentatives de Yedei, il n'aperçut pas l'oiseau en question. Le faucon avait eu le temps de disparaitre.

— De quel faucon tu parles ? Je ne vois rien !

— Parce qu'il n'est plus là. Bref ce n'est pas important.

— Bien sur que ce n'est pas important, qu'est-ce qu'un oiseau y gagne à perdre son temps à te regarder ?

— Demande-le-lui.

— Je l'aurais fais si j'en voyais. Viens, il faut qu'on fasse un petit détour par le village si on tient à manger ce soir.

Les deux amis se lancèrent des petits coups sur les épaules avant de se mettre en route vers le village.

***

Pendant ce temps, dans ce même village Olubumi, deux jeunes femmes à peine âgées de vingt ans chacune, s'étaient retrouvées pour papoter en souvenir du bon vieux temps. L'une d'entre elles s'appelait Salomé et l'autre Eveneye.

Eveneye venait de revenir dans le village après être parti vivre ailleurs avec ses parents pendant onze longues années. Salomé avait huit ans quand elle a rencontré Bezia et avait réussi à devenir sa grande amie alors que toutes les activités de celui-ci l'éloignaient de la gent féminine. Quand ils se sont rencontrés, elle trainait avec les garçons et s'efforçait à tout faire exactement comme eux. Elle pouvait aller jusqu'a trainer pieds et torse nu, ce qui ne choquait personne à l'époque car elle n'avait rien à cacher. Son caractère de femme forte avait suscité l'admiration de tout le monde y compris celle de Bezia.

Assises sur un rocher au bord de la rivière, Salomé et Eveneye passaient un bon moment ensemble. L'environnement calme des bois et le bruit continu et monotone de la rivière faisaient résonner en intrus la voix joyeuse et fréquente de Salomé, et celle légèrement rauque et plus rare d'Eveneye. Salomé avait décidé de mettre son amie d'enfance au parfum de tout ce qui s'était passé dans le village durant son absence.

Les yeux rivés sur la surface de l'eau ruisselante, le marron foncé des yeux d'Eveneye vira progressivement au blanc. Son corps tout entier resta immobile pendant que son esprit fut ailleurs. Salomé qui s'était lancé dans un long récit tout en s'amusant à lancer des cailloux dans la rivière ne prêtait aucune attention à sa camarade. Elle se contentait simplement de lui conter les potins du village sur les thèmes : « qui fait quoi », « qui est devenu qui », « qui veut devenir qui », « qui aime qui, qui n'aime pas qui ». Dans sa vision, Eveneye assistait à la première loge à la rencontre entre Acyl et Bezia. Sa présence sur les lieux n'avait guère l'air de déranger qui que ce soit comme si le corps qu'elle occupait à cet endroit se fondait parfaitement dans le décor. Elle regarda la scène en silence jusqu'à ce que sans s'y attendre les yeux de Bezia croisèrent les siens. Quand elle comprit enfin qu'il l'avait remarqué, son esprit s'échappa de la vision puis réintégra son corps.

Eveneye se demandait encore pourquoi elle avait rêvé les yeux ouverts de trois jeunes hommes dont les visages lui étaient totalement inconnus quand, Salomé l'interpella.

— Alors ?

— Alors quoi ?

— Tu ne m'écoute pas on dirait !

— T'as raison mon esprit s'était un peu égaré, tu disais ?

— Je te disais que tu raisonnais à peu près de la même manière qu'un de mes amis !

— C'est tout toi ça, à trouver des ressemblances là où il n'y en a pas.

— Je te le présenterais un jour, tu verras par toi-même.

— Il s'appelle comment ? Si ça se trouve, je le connais déjà.

— Je te l'ai déjà dit, son nom est Bezia. Il n'y a aucune chance que tu le connaisses. Il n'est pas du genre que tu vas croiser au marché ou chez le cordonnier, encore moins dans les foires.

— Tu as raison, son nom ne me dit rien.

Eveneye se rappelait bien de Zaza, une femme généreuse qui l'avait toujours regardé d'une manière particulière, quoique ayant les mêmes dons que Bezia, son regard ne pouvait être aucunement normal. Si elle se souvenait de la grand-mère, par contre le souvenir du petit-fils lui manquait. L'avait-elle un jour connu ?

— T'es sûre que tout va bien ? Demanda Salomé.

Elle voulut répondre « oui tout va bien » mais en y repensant bien, elle n'en était elle-même pas convaincue.

— Oui ça va mais je dois rentrer.

— Déjà ? Je ne t'ai pas raconté la moitié de ce que tu dois savoir.

— Onze ans, ça ne se raconte pas en un jour. Ne t'inquiète pas, tu auras l'occasion de me redire tout ça demain.

— Je t'accompagne ?

— Non ça ira, on se voit plus tard.

Eveneye se leva puis se dirigea en direction de sa demeure. Au même moment, un faucon noir plana brièvement d'un vol majestueux au-dessus de leurs têtes avant de poursuivre son chemin. Si Salomé vit ce phénomène sans se poser des questions, cela accéléra le départ d'Eveneye.

***

Bezia et Yedei qui, s'étaient fait voler la vedette, ne pouvaient se risquer à rentrer bredouilles chez eux car ils avaient tous deux une bouche à nourrir. En retournant dans le village, ils prirent le soin de faire un détour par le centre afin de rendre visite au marchand de viande qui devait deux lapins à Yedei depuis des lustres. Il arrivait à Yedei de vendre ses trouvailles aux marchands de viande les jours où il avait été très glorieux à la chasse.

D'une démarche fière, Bezia traversait Olubumi tenant un lapin mort par les oreilles. Même s'il avait l'habitude du regard curieux des villageois, leurs regards l'inquiétèrent cette fois-là. Certains allaient jusqu'à le pointer du doigt. Il se doutait bien que quelque chose s'était produit mais ne pouvait le deviner. Plusieurs idées lui traversèrent l'esprit. Il se demanda si les villageois savaient qu'il allait se proclamer chasseur de ce lapin alors qu'il venait de se faire ridiculiser dans la forêt. Il savait bien entendu que cela n'était pas la cause de tous ces mots prononcés tout bas. Une grosse boule se forma dans sa gorge lorsqu'il vit du monde autour de sa maison. Ce n'est qu'en ce moment qu'il commença à envisager que quelque chose était certainement arrivé à Zaza.

Des pleurs attirèrent son attention et eurent pour effet de l'alarmer. Dans son accélération, Bezia desserra les doigts, laissant le corps du lapin voler dans les airs. Il courut aussi vite qu'il le pouvait vers sa demeure. Des villageois se mirent à plusieurs pour l'empêcher de passer. Ils formèrent un rempart entre lui et le corps de Zaza couvert d'un drap, qui gisait sur le sol juste devant l'entrée de la maison. Une force surhumaine lui vint subitement, il traîna littéralement avec lui toutes les personnes qui s'étaient accrochées à lui pour le calmer et cela avec une facilité déconcertante. Six hommes bien bâtis n'arrivèrent pas à le ralentir mais en retirant le drap il fut stoppé net par la vue de ce qui venait d'arriver à Zaza. Elle était couchée là, juste devant ses yeux avec une partie du coup et de l'épaule arrachée. Tout d'un coup un silence régna sur tous les alentours. Abasourdi, Bezia ne tenait plus debout. Ses jambes n'étant plus assez fortes pour le supporter, il s'écroula sur ses deux genoux. Il prit dans ses bras musclés le corps mutilé de son aïeule. Tout devint alors subitement flou autour de lui à cause de ses yeux inondés par des larmes chaudes et salées.

À plusieurs reprises, Yedei avait tenté en vain de lui expliquer que la terre tournait, pour la première fois il y croyait. Assis sur ses genoux, il vit la terre et le ciel tourner autour de lui. C'était tout son univers qui s'écroulait.

N'arrivant pas à contenir la peine qui s'accumulait au plus profond de sa personne, Bezia inspira longuement jusqu'à ce que ses poumons se remplissent d'air. Il poussa ensuite un cri de toutes ses forces. C'était son moyen à lui d'informer l'assassin de sa grand-mère peu importe où il se trouvait à cet instant précis de tout le ressentiment qu'il éprouvait à son égard ; un cri que Naghen entendit clairement et le fit sourire. Bezia remplit à nouveau ses poumons puis cria une deuxième fois, cette fois pour s'adresser à toute la population.

— Ce matin elle a essayé de me prévenir qu'elle allait mourir, elle avait forcément un ennemi qui se trouve parmi vous.

— Bezia, vu les traces laissées sur elle, il est clair que cela est l'œuvre d'un animal sauvage ! Lança Bandiougou le griot d'une voix calme tout en avançant vers lui.

— Je sais que quelqu'un est derrière tout ça. Je le trouverais même s'il me faudra fouiller dans les moindres petits recoins. Une fois que ce sera fait, je lui ferais subir le même sort. Peu importe les obstacles qui se dresseront entre nous, je les surmonterai. S'affola-t-il en pointant un index accusateur sur toutes les personnes présentes, y compris sur le griot qui s'arrêta dans sa démarche envers lui.

— Calmes-toi maintenant Bezia. Ordonna Bandiougou qui tentait tant bien que mal de le raisonner dans son agitation.

Il eut un moment de lucidité et se rendit alors compte de la violence de ses propos.

— *Sanou ne rate jamais rien d'habitude, mais je ne l'ai pas vu* ! Pensa-t-il.

Il se releva subitement et fonça vers la maison de Sanou, suivi par tous les villageois qui craignaient qu'il fasse des folies. Contrairement à ses habitudes, il ne prit pas la peine de frapper à la porte. Son accélération fut stoppée dès qu'il posa un pied chez sa voisine.

Un mélange d'odeur fade de sang et de chien mouillé vint agresser son odorat avant qu'il ne voit Sanou gisant sur le sol au bout d'une trainée de tache de sang.

Choqué par ce qu'il voyait, Bezia se rua sur elle. Elle était encore vivante, et luttait pour le rester. Naghen avait pris le soin de lui couper la langue et de lui éclater les tympans.

À la vue de Bezia, Sanou s'agita et tenta désespérément de lui passer un message, hélas sa force vitale étant très faible, elle n'arrivait plus à formuler le moindre mot. Sanou, seule au courant de ce qui s'était réellement passé était désormais sourde et muette.

Totalement meurtri par les évènements de la journée, Bezia s'assit par terre pendant que tout le monde se chargeait d'emmener Sanou chez le guérisseur traditionnel. Les émotions prirent le dessus. Malgré sa force de caractère, des larmes coulèrent de ses yeux, du mucus de ses narines et de la bave de sa bouche. Il avait le hoquet à force de sangloter.

Au bout d'un moment les pleurs se transformèrent en éclat de rire illustrant ses pensées. Il se remémora les bons moments passés avec Zaza, notamment quand ils se mettaient à deux pour critiquer les pratiques de leurs chères voisines Sanou. Bien entendu cette pensée nostalgique fit resurgir sa peine. Il s'en voulait de s'être moqué d'elle quand elle avait ressenti le besoin de lui parler d'elle et de tout ce qu'elle ressentait. Bezia était plus que conscient qu'il n'aurait plus jamais l'occasion d'entendre sa voix ou de succomber à ses caprices. Il se rappela toutes les fois où elle s'était réveillée en pleine nuit pour qu'il lui fasse du thé sous prétexte qu'il avait un meilleur gout quand c'était lui qui le faisait ; toutes les fois ou elle avait essayé de lui faire croire que manger des œufs n'était pas bien pour les enfants, histoire d'en avoir plus pour elle. Tous ces moments et actes que Bezia trouvait énervant lui apparurent soudainement comme ses meilleurs moments passés avec elle. Se dire qu'il ne la révérait plus, lui fut insupportable au point de vouloir s'arracher les cheveux pour rediriger la douleur sur son corps.

Les voix de tout ce monde qui lui arrivaient aux oreilles lui mirent un peu de baume au cœur. Il était désormais plus calme et ne tenait pas à laisser toute la charge aux villageois de s'occuper des préparatifs pour l'enterrement de Zaza. Difficilement, il se remit sur ses deux jambes et regagna sa maison où le chef du village et quelques habitants l'y attendaient encore.

— Où allez-vous ? demanda-t-il après avoir remarqué que quatre grands gaillards transportaient le corps sur un rempart.

— Avec les grands sages du village, nous avons décidé qu'il ne fallait pas te laisser seul avec le corps, histoire de t'éviter une déprime. On se verra demain pour l'enterrement. On préparera ce qu'il faudra, tu n'as pas à te soucier de cela ! Expliqua le chef du village toujours aussi bienveillant.

Bezia marcha lentement vers les transporteurs. Il ne pouvait comprendre qu'ils veuillent lui éviter de rester avec le corps de sa grand-mère.

Ce besoin, il le ressentait de la voir assez pour réaliser qu'elle ne sera plus là. Malgré la grande douleur qui le consumait au plus profond de lui, il estimait que cela n'était pas suffisant, il voulait souffrir encore plus. Il voulait en plus de la douleur mentale, ressentir physiquement tout son chagrin. Il voulait être marqué à jamais afin de ne pas oublier ne serait-ce qu'un jour quel parent exceptionnel Zaza fut dans sa vie. Cependant, Bezia savait qu'en s'attachant au corps et ne pas vouloir le laisser partir serait comme un signal de détresse envoyé a la population, ce qui aurait été à coup sûr interprété comme un début de folie. Il demanda quand même une dernière fois de le laisser imprimer dans son esprit cette image qu'il gardera jalousement et qui ne le quittera pas jusqu'à ce qu'il retrouve celui qui a osé le priver de ce qu'il avait de plus cher dans ce monde. Cela n'avait aucune importance que ce soit un homme ou un animal. Le coupable devra répondre de ses actes.

— On comprend ta douleur mon enfant et sache que nous la partageons ! Dit le chef du village en posant sa main gauche sur l'épaule droite du jeune chasseur.

Bezia regarda autour de lui toutes les personnes encore présentes et leur adressa un regard de gratitude en réponse aux regards de compassion qu'ils lui lançaient. Enfin regagna sa maison et comptait bien y rester jusqu'à l'enterrement.

***

Assis dos au mur, la tête posée entre ses deux mains, Acyl repensait à sa rencontre avec Bezia. Il n'arrivait pas à s'expliquer le sentiment de tristesse qu'il éprouvait depuis le début de la journée.

— Que se passe-t-il mon garçon ? Demanda Itaï assit de l'autre côté de la pièce sur sa chaise.

— *Pourquoi me demande-t-il cela ? Sait-il que je suis allé à Chakanaka ? Non, il n'est quand même pas un devin. Ce n'est pas écrit sur mon front que je n'ai pas respecté les limites qu'il m'a imposées*! Songea-Acyl.

Après quelques secondes d'inactivité et de non-réponse d'Acyl, son grand-père le relança.

— Acyl, je n'aime pas cet air chagriné que tu as, je ne t'avais jamais encore vu dans cet état.

— Je peux te retourner le même reproche grand-père, j'ai l'impression que t'es aussi affecté par quelque chose que tu ne me dis pas.

Le vieil homme n'eut pas la force de nier, il confirma les soupçons de son petit-fils en levant les yeux au plafond pour empêcher une larme de couler.

— Ça remonte à très longtemps. Quand je n'étais encore qu'un gamin, j'ai fait une rencontre.

Après avoir décelé des pleurs dans sa voix, Acyl concentra toute son attention sur l'histoire qu'Itaï était sur le point de lui conter. Il le fixa quelques instants en attendant le reste du récit.

— J'étais un garçon mal dans ma peau, je n'arrivais à être proche de personne et je voyais le mal partout. A cette époque, je vivais avec mon père mais il était très solitaire, exactement comme toi.

— Tu vas encore me reprocher ça ? Ce n'est pas de ma faute si je suis comme ça !

Itaï laissa échapper un rire sonore avant de continuer.

— Bien sûr que non, tu n'y es pour rien. Tu ne tombes pas du ciel Acyl, je ne peux t'en vouloir de ressembler à ceux qui t'ont mis au monde. Bien au contraire, tu combles un grand vide en moi car je retrouve en toi beaucoup de choses de mon père.

Acyl se déraidit puis ré concentra son attention sur le récit de son grand-père.

— Il existait beaucoup d'enfants de mon âge dans le village, au lieu de les approcher pour combler le vide laissé par mon père, je trouvais toujours le moyen de les éviter. Il faut dire qu'ils avaient aussi peur de moi pour des raisons que j'ignorais à l'époque. Vu ma différence avec tout le monde, j'ai très vite fini par me retrouver tout seul. C'est ce qui arrive quand un lourd secret plane sur ta famille. Même si on tente souvent de se convaincre du contraire, personne n'est fait pour rester seul.

— Quel est ce secret ?

— Chaque chose en son temps !

Chaque fois que je commençais à perdre tout espoir, je me retirais dans la brousse. J'y retrouvais la protection et l'ombre surnaturellement apaisante d'un grand baobab. Un jour je m'y suis rendu le soir, la nuit avancée me garantissait un moment de calme. J'étais sûr de ne croiser aucun cultivateur qui de passage se serait arrêté pour me faire la causette.

Dans la nuit calme ne retentissait que les ululements de quelques hiboux. J'étais assis là, sur les quelques brins d'herbe qui recouvraient le sol dont les couleurs verdoyantes étaient assombries par l'obscurité. Mon regard quant à lui, se fraya jusqu'au ciel un chemin à travers les immenses branches de ce géant de la forêt. Je fixais attentivement une étoile qui brillait de mille feux, elle donnait l'impression d'être aussi seule et perdue dans le ciel que je l'étais sur la terre. Totalement fascinés par sa beauté, mes yeux ne clignaient point. Brusquement, tout mon corps sursauta de surprise quand une silhouette bougea parmi les feuilles, alors étonné que quelqu'un puisse se trouver là à cette heure avancée de la nuit, je m'écriai :

« Qui est là ?

Comme consciente que l'on essayait de noyer le même chagrin, une voix de fillette me répondit :

« J'ai respecté ton désir de solitude durant tout le temps où tu te refugie ici, pourquoi ne respectes-tu pas le mien ?

— Dès sa première intonation, cette voix mélodieuse a su m'apaiser. Inutile de te dire que je ne m'en suis plus jamais lassé.

— Une étoile ? S'étonna Acyl.

— C'est bien cela ; elle brillait plus que toute celle que j'avais eu l'occasion de croiser jusqu'alors. Depuis, je ne me suis plus jamais senti seul car, jusqu'à aujourd'hui elle n'a cessé de me guider.

— Tu crois vraiment que tu peux me faire croire n'importe quoi, comment une étoile peut-elle parler ? Et puis c'est où le rapport avec ton humeur ?

— Je suis triste aujourd'hui car cette étoile vient de s'éteindre et je m'en veux de l'avoir admiré de loin pendant toutes ces dernières années alors qu'à une époque, on a vraiment été proche.

— Je ne voudrais pas te casser dans ton délire mais, ne me dis pas que tu fais toute une histoire pour une étoile éteinte.

— Mon garçon, si tu te sens triste aussi aujourd'hui c'est parce que tu n'auras pas la chance d'apercevoir cette étoile aussi magnifique.

— Expliques-toi !

— Il est trop tôt pour t'en dire plus mais sache qu'une autre étoile s'est allumée pour toi et elle va jouer un rôle très important dans ta vie.

Acyl ne comprenant pas ce que son grand-père essayait de lui expliquer se mit debout et marcha dans sa direction. Le vieil homme, avec ses yeux remplis de larmes le fixa jusqu'à ce que ce qu'il arrive à côté de lui.

— Itaï, je ne suis pas doué pour consoler mais si ta fameuse étoile s'est éteinte, amouraches-toi d'une autre, il y en a plein dans le ciel. Il doit bien y en avoir une qui en vaut la peine d'être aimée.

Contre toute attente, cette phrase fit réfléchir Itaï et le consola. Il regarda Acyl avec un air étonné, Acyl qui en essayant de souligner la futilité de ses problèmes, lui avait dit exactement ce qu'il avait besoin d'entendre.

— *Comment autant de sagesse peut-il provenir de la bouche d'un enfant !* pensa Itaï pendant qu'il fixait Acyl dans les yeux.

— *J'y suis peut-être allé un peu trop fort, je n'ai pas à me moquer de sa passion pour les étoiles.* Pensa Acyl au même moment.

Les deux hommes sourirent en même temps, même si ce ne fut pas pour les mêmes raisons. Pour ne pas commettre plus de gaffes Acyl quitta la case, laissant le vieil homme pensif.

***

Après son massacre dans le village, Naghen avait repris le long chemin qui devait le mener à sa demeure. Durant tout le trajet, une flopée de pensées différentes occupaient son esprit, créant une multitude de sentiments dans son cœur noir.

Comment Kajia allait réagir en découvrant son acte ? Fut la question qui le préoccupait tant. S'il redoutait la mauvaise humeur de sa mère, il ressentait encore la jouissance que lui avait procurée son meurtre. Lents et craintifs étaient ses pas mais il finit par pénétrer dans la savane. Il ne lui restait plus que quelques mètres avant d'arriver à la case de sa génitrice quand Albout et Zotan vinrent à sa rencontre. C'est avec joie et scepticisme qu'il vit ses hyènes de compagnie courir librement dans la nature.

— Maitre tu as vu ? Grâce à toi, aujourd'hui on a un traitement de faveur ! Lança Zotan.

Dans les oreilles de n'importe quel humain, le son émit par Zotan n'aurait été qu'un ricanement agaçant d'hyènes, ce qui était également le cas pour Naghen quelques heures plus tôt quand il quittait sa cage. À l'entente de la voix de ses compagnons, Naghen sursauta. Complètement incrédule devant ce phénomène, il demanda.

— Pourquoi êtes-vous dehors ?

— Disons que ta mère s'est levée du bon pied ! Répondit Albout, avec le même langage clair.

Bien que ce phénomène ne fût pas ordinaire, Naghen surpassa vite son étonnement. Ayant vécu avec une sorcière durant toute sa vie, entendre deux hyènes ne pouvait pas être improbable. Stupéfait et heureux de pouvoir converser avec ses hyènes, il en avait oublié ses appréhensions quant à sa rencontre avec sa mère. Il rentra dans la case laissant sur le pas de la porte Albout et Zotan.

L'ambiance maussade qui régnait habituellement dans ce petit habitacle n'était plus. La case était désordonnée, des calebasses et des marmites étaient entreposées dans toute la pièce. Elles contenaient des potions de différentes couleurs, et des senteurs qui étaient si spéciales les unes les autres.

Kajia sourire aux lèvres était active. Elle courait ici et là, s'attelant à faire des sacrifices de sang de coq à des totems en bois d'hyènes. Naghen resta dans son coin, son visage était marqué par la joie de voir sa mère dans un tel état. Quand Kajia qui, d'habitude était alerté par un moindre petit geste dans la pièce l'aperçut enfin, elle s'écria.

— Viens mon garçon, viens t'asseoir.

— *Pourquoi est-elle de si bon-humeur?* Se demanda le jeune homme.

Naghen essaya de profiter au maximum de cette expression radieuse que Kajia avait sur le visage, pensant que cela s'effacera dès qu'il lui annoncera qu'il n'avait pas tué l'élu des crocodiles mais plutôt Zaza alors qu'elle lui avait défendu de s'en prendre à une vie innocente.

— Qu'est-ce qui te rend aussi heureuse mère ?

— Ne pose pas de question et viens t'asseoir.

Naghen obtempéra d'une marche empressée. Il avança vers le tapis en peau de lion que sa mère avait désigné du doigt. Jambes croisées, il s'assit dessus. Kajia toujours dominée par sa bonne humeur inhabituelle, se munit d'une natte en paille qu'elle posa d'abord devant son fils puis, elle retourna fouiller dans une petite boite où elle se munit d'une poignée de vingt deux cauris qu'elle posa sur la natte. Dans le même élan, elle couru hors de sa case et se remplit les deux mains de terre rouge qu'elle vint étaler sur le sol cimenté à côté de la natte.

Naghen assistant pour la première fois aux rituels de sa sorcière de mère, il regardait les moindres petits détails avec intérêt. Kajia à son tour s'assit en face de Naghen. La mère et le fils étaient séparés par les objets posés sur le sol. Elle entama ainsi son rituel pour essayer de prédire le brillant avenir qu'elle espérait pour son fils. Elle lui demanda de prendre un à un des cauris dans le tas, jusqu'à ce qu'il en ait cinq dans la main.

— Ces cinq cauris représentent : l'homme, la femme, les animaux, le passé et le futur ! dit-elle quand les cauris furent dans la main de celui dont l'avenir était consulté.

— Sais-tu où se trouve le présent ?

— Non !

— Le présent n'existe pas, il appartient déjà au passé.

D'un air béat, il dit « ah ».

Naghen essaya de se prouver que le présent existait en se prenant des exemples dans la tête, cependant le début de chacune de ses pensées fondait déjà dans le passé avec qu'il n'arrive à la fin. Kajia agita énergiquement la natte en paille.

— À présent, lance les cauris dans le tas ! dit-elle.

Naghen s'exécuta. Il secoua sa main droite contenant les cauris comme s'il mélangeait des dés. Il les lança ensuite dans le tas. De ses yeux curieux, il suivit les cauris comme s'il tentait de lire ce qu'ils avaient affiché. Quoique ses connaissances en la matière ne le lui permettaient pas.

Kajia n'ayant pas l'air satisfaite de ce premier résultat, demanda à son fils de prélever une pincée du sable qu'elle avait rapporté. Comme amusé par tous ces rituels, Naghen s'exécuta avant de remettre la pincée de poussière dans l'amas de sable. D'un geste sinueux, la sorcière traça des lignes sur le sable en prononçant des incantations. Ses cheveux noir-gris hérissés se raidirent brusquement à vue d'œil, ses sourcils se froncèrent et une grimace de déception tordit son visage ridé de vieux savant fou.

— Qu'est-ce que tu vois mère ? Demanda Naghen après avoir remarqué le sourire rétrécissant sur les lèvres de la sorcière.

— Je veux un grand avenir pour toi mon fils, celui que je vois ne me plait guère.

— Qu'est-ce que tu vois ?

— Ce que je vois est flou, nul n'est capable de prédire avec certitude l'avenir car il est changeant, une petite nuance dans une idée ou dans un geste modifie le cours de ta vie.

Ne voulant pas jouer les troubles fêtes, Naghen voulait quand même faire un compte rendu de la journée qui avait été la sienne. C'était bien la première fois que sa mère ne le lui demandait pas.

— Quand je suis parti dans le village …

— Epargne moi les détails, je sais ce que tu as fais ! Interrompit brusquement la vieille femme d'un air refrogné.

Naghen habitué à dire ce qu'il avait fait ne se tut pas pour autant, il ne tenait qu'en aucun cas, il y ait un malentendu.

— Ce n'est pas le jeune homme que j'ai tué mais sa grand-mère. Elle s'est avérée ne pas être l'élue.

Kajia désormais devant le fait accompli s'expliqua :

— La vieille femme était plus importante que ne l'était aucun élu. Toute personne étant consciente de son pouvoir et l'ayant assassiné quand même, se serait vu maudite elle et sa progéniture. Je ne pouvais te demander de faire cela mais tu m'as rendu un immense service en le faisant de ton propre gré.

— T'aurais quand même pu me prévenir avant que je ne prenne cette lourde malédiction ! Dit Naghen d'un air fataliste.

— Tu ne risques rien car tu n'en étais pas informé.

— Ah …

— Zaza était celle que l'on appelait l'étoile de l'équilibre. Le simple battement de son cœur empêchait tout élu de ne faire qu'un avec l'animal qui est le sien. Maintenant des élus vont surgir de toute part et tu es l'un des leurs. Tu es le fils du grand Munjiga et tu es le nouvel élu du totem de l'hyène.

À partir d'aujourd'hui, toutes les hyènes de la savane te prendront en maître, tu pourras leur parler directement et également les entendre. T'auras plus de pouvoir qu'aucune d'entre elles ne peut aspirer.

Naghen comprenait mieux à présent l'épisode avec Albout et Zotan.

— Suis-je également le plus fort de tous les élus ?

— Mes cauris me disent que non mais je vais tout faire pour que tu le sois ! Dit Kajia en faisant passer un fil à travers un cauri qu'elle avait ramassé sur la natte.

Elle s'étira pour passer au cou de Naghen le collier qu'elle venait de fabriquer. Avec ça tu auras une longueur d'avance sur eux. Tu pourras voir l'avenir de la prochaine seconde.

En caressant le collier un sourire fendit les lèvres de Naghen quand, il vit Kajia se redresser une seconde avant qu'elle ne le fasse.

— À présent, retourne dans ta cage et apprends de ces animaux dont tu es désormais le roi.

Naghen se retira dans sa cage, en y en trainant par la même occasion Albout et Zotan. Il ressentait au plus profond de lui, un grand changement et une grande satisfaction liée à la joie dans le cœur de sa mère qu'avait provoqué son meurtre. Il avait interprété à sa manière le message et comptait bien reproduire cela dès qu'il en aura l'occasion.

CHAPITRE 3 : Mystère

Le vent frais dans son voyage vers l'inconnu caressait son visage en passant. Le calme absolu qui régnait aux alentours, était agréablement perturbé par de doux chants d'oiseaux. Bezia fut envahi par un sentiment de sécurité quand une force légère commença à le bercer. Ce léger balancement de son corps de gauche à droite puis de droite à gauche ainsi de suite, rendait ce moment encore plus unique. Il se réveilla du sommeil dans lequel il était plongé mais ne tint pas à ouvrir les yeux car, il n'avait aucune idée ni de l'endroit où il se trouvait, ni de l'origine de ce sentiment de sécurité. Une telle sensation ne pouvait être réelle. D'après son jugement, l'image que pourrait lui renvoyer ses yeux pourrait gâcher l'image que lui renvoyait son imagination.

Quelques instants après, il sentit une respiration cadencée sur son visage, suivit d'un doux baiser sur son front. D'après ses propres expériences, les yeux pouvaient mentir mais le toucher ne mentait jamais. Bezia ouvrit enfin ses yeux et découvrit un visage angélique s'éloigner doucement de lui. Ce visage lui était inconnu mais en même temps si familier. Il ne put s'empêcher de soutenir le regard de ses yeux marron clair et en mémoriser tous les moindres détails. C'était très certainement la première fois que quelqu'un le regardait avec autant d'intensité. Ses yeux lui témoignaient beaucoup d'attentions différentes : l'amour, la sévérité, la protection, l'ambition, le chagrin, la fierté, la tristesse, le regret et tout ça avec une intensité sans hypocrisie. Bezia perçut ce regard aucunement humain, comme une illustration parfaite d'une version concentrée de tous ceux qu'il avait eu l'occasion de croiser jusqu'alors.

Ses yeux se détournèrent de ceux de la mystérieuse femme au profit de sa bouche quand un sourire fendit ses lèvres pulpeuses faisant tout le charme d'une femme africaine. Il voulut ouvrir la bouche pour interroger l'inconnue sur son identité mais le mieux qu'il réussit à faire fut de reproduire des charabias de bébé ne sachant pas encore parler. Ce n'est qu'en ce moment qu'il réalisa qu'il occupait un corps de bébé. La femme fit un signe de la tête demandant à quelqu'un d'autre de s'approcher. Deuxième surprise : le visage rajeunit de Zaza, se pencha sur lui en murmurant :

« Coucou Bezia, t'es enfin réveillé ! Sa grand-mère adorée qui l'avait quitté deux semaines auparavant était là face à lui, sans qu'il ne puisse l'enlacer car malgré ses efforts, la portée de ses bras de bébé n'était pas assez longue.

— *Serais-je au paradis*? se demanda-t-il.

Cependant il ne pouvait en être sûr car il n'avait aucun souvenir de sa mort. Ce doux moment fut déchiré par une voix grave. Elle provenait d'un homme qui venait d'apparaitre aux côtés de la femme qui le berçait.

— Bezia, arrête de te faire bercer, tu n'es plus un enfant !

— Mêles-toi de tes affaires, toi ! D'abord qui es-tu ? Pourquoi viens-tu gâcher ce moment ? Tu vas me le payer ! Je vais t'étrangler !

Bezia formula autant que possible son ressentiment sous forme de menaces, mais les seuls bruits qui réussissaient à s'échapper de sa gorge étaient des pleurs agaçants de bébé.

— Tu es l'héritage de toutes ces personnes autour de toi, tous des êtres forts, qui se sont battus tous les jours de leur vie pour être encore plus forts. Au final, ils sont devenus tellement puissants que cela a modifié leurs gènes. Des gènes qui t'ont ensuite été transmis alors lèves-toi et bats-toi ! Renchérit l'homme d'un ton déterminé et ambitieux.

Plus l'homme parlait, plus d'autres personnes apparaissaient derrière lui et également derrière Zaza formant une pile de visages inconnus.

Bezia se retrouva finalement au milieu d'une foule, au centre de toutes les attentions. Plus il y avait de monde plus la femme le serrait fort contre elle comme si elle essayait de le protéger.

Le bruit des chants d'oiseaux s'éclipsa pour faire place au bavardage de tous ces gens. Ses petites oreilles de bébé se fatiguèrent et Bezia commença à somnoler. Il lutta pour garder ses yeux ouverts mais hélas sans succès.

Ouf, ce n'était qu'un rêve ! Pensa-t-il quand ses yeux s'ouvrirent sur le plafond de sa case une fraction de seconde après les avoir fermés dans son rêve. La fenêtre ouverte laissait entrer le vent frais à l'odeur boisée provenant de la forêt. Deux moineaux s'étaient donnés rendez-vous sur le cadre de la fenêtre pour donner un concert auquel il était le seul spectateur ; un spectateur assez aisé et assez chanceux car il écoutait la représentation depuis le hamac de son aïeule, qui, le balançait ici et là, à la manière d'un berceau.

Bezia se sentit privilégié, au centre de toutes les attentions. Tout autour de lui expliquait le décor qu'il s'était inventé dans son rêve, le seul mystère restait les personnages fictifs.

— *Après tout, ce n'était qu'un rêve, j'avais dû voir ces visages quelque part sans pourtant m'attarder dessus !*
Se convainquit-il.

Alors convaincu du caractère illusoire de cette scène, il ne put quand même pas s'empêcher de ressentir la tristesse de n'avoir pas vu Zaza plus longtemps, et de ne plus être sous la protection de cette dame qui lui avait fait un effet étrange.

Ce matin-là, tout comme les autres matins depuis que Zaza n'était plus, rien n'arrivait à faire quitter Bezia son hamac. Pour lui la vie avait perdu toute son essence. Plus il se laissait abattre par la paresse et les pensées négatives, plus il repensait aux mots de l'homme sévère dans son rêve qui dégageait une énergie de guerrier. Le ton autoritaire de sa voix regorgeait d'ambitions pour lui et renfermait une chaleur familière.

— *C'est bien de faire le paresseux toute la journée, mais ce n'est pas comme ça que tu me vengeras*! Résonna brusquement dans la maison, arrachant Bezia à ses pensées.

— Qui est là ? Zaza, tu es la ? Sursauta-t-il brusquement.

En une fraction de seconde, Bezia regarda de l'Est à l'Ouest, puis du Nord au Sud cherchant l'origine de la voix.

— *Décidément mes sens sont bien partis pour me jouer des tours*! Songea-t-il.

Sauf que cette fois là, il n'était pas endormi. La voix était plus vraie que nature et méritait une vérification.

Assis sur le hamac, il se balança vigoureusement vers l'arrière, puis vers l'avant, ce qui lui conféra assez d'élan pour sauter à la fin de la première oscillation. Profusément pressé de jouer au détective, il eut l'impression de passer une éternité dans les airs. Dès que ses pieds touchèrent enfin le sol, il se précipita pour tirer d'un geste brusque le rideau qui séparait son ancienne chambre de la pièce principale, le referma aussitôt quand il ne vit personne.

D'à peine trois pas-de-géant, Bezia se retrouva dos collé à la porte d'entrée histoire d'avoir une vue d'ensemble sur toute la pièce. La pièce était si petite que son champ de vision couvrait quasiment toute la surface.

Alors persuadé que ses sens lui avaient encore joué un tour, simultanément Bezia expira l'air de ses poumons tout en baissant ses épaules en signe de déception. Ses poumons alors vides, il bloqua sa respiration, ce qui n'était pas un geste très intelligent mais, tout était tellement anormal qu'il voulut vérifier s'il pouvait aussi se passer d'air.

Dix secondes s'écoulèrent, puis, quinze autres, puis vingt autres. N'ayant toujours pas respiré, Bezia se crut encore dans un rêve. Au bout de presque deux longues minutes, instinctivement il prit un grand coup d'inspiration tout en rehaussant ses épaules et en orientant son visage vers le plafond. Pendant un instant il garda le visage en l'air et les yeux fermés le temps de reprendre son souffle. Quand il daigna enfin rebaisser la tête pour vaquer à ses occupations, ses yeux s'ouvrirent sur « Bamba » la statue du totem de Zaza. Même si elle fût toujours à la même place et n'avait pas bougé d'un iota, elle lui sembla différente, quelque chose avait changé sur la statue. Bezia eut l'impression que le bonhomme en bois le fixait.

— *Bamba a-t-il toujours eu les yeux ouverts*? Se demanda-
t-il.

Sa grand-mère lui avait toujours dit qu'il n'y avait pas de question bête, celle-là avait l'air d'en être une. À une question bête, une réponse triviale, mais le doute avait été semé dans son esprit. Il s'avança alors vers le petit bonhomme en bois pour :

D'un : s'assurer qu'il était bien en bois, que le blanc de ses yeux n'était que de la peinture et qu'il ne pouvait en aucun cas reproduire la voix de sa grand-mère.

De deux : qu'il était un peu trop grand pour être un bébé.

De trois : qu'il ne pouvait se souvenir de Zaza aussi jeune.

De quatre : que la dame qui le tenait dans ses bras avait une magie dans les yeux et une présence bienveillante qui ne pouvaient être réelles.

Enfin arrivé à côté de Bamba, Bezia tendit sa main droite pour toucher les yeux sculptés dessus, pendant que ses doigts se rapprochaient lentement, la pression montait. Il n'entendait plus les oiseaux chanter, ne sentait plus le courant d'air circuler dans la case, ne sentait plus ses pieds le soutenir. Seul lui et Bamba comptait. Ses doigts étaient sur le point de toucher le totem quand :

— *toc-toc*! Bezia sursauta au bruit provenant de la porte.

Il fixa aussitôt la porte en figeant l'ensemble de son corps et ne tint pas à faire le moindre petit mouvement qui aurait averti son indésirable visiteur de sa présence.

Après quelques instants d'inactivité, toute son attention fut reportée sur « Bamba ». Il avait tellement ignoré la visite de son visiteur qu'il en avait oublié sa présence. Quand il le cru finalement parti :

Toc-toc ! Frappa Yedei derechef.

— Bezia je sais que tu es là.

— *Comment peux-tu savoir que je suis là, bon sang* ? Pensa-t-il en crispant les doigts comme pour étrangler quelqu'un.

— Parce que tu ne me le demanderais pas sinon !

Il venait encore de penser trop fort, ce qui avait réduit à zéro ses chances que Yedei s'en aille avant de trouver ce qu'il était venu chercher. Bezia se résigna enfin à aller lui ouvrir sans trop riposter, de toute façon il savait que cela n'aurait servi à rien.

— Attends un instant, je viens t'ouvrir. Lança-t-il !

Il jeta un coup d'œil rapide à Bamba qui avait toujours les yeux ouverts, puis effectua un petit coup de rangement éclair dans sa case histoire qu'elle soit assez rangée pour recevoir du monde. C'était bien la première fois qu'il avait ce genre d'attention pour l'image qu'il pouvait bien donner mais c'était parce qu'il ne tenait pas à laisser paraître le moindre petit indice sur sa dépression. L'état lui sembla assez correct. Pendant ce temps, son indésirable visiteur avait commencé à se servir de la porte d'entrée comme d'un instrument de musique.

— J'arrive ! souffla-t-il avec une folle envie de lui fracasser la tête.

Marre des fausses notes de musique que Yedei produisait, Bezia se précipita sur la porte et l'ouvrit énergiquement.

Durant les deux semaines où ils ne s'étaient pas vus, Yedei avait répété comme une pièce de théâtre l'attitude qu'il devra avoir avec son ami et ce, dès la première seconde où ils se croiseraient. Mais à la vue de Bezia, la surprise le rendit béat. Il resta un instant immobile avec la bouche grande ouverte.

Bezia eut l'impression de se voir dans un miroir à travers les yeux de Yedei. Pour la première fois de sa vie, son don lui permettait de voir lucidement les ressentiments d'un Homme. Il perçut exactement à travers les yeux de Yedei sa propre métamorphose. Les traits de son visage habituellement innocents, étaient marqués par l'expérience, ses yeux marron-clairs s'étaient assombris.

Cela ne faisait que deux semaines où les deux amis ne s'étaient pas revus, mais Bezia donnait l'impression d'avoir deux ans de plus. Tous ses petits détails lui donnaient un charme viril. Yedei reprit ses esprits quand un sourire fendit les lèvres de Bezia.

— Arrête de m'admirer de la sorte ! Plaisanta-t-il.

— Qu'est-ce que tu racontes ? je ne t'admire pas du tout.

C'est avec stupéfaction que Bezia se rendit compte qu'il n'avait plus ce problème du déchiffrage de l'œil humain. Il arrivait à ressentir toute l'admiration que Yedei avait pour son nouveau lui.

Les deux amis se toisèrent pendant un instant. Malgré son état dépressif, Bezia se rendit compte que rien ne justifiait un comportement aussi inhospitalier envers un ami d'une aussi grande envergure. Il savait que Yedei n'était pas à la base de son malheur et même qu'il lui était reconnaissant d'être là car, à part lui, il ne restait plus grand monde qui s'inquiétait de son bien-être. Après cette petite vague de pensée positive, Bezia fut soulagé quand enfin Yedei ramena ses épaules à la normale, déplia ses sourcils et afficha un sourire enquiquineur au coin de la bouche.

— Je t'excuse pour ton accueil pas très chaleureux. Soupira
        Yedei comme s'il s'était efforcé de pardonner son geste.

Bezia sentit un sentiment de culpabilité grandir en lui cependant, il était trop fier pour reconnaitre à haute voix son exagération.

— Je savais que tu m'aimais trop pour me laisser à la porte !

L'expression de fausse victime s'effaçât soudainement de son visage comme par enchantement pour laisser place à un rire moqueur. Bezia ré-découvrit son ami tel qu'il l'avait toujours connu, avec son incorrigible sens de l'humour tordu. Yedei avait cette bonne humeur permanente, cette émanation spirituelle qui transférait sa bonne énergie à tous ceux qui l'approchaient.

— Pense ce que tu veux. Rétorqua Bezia.

Il était bien décidé à ne pas changer son expression non-accueillante, pour ne pas montrer à son ami la joie qu'il ressentait de le voir. Pourtant, la vue de ses traits détendus, son sourire familier qui lui rappelait tant de bons moments, cette expression de joie sincère qu'il avait la plupart du temps quand il réussissait à avoir le dernier mot, le ton moqueur de sa voix accompagnant ses bonnes vannes, firent oublier à Bezia une grande partie de son chagrin.

— Je resterais bien là à papoter avec toi mais ce serait gentil de me laisser entrer.

— Parce que de là où tu es, tu ne peux pas me dire ce que tu es venu chercher ?

— Je comprends que tu sois encore mal à cause de tout ça mais tu n'es plus un enfant, pousses-toi de là pour que je rentre.

L'attitude soudaine de Yedei lui fit repenser immédiatement à ce que l'inconnu de son rêve lui avait dit.

— *Voilà que je me comporte encore comme un enfant capricieux qui tente sans cesse d'attirer l'attention !* *Pensa-t-il.*

Quand Bezia se redressa pour céder le passage, sa tête se cogna sur le carré de la porte. La hauteur de la porte lui rappelait assez souvent qu'il était beaucoup plus grand que la normale. Cette fois-là, comme à chaque fois, il se promit de ne plus tomber dans le panneau même s'il savait qu'il n'avait pas encore suffisamment développé ce reflexe.

— Bien fait pour toi ! Se moqua Yedei tout en ricanant.

— Tu peux rire toi, c'est vrai que ça ne risque pas de t'arriver, t'es un nabot ! se moqua Bezia à son tour.

Même si Bezia n'était pas aussi sarcastique que Yedei, il était néanmoins très certainement le seul qui arrivait à répondre efficacement à ses humours mal placés. Certaines personnes, la plupart du temps des filles, pleuraient littéralement pour lui montrer combien ses réflexions étaient dépourvues de tacts. Bien entendu cela ne l'arrêtait jamais car il se défendait en soulignant leur manque de sens de l'humour.

Bezia jeta un coup d'œil rapide dans la rue et se rendit compte que les rayons de soleil qui pénétraient dans la maison à son réveil, n'étaient pas ceux du matin mais plutôt ceux du début de l'après-midi. Il réalisa que le temps passait vite quand on ne l'exploitait pas pour faire quelque chose de productif contrairement à la pensée populaire. Un petit détail qui lui fit comprendre qu'en restant chez lui à se laisser sombrer, c'était de petits fragments de sa vie qui s'effaçaient avec le temps, alors que le temps était trop important et méritait d'être consommé à sa juste valeur.

— Je ne m'attendais pas à ce que ta case soit aussi bien rangée ! constata Yedei.

— Pourquoi donc ? Je ne déprime pas à ce point tu sais ?

— C'est le fait que la case soit rangée qui m'inquiète, ça ne te ressemble pas.

— Tu aurais peut-être voulu que j'installe le désordre ici ?

— Ça aurait été bon signe en effet. C'était Zaza qui aimait le rangement, pas toi !

Au constat de son soupir, Yedei comprit que Bezia n'avait pas compris le sens de sa remarque. Il voulut se lancer dans un discours pour lui expliquer que l'anomalie dans son comportement trahissait son état d'esprit mais y renonça. Il avait l'habitude des débats avec Bezia et il savait qu'il en fallait du temps pour arriver à lui faire comprendre quelque chose qui ne sautait pas aux yeux.

— Sinon comment tu vas mon ami ? S'enquit Yedei.

La plupart du temps, à cette question on a tendance à répondre « ça va » car, au fond très souvent la personne qui la pose s'en fout royalement de la réponse. Mais en regardant dans les yeux de Yedei, Bezia prit soudainement conscience de la chaleur de ces quelques mots comme si c'était bien la première fois qu'il les entendait. Ne sachant pas exactement comment il allait, la question resta en suspend jusqu'à ce qu'elle soit balayée par le vent.

— Dans ce cas j'ai une nouvelle qui pourrait te redonner un peu de joie de vivre ! renchérit Yedei avec un visage amusé.

— Je t'écoute.

— Depuis quelques jours, je me fais souvent accosté dans le village par des filles.

— Je suis content pour toi mais, je ne vois pas en quoi cela peut me faire oublier quoi que ce soit.

— Parce que tu n'as pas encore tout écouté. Des filles qui ne me regardaient pas avant ont commencé à me saluer de la main, quand je les approche, trois fois sur quatre elles me demandent si c'est vrai que je suis ton meilleur ami.

— Et qu'est-ce que tu réponds ?

— Que je l'espère bien !

— Qu'est-ce que tu deviendras sans moi ? S'esclaffa Bezia.

— À juger par les questions qu'elles me posaient, j'ai très vite compris la cause d'un tel revirement. Peu avant son agression, Sanou racontait dans tout le village que tu es tellement fort, que tu peux abattre à mains nues un sanglier sauvage. Elle a tellement dû vanter tes performances, que les filles ont fini par penser que tu es le meilleur parti dont une femme peut rêver, car t'as hérité des bons gènes de chasseur.

Je me doutais bien que ma façon d'accueillir Sanou la dernière fois allait me valoir des critiques, mais j'étais loin d'espérer autant d'éloges. C'est agréable de savoir que la reconnaissance faisait partie de ses quelques qualités.

Quoique, elle a été attaquée avant même qu'elle ait le temps de manger la gazelle que je lui avais donné. Elle devait certainement m'apprécier bien avant cela. Surprenant.

Bezia se remit à penser à Sanou qui était loin d'être foncièrement mauvaise, ses commérages n'avaient pas pour but de nuire à quiconque mais c'était cela qui donnait du piquant à son existence.

— Pourquoi une fille serait-elle attirée par un chasseur ?

— Décidément il faudrait que je t'enseigne des choses.

— Ne te gênes pas professeur mais ne t'étonne pas si je n'y comprends rien ! Rit-il.

— C'est connu depuis toujours qu'a la vue d'un homme fort et efficace, les femmes se disent inconsciemment qu'il sera un bon géniteur pour leurs enfants. Tu n'as pas forcément besoin d'être un chasseur mais tu dois juste être bon dans quelque chose.

Yedei commença à se balader dans le petit espace en déballant son speech. Bezia savait bien que son ami aimait jouer aux savants, le plus grand plaisir qu'il pouvait lui faire c'était de l'écouter à la manière d'un élève complètement impressionné.

— Pas là ! Lança-t-il quand il vit que Yedei était sur le point de s'asseoir sur le hamac.

— Pour avoir l'espoir de rendre ton esprit un peu plus futé, tu devrais te donner la peine d'écouter ceux qui l'ont depuis leur naissance !

Il renonça au hamac et continua ainsi son discours tout en se baladant dans toute la pièce et en jetant des coups d'œil indiscret et rapide.

— Ce n'est pas comme ça que je t'aurais décris mais je t'écoute.

— C'est comme ça que ça se passe dans la tête d'une personne.

— C'est-à-dire ?

— Comment expliques-tu, que les femmes rondes sont les plus attirantes en période de crise, mais quand les récoltes sont bonnes et que tout va bien on préfère les femmes fines ?

— Je ne savais pas.

— Ben c'est parce qu'en période de crise, nous sommes instinctivement attirés par les réserves. Une femme ronde a plus de réserves en graisses.

— Ça veut dire qu'on peut être tenté de manger sa femme ? Demanda Bezia, conscient de la stupidité de sa question mais, cela l'amusait de donner l'impression d'être un abruti.

— Je savais bien que ça ne servirait à rien de t'expliquer tout ça parce que tu n'es pas assez fin d'esprit pour absorber ce genre de théorie ! Renchérit-il.

— Dis-moi comment tu sais tout ça ?

— Il y a des gens qui sont fort pour cogner, d'autres pour réfléchir et ce peu importe le clan d'où l'on vient !

— T'as raison, c'est trop compliqué pour moi !

— Dis, je peux me coucher un peu dans ton hamac ?

— Comme on dit, quand tu tends la main à un Homme, il t'attrape le coude. Déjà que je t'ai laissé entrer tu veux encore le hamac !

Voilà que je recommence à le mettre mal à l'aise, décidément je ne comprends pas pourquoi on s'obstine à vouloir contrarier les gens qu'on croit capables d'encaisser et qui luttent pour nous faire plaisir, et le pire c'est que je n'échappe pas à la règle quoique ce soit un comportement que je méprise.

Il manifesta son refus sous forme d'humour, mais la vérité était qu'il n'était pas encore résigné à voir une personne étrangère couchée à la place favorite de sa grand-mère.

— Reste debout et dis-moi ce que tu voulais me proposer en venant ici ! Lança-t-il en grimaçant comme un singe.

— Tu as entendu parler du champ de Khalil ?

— Khalil ? le propriétaire de la plantation à la sortie de la ville ?

— C'est exactement ça ! Et qu'est-ce que t'as entendu sur son champ ?

— Il paraît que les fruits qu'il cultive sont les meilleurs de tout le village et, que c'est la plantation la mieux protégée d'Olubumi.

— Des rumeurs disent qu'il aurait recours à de la sorcellerie pour veiller sur ses plantes, le champ serait gardé par des esprits si puissants que même les oiseaux et les criquets auraient peur de s'y aventurer.

— Tu crois à ce genre d'histoire toi ?

— Justement j'ai bien envie d'aller vérifier. En plus ce sera l'occasion de te faire sortir de ta tanière.

— Tu veux aller voler dans son champ ?

— Ce n'est pas comme ça que je le dirais ; disons juste que j'ai besoin de vérifier si ses bananes valent leurs réputations.

— Avoir le singe comme totem ne te suffit pas, il faut en plus que tu sois dingue des bananes.

— Ne t'inquiète pas, il ne cultive pas que des bananes, ce qui veut dire que t'auras ton compte aussi et, cette escapade ne serait pas aussi marrante si je n'avais pas mon petit disciple pour surveiller mes arrières.

Bezia hésita, pour lui, le terme approprié à ce geste était le vol, ce qui allait à l'encontre de l'éducation qu'il avait reçue de sa grand-mère. Cependant, en entendant parler de sorcellerie, il se devait d'être curieux. Il avait besoin de sa dose de sensation forte, alors il vit cette aventure comme une quête d'expérience de vie et non du vol.

— Dans ce cas je viens, j'imagine que t'essayera de faire croire à tout le monde dans le village que tu as vu des esprits si je ne suis pas là pour en témoigner.

— Dis plutôt que tu viens parce que je t'ai parlé d'autres fruits, je sais que tu as toujours été dingue des mangues.

— Attends que je me passe de l'eau sur le visage et que je me lave les dents.

— Tu n'en as pas besoin, tu n'auras personne à séduire là-bas.

— Je te promets que dans cet état, mon haleine est capable d'abattre un chacal.

— Dans ce cas on s'en servira comme arme au cas où on se fera repérer.

— Attends-moi, je n'en ai pas pour longtemps.

Bezia se précipita dans un petit espace clos derrière sa case. Il se versa deux seaux d'eau sur le corps avant de se frotter les dents avec une brosse en bois prévu à cet effet. Il renfila les mêmes vêtements qu'il portait juste avant sa douche éclair et qu'il avait trainés sur lui durant les quatre derniers jours. Enfin, il chaussa ses spartiates en plastique localement appelées « yôrô ou fali galaka ».

— Héhé, je vois que monsieur a enfilé ses vieux yôrô. Lança Yedei certainement pour se moquer alors qu'il portait les mêmes.

— Qui sont très pratiques pour la course je te signale, surtout que je dois m'assurer de ma vitesse de course maximale en cas de fuite. Tout le monde n'a pas la chance de courir aussi vite que toi.

Lasse d'attendre, Yedei changea brusquement de mine et commença à s'irriter.

— Vas-y dépêches-toi ! t'es pire qu'une femme ! mille ans pour te préparer !

— Arrête un peu de te plaindre et viens voir !

— Quoi encore ?

— Est-ce que t'as un jour remarqué si les yeux étaient ouverts sur « Bamba » ?

— C'est qui « Bamba » ?

— Mon totem bien sûr. Depuis le temps, tu devrais le savoir !

Surprit par l'absurdité de la question, Yedei prit quand même la peine de lever les yeux sur le bonhomme en bois avant de répondre.

— Mais bien sûr que non, vu qu'ils sont fermés.

La réponse eut comme un effet de bombe sur Bezia, son cœur s'emballa immédiatement et toutes ses questions lui revinrent dans la tête. Il fut néanmoins soulagé de constater qu'il n'était pas fou. Si le fait d'avoir vu les yeux de Bamba ouverts l'avait interpellé, c'était forcément parce que cela avait été inhabituel. Il se dit que toute cette histoire méritait une étude plus approfondie mais, que cela pouvait attendre qu'il revienne de sa virée car, ni Yedei, ni personne d'autre ne croira à ce qui était entrain de lui arriver et il perdrait toute sa crédibilité s'il avait le malheur d'essayer d'en parler à quelqu'un.

— Bien entendu, oublie ma question ! Dit-il avant de quitter sa case avec Yedei.

Son humeur était désormais beaucoup plus détendue. Bezia ne s'inquiétait plus vraiment de voir des gens le regarder avec pitié. Cela faisait déjà deux semaines que Zaza avait été enterrée, les gens étaient déjà certainement passés à autre chose, pensant que lui aussi. C'était le crépuscule à Olubumi, les rues quasiment désertes faisaient voir toute sa simplicité. L'odeur de viandes grillées et de poissons frits se dégageaient des maisons, les femmes prenaient du plaisir à préparer le diner. Devant certaines maisons, des hommes se réunissaient pour jouer aux cartes. Le soleil s'éclipsait pour bientôt faire place à la lune dans le ciel. Yedei avait sa mère qui était très certainement en train de lui faire à manger mais, il préférait ne pas laisser son ami seul et voulait lui témoigner son soutien.

Une heure s'était écoulée depuis que les deux jeunes hommes avaient quitté la case.

Le chemin jusqu'à la plantation était long. En courant ou en marchant plus vite, ils y seraient déjà mais, lents étaient leurs pas, joyeuses étaient leurs conversations et forts étaient leurs éclats de rire car, au bout du compte tout seul et en silence on avance plus vite, mais à deux on avance plus loin et le voyage est plus agréable.

91

***

Enfin face à la plantation, un grand grillage d'environ cinq mètres se dressait devant Bezia et Yedei. Le choix leur appartenait de sauter par-dessus ou de faire le tour pour chercher l'entrée. Pour Yedei, la décision ne fut pas difficile à prendre car, pour lui c'était évident que s'il devait s'introduire clandestinement dans une propriété, ce ne serait pas très sage d'entrer par l'entrée principale. C'est pourquoi, il était déjà de l'autre côté du grillage pendant que Bezia cherchait encore dans sa tête un moyen d'entrer. N'étant pas aussi souple que Yedei, Bezia suivit son compagnon dans sa démarche mais avec un peu plus de difficultés.

La lune était désormais bien visible dans le ciel et leur permettait de voir à quel point le champ était bien organisé. Les arbres étaient rangés par types et les couloirs bien symétriques, l'architecture était impeccable.

— Qu'est-ce que tu fais Yedei ? Demanda Bezia quand il le vit s'engouffrer de bananes dès leur arrivée.

— Tu ne penses quand même pas pouvoir m'arracher à mes bananes aussi facilement ? Répondit-il, la bouche pleine.

— Le plus malin serait de commencer par le fond du champ pour revenir vers le début. On aura plus de chances de manger tranquillement nos cueillettes si on attendait de rentrer pour manger, t'en penses quoi ?

— En y réfléchissant bien, ce n'est pas bête ce que tu dis pour une fois !

— Dans ce cas, grouilles-toi !

— Tu n'as qu'à aller devant, je te rejoindrais plus tard.

Bezia se jugea lui-même naïf de demander à quelqu'un qui avait de plus en plus des comportements de singes tous les jours, de snober les bananes parce que quelque chose de meilleur pouvait se trouver plus loin ou qu'il était plus judicieux de faire autrement que commencer par les bananes. La décision de Yedei lui sembla malgré tout légitime car, il se rappela d'une citation que Zaza aimait bien dire « ne laisse pas le poisson que tu as sous la main pour attraper celui qui est sous tes pieds » elle le lui sortait ça à chaque fois que qu'il était trop gourmand. Cela signifiait qu'à force d'être trop gourmand on finissait par tout perdre, ce qui avait d'ailleurs failli lui arriver le jour de la mort de Zaza quand il avait donné leur dîner à la voisine parce qu'il était persuadé d'en avoir un autre. Quelle ironie du sort ? Bezia n'avait compris ce que sa grand-mère essayait de lui enseigner de son vivant que le jour de sa mort. Il ignora ses pensées nostalgiques et continua son odyssée.

Après avoir dépassé plusieurs fruits, il arriva enfin aux mangues. Il distingua clairement des mangues qui avaient l'air si mures et si appétissantes qu'il eut immédiatement l'eau à la bouche. Bezia était reconnaissant à la pleine lune de l'éclairer de sa lumière.

Enfin résigné à suivre l'exemple de son ami, il grimpa sur un manguier avec l'intention de s'empiffrer sans délai. Au milieu de beaucoup de mangues ayant l'air d'être aussi bonnes les unes que les autres, Bezia appliqua le conseil de son aïeule et cueillit celle qui fut le plus à sa portée.

Plus ses dents s'approchaient de la couche verdâtre de ce fruit tant convoité, plus son impatience grandissait.

Soudain, de puissants grognements retentirent juste au moment où ses dents s'enfoncèrent dans le fruit. Ces bruits terrifiants donnèrent à la mangue un gout amer dans sa bouche. Sans chercher à savoir d'où ils provenaient, le signal était donné.

Pieds écartés il sauta du manguier. Inutile de préciser que dès que ses pieds touchèrent le sol, il ne chercha pas de midi à quatorze heures avant de détaler.

Bezia se mit à courir dans la direction de Yedei qui était aussi la direction de la sortie, ou du moins de l'endroit par où ils étaient entrés.

— Yedei, cours ! criât-il pour l'avertir de l'échec de leur mission furtive.

Malgré la distance qui séparait les deux jeunes hommes, Bezia arrivait à entendre le bruit des pas de son compagnon.

— *Soit j'ai une ouïe extraordinaire, soit ce bouffon de Yedei s'est tellement empiffré de bananes qu'il n'arrive plus à supporter son propre poids*¹ pensa-t-il pour s'expliquer sa bonne audition.

Yedei de son côté, entendit l'alerte de Bezia. Il se dit que si Bezia lui criait de fuir au lieu de crier au secours, c'est qu'il était lui aussi entrain de fuir et dans ce cas, il le rejoindrait à la sortie.

À en juger par le tremblement de la terre sous la force de Bezia et des éventuelles personnes qui étaient à ses trousses, Yedei ne perdit pas une seconde. Pendant ce temps, Bezia vit le visage des gardiens de la plantation, il s'agissait d'une bande de chiens si gros qu'ils donnaient l'impression d'être des loups. Les litres de baves qu'ils versaient donnaient une idée de leurs intentions envers lui.

La réaction normale après s'être fait démasquer sur un territoire où l'on est rentré illégalement était de fuir mais, pendant que Bezia s'appliquait à faire ce qui était le plus logique, son corps tout entier lui faisait sentir la culpabilité de fuir devant un danger. Une réaction à laquelle il ne l'avait pas habitué.

Il n'avait jamais fui devant un affrontement d'aussi loin qu'il se souvenait par conséquent, les moindres petites fibres de son corps exprimaient leur désapprobation face à sa décision de prendre la tangente.

En s'entêtant à vouloir se sauver malgré le non-consentement de son corps, Bezia courait encore à sa vitesse maximale quand il fut brusquement retourné, le mettant face aux clébards. Ses pieds glissèrent sur plusieurs mètres, soulevant un nuage de poussière. Ses yeux se colorèrent d'un vert kiwi avant qu'une fine membrane ne se forme dessus, procurant ainsi à Bezia deux paupières. N'ayant plus aucun contrôle sur son corps, Bezia pensa qu'il était cuit quand le premier chien fonça sur lui.

Pile au dernier instant quand il crut y être passé, son bras gauche assainit un violent coup au chien qui fut projeté à une trentaine de mètres plus loin. Un deuxième chien prit immédiatement le relai avec tellement de vigueur qu'il ne pût freiner immédiatement quand Bezia l'esquiva sans aucune difficulté. Un troisième s'y colla, suivi d'un quatrième, tous partis dans le vent face à ses feintes sensationnelles. Il attrapa le cinquième en plein vol, puis, l'écrasa sur le sol. Le sixième lui servit d'arme pour balayer le septième et le huitième qui fut le dernier.

À sa grande surprise, Bezia avait l'impression que les chiens bougeaient au ralenti et qu'ils étaient aussi légers que les instruments de cuisine de sa grand-mère.

Etaient-ce les chiens qui étaient trop lents et trop légers ou lui, qui était devenu plus rapide et plus fort ? Il l'ignorait. Cependant le sentiment de puissance lui était agréable. Difficilement les huit chiens se relevèrent, impressionnés par la puissance de leur adversaire.

— Qu'est-ce tu fais Sada ? Grogna le plus grand chien à un membre de sa meute, apparemment plus déterminé que les autres à se débarrasser de Bezia.

— Ḍa ne se voit pas ? répondit-il à Saulo le mâle dominant de la meute.

— Sada, tu ne peux pas te la jouer en solo, il dégage une grande force.

— Ḍa ne m'impressionne pas !

— Sache que ce qui donne de la force à une frappe, c'est quand les cinq doigts se croisent pour former un poing.

— Sauf que dans votre cas, se sont huit doigts. Ce n'est pas du jeu ! Intervint Bezia toujours sous le choc de voir des chiens discuter.

Malgré la mise en garde du chef de groupe, Sada lutta un instant contre ses pulsions, puis bondit brusquement sur Bezia. Celui-ci, surpris par l'attaque, se servit de son avant-bras gauche comme bouclier et Sada s'y accrocha en y enfonçant ses canines aiguisées.

La meute désormais devant le fait accompli, alla en renfort et profita de la faille dans la défense de Bezia pour le plaquer au sol.

À même au sol, sous une pile de huit chiens s'appliquant à le mordre et à le griffer sans retenue, soudain, Bezia ne sentit plus aucune douleur et, la colère monta de plus en plus en lui.

Les battements de son cœur s'accélérèrent, sa respiration s'emballa. Sa colère fut si grande qu'il eut l'impression que son cœur se battait pour fuir sa poitrine. Son sang, tel une lave de volcan, s'échauffa dans ses veines lui faisant ressentir une douleur comparable à rien d'autre. Sa peau se durcit et de robustes écailles vinrent la renforcer. Ses ongles et ses dents s'allongèrent en s'aiguisant, les moindres muscles de son corps triplèrent de volume sous sa peau écaillée.

Le chien accroché à son bras n'avait désormais plus la gueule assez grande pour faire le tour de son bras. En se mettant debout, Bezia propulsa dans les airs ses adversaires. Les chiens se retrouvèrent ainsi face un géant d'environ trois mètres, mi-homme, mi-crocodile.

Sa vision devint encore plus nette, il arrivait à sentir les battements de cœur de Yedei qui devait être à une grande distance de lui. Trop agité pour réfléchir, Bezia se mit à propulser les chiens à tour de rôle, qui malgré tout, s'entêtaient à revenir à la charge.

Sentant qu'ils perdraient à coup sûr cet affrontement, leurs yeux se teignirent d'un rouge vif et brillant comme des ampoules colorées et ils doublèrent de taille. Bezia continua à se battre d'arrache-pied contre tous ces clébards géants et ce avec un plaisir sans égal.

— *Bezia arrête* ! Se déclencha une voix dans sa tête.

— Je sais que tu n'es pas là Zaza ! Lâcha le gros monstre d'une voix terrifiante.

— *Bien sur que je suis là, si tu continues à te battre de cette manière, tu risques de tuer des gens innocents qui essayent simplement de défendre leurs terres.*

— Des gens innocents ? C'est ta nouvelle appellation des chiens monstrueux ?

La voix de Zaza disparu aussi soudainement qu'elle avait résonnée dans son esprit. Si Bezia se referait à ce qu'il venait d'entendre, les chiens ne se battaient que pour protéger ce qu'ils avaient mis du temps à bâtir. Ce qui d'après son bon sens était une cause plus que légitime, par conséquent, ils ne méritaient pas de mourir de cette manière. Cependant, les chiens étaient bien déterminés à en finir avec lui, il lui fallait donc trouver le moyen de foutre le camp. Bezia se mit alors à donner ses coups de telle sorte de les projeter aussi loin que possible histoire d'avoir un champ libre pour se sauver.

Voyant qu'ils revenaient à la charge encore et encore, Bezia eut envie de tester la vitesse de sa nouvelle forme, alors il fuit dans la même direction où il entendait les battements de cœur de Yedei.

Le sentiment de vitesse dans sa course l'apaisa et il se sentait de moins en moins lourd. Il était entrain de redevenir humain alors que ces sals chiens toujours aussi effrayants étaient encore à l'affut.

Bezia vit Yedei derrière le grillage d'environ cinq mètres qu'ils avaient franchi en arrivant. Etant donné qu'il était devenu plus fort et plus rapide, il devait donc être en mesure de sauter par-dessus sans beaucoup d'efforts.

D'un bond énergique il se propulsa dans les airs. Ce saut lui aura permis de savoir que sauter n'était pas un de ses points forts car il ne parvint pas à survoler la clôture. Il rentra alors en plein dedans, puis la transperça à une hauteur assez satisfaisante.

Bezia tomba juste devant les yeux de son compagnon qui devait attendre sa présence depuis quelques minutes déjà.

Yedei était content de voir son meilleur ami sain et sauf, il était également effrayé de voir à travers le grillage ce à quoi il venait d'échapper, ignorant que Bezia pouvait être pire.

Complètement sous le choc de ce qu'il venait de vivre, Bezia resta couché sur le dos, les yeux fixés sur les premières étoiles qui apparaissaient dans le ciel. Yedei lui tendit la main pour l'aider à se relever mais il tint à rester encore un peu sur les lieux.

Qui était-il vraiment ? De quoi était-il capable ? Il se découvrait en lui-même quelque chose d'extraordinaire. Un nouveau sentiment jamais ressenti. Lui qui était persuadé que plus rien ne lui ferait de l'effet dans la vie. La sensation de se découvrir une aptitude qu'il ne soupçonnait même pas un seul instant, emplit tout son être d'un nouveau souffle.

D'une voix basse comme s'il se parlait à lui-même, Bezia dit :

— Ce qu'on racontait sur Khalil était donc vrai.

— Qu'est-ce que tu as vu ? Que s'est-il passé ?

— Je n'ai pas eu le temps de réaliser, comme t'as vu, il y avait ces chiens monstrueux. J'ai tenté d'y échapper comme je pouvais, mes vêtements ne peuvent pas en dire autant.

— Certains paysans, n'ayant pas des moyens très aisés, choisissent d'avoir beaucoup d'enfants, c'est pour eux une manière de combattre la pauvreté. D'après leurs convictions cela les évite d'employer du monde pour cultiver leurs terres. Khalil a eu l'idée d'élever des chiens et de les rendre aussi monstrueux. Une bonne initiative, il faut l'admettre !

— Comment connais-tu autant de choses ? Tu m'épates ! Dit Bezia en attrapant finalement la main de Yedei pour se relever.

— Je m'intéresse aux histoires que racontent les vieux, tu devrais t'y mettre aussi. Notre village est très mystérieux tu pourrais en apprendre des choses.

— Mais comment expliques-tu que ces chiens soient aussi...

— Aucune certitude mais tu sais rien n'est impossible.

Avec un bras de chacun sur l'épaule de l'autre, Yedei et Bezia reprirent le chemin vers Olubumi, plus complices que jamais.

***

Environ deux semaines plus tôt, Acyl avait commencé à sentir un changement en lui, malgré le niveau élevé de ses sens depuis toujours, ses aptitudes se perfectionnaient de jour en jour, notamment son regard perçant qui flanquait la frousse à beaucoup d'animaux. Il arrivait littéralement à les faire fuir et ce à volonté contrairement à avant la mort de Zaza où il ne pouvait en contrôler l'intensité.

Si Acyl se sentait de mieux en mieux, son grand-père par contre se laissait aller. Depuis la mort de Zaza, Itaï était très souvent absent, pour ne pas dire la plupart du temps pensif.

Quel pouvait être son lien avec l'étoile pour être anéanti à ce point ? Était la question que se posait Acyl.

Malgré son caractère solitaire et non axé sur les sentiments, Acyl se faisait quand même du mauvais sang pour son papi. Durant les vingt et une dernières années où ils avaient vécu ensemble tous les deux, Itaï qui était passionné par la pêche n'avait réussi qu'une seule fois à pousser son petit-fils à se joindre à lui.

Ne sachant plus quoi faire pour redonner le moral à son grand-père, Acyl décida de l'accompagner à son activité favorite même s'il se doutait que le temps allait lui paraître long.

S'attendant à trouver Itaï entrain de se morfondre sur une chaise ou sur la natte sur laquelle il avait l'habitude de dormir, le jeune homme fut agréablement surpris de voir que son grand-père était occupé à autre chose.

— Qu'est-ce que tu fabriques encore ? Demanda-t-il sceptique.

— J'essaye d'attraper des vers de terre ! Répondit Itaï avec un grand sourire et une expression radieuse sur son visage.

— Content de voir que dans ta folie tu es content ! Plutôt que d'être déprimé, je préfère encore que tu sois fou !

Gardant son sourire aux lèvres, Itaï ne répondit pas et continua son activité. Intrigué par l'origine de cette bonne humeur et la concentration d'Itaï sur ce qui l'occupait tant, Acyl

103

pencha la tête pour avoir un meilleur angle de vue. Son grand-père transportait un à un, de la terre vers une boîte, de petites créatures sinueuses se débâtant pour échapper à son étreinte.

— Pourquoi es-tu de bonne humeur aujourd'hui ?

— Je sens que pour une fois, tu vas m'accompagner à la pêche et cette idée m'enchante.

Mince, lui qui pensait pouvoir se défiler, ayant vu son grand-père content, il se réjouissait déjà de pouvoir changer d'avis.

— Comment peux-tu savoir que j'avais décidé cela ?

— Tu es ma chair et mon sang, depuis le temps je commence à te connaitre mon garçon !

— Et ils vont te servir à quoi ces vers ?

— D'appât !

— Pour ?

— Attirer les poissons, évidemment.

Acyl attendit patiemment qu'Itaï remplisse une petite boîte de ces minuscules créatures.

Les deux hommes prirent le chemin qui les conduisit à la rivière, l'un enthousiasmé par ce qu'il pourrait enseigner, l'autre appréhendant un ennui mortel et qui ne se doutait pas un seul instant de ce qu'il allait apprendre.

Deux heures plus tard, assis au bord de l'eau avec chacun un bout de bois légèrement arqué à la main, Acyl et Itaï n'avaient toujours pas eu le moindre petit poisson.

— Je me doutais que cette activité gâcherait ma journée, ça fait plus de deux heures qu'on poirote là sans aucun résultat ! Lâcha Acyl ennuyé.

— Content que tu le remarques enfin !

— Ce n'est pas si dur à remarquer, je n'ai pas l'habitude que ça se passe comme ça. Dans la jungle je n'ai pas ce problème.

— Dans ce cas, si tu as trouvé le problème, pourquoi tardes-tu tant à trouver la cause du problème et par conséquent sa solution ?

— Si les poissons ne veulent pas venir, je ne vais quand même pas aller les chercher !

— Si les poissons ne viennent pas, c'est parce que ton regard les fait fuir. Sache mon garçon qu'un atout peut être un handicap si on ne l'exploite pas correctement.

— Faudrait-il que je ferme les yeux ?

— Il faudrait plutôt que tu maitrises ton regard et par conséquent inverser son effet.

— Je n'en ai jamais eu besoin jusqu'à maintenant. Même si les animaux fuient à mon contact, ils ne sont pas assez rapides pour m'échapper. Ce qui rend la chasse encore plus exaltante.

— Jusqu'alors tu ne chassais que des animaux normaux, maintenant tu vas croiser le chemin de redoutables bêtes, qui en plus d'être fort, seront rusés.

— Qu'est-ce que tu me racontes encore ? Si je pouvais croiser un animal de ce genre, ce serait déjà fait depuis longtemps, tu ne crois pas ?

— Je vais te donner la preuve que non !

— J'attends de voir ça !

— Regarde très attentivement la surface de l'eau.

Acyl se concentra sur la surface de l'eau claire et calme et ne voyait rien d'autre à part son propre reflet.

— Qu'est-ce que je suis censé voir dedans à part mon propre reflet ?

— Chut ! Concentres-toi et essaie de toutes tes forces de produire avec tes yeux ton expression la plus terrifiante.

Le petit-fils s'exécuta, en se concentrant il vit que ses yeux prirent une teinte jaune et sa pupille devint légèrement conique tel un œil-de-chat. Cette vision le fit sursauter et le déconcentra, ce qui ramena ses yeux à la normale. Agité et ne pouvant s'expliquer ce phénomène bizarre, il fixa Itaï en attente d'une explication.

— Maintenant, imagine que ce que tu viens d'accomplir avec tes yeux, t'étais capable de le faire avec tout ton corps. À quoi ressemblerais-tu ?

Acyl posta ses deux mains bien en évidence sous ses yeux, les fixa profondément pendant quelques secondes jusqu'à ce que ses ongles s'allongent, puis il répondit avec stupéfaction :

— Une panthère ?

— Oh crois-moi mon garçon, tu seras bien plus impressionnant qu'une simple panthère.

Les deux hommes se fixèrent, l'enthousiasme que le vieil homme avait pour la journée venait d'être réciproque.

CHAPITRE 4 : Le nerf de la guerre

Le pouvoir : le nerf de la guerre depuis la nuit des temps. La chose pour laquelle n'importe quel Homme renoncerait à son bon sens pour faire les choses les plus absurdes.

Depuis qu'il avait eu droit à un aperçu de ce qu'il cachait quelque part dans ses entrailles, Bezia ne dormait plus que quand le sommeil lui rappelait qu'il ne pouvait être évité. Il ne mangeait que les rares fois où il réussissait à gagner le pari qu'il s'était lancé à lui-même : ne chasser que les animaux qui étaient capables de se défendre.

La chasse en solo était devenue son activité favorite. Sans la présence de Yedei qu'il avait une fois de plus perdu de vue depuis leur aventure au champ, ses réussites à la chasse se faisaient de plus en plus rares. Privé de son efficace compagnon, Bezia n'était désormais qu'un homme seul à la recherche de la limite de son potentiel. Il ne s'attaquait plus aux proies faciles. Il avait l'impression que les lapins et les antilopes flirtaient avec lui et commençaient à le voir en amis, comme s'il ne représentait plus du tout une menace. On ne pouvait pas dire autant des buffles et des phacochères sauvages, qui avaient failli lui trouer la peau à plusieurs reprises.

Parce que son désir de puissance surpassait sa peur de la mort, voilà que Bezia s'était aventuré un peu plus loin dans la nature sauvage. Il suivait les traces laissées par un phacochère sauvage dans la jungle, principalement des écorchures sur des arbres faites par ses défenses.

La faim tiraillait son estomac, sa gorge et ses lèvres étaient sèches à cause de la soif. L'ensemble de ses muscles à bout de souffle, lui envoyait des signaux de détresse ; mais Bezia ne pouvait faillir à l'objectif qu'il s'était fixé, il ne pouvait pas rentrer bredouille.

Après l'avoir pisté dans pratiquement toute la jungle, les yeux de Bezia croisèrent enfin ceux d'un phacochère.

L'animal surprit par l'arrivée du chasseur, se demanda d'abord s'il devrait fuir ou l'attaquer, mais les yeux sombres de Bezia marqués par la fatigue et la faim dirent à l'animal qu'il avait intérêt à courir aussi vite qu'il en était capable.

Comme s'ils s'étaient donné le signal, l'animal sauvage se mit à courir et Bezia ignora la sueur froide entrain de couler sur son dos et se lança à sa poursuite.

La vitesse de sa proie était hallucinante, la bête lourde de plus de cent kilos suivait une ligne droite contrairement aux animaux, que l'élu crocodile chassait d'habitude et qui couraient en zigzag ou tournaient en rond. Son entêtement à suivre le même chemin, témoignait de sa détermination à rester en vie. Bezia ne faisait pas autant d'effort que d'habitude pour essayer de deviner la trajectoire de sa proie, il se contentait d'accélérer.

Le phacochère avait une fine et longue queue terminée par une touffe de poils qu'il balançait de gauche à droite comme pour narguer son prédateur.

Bezia était tout aussi têtue que sa proie, à bout de forces tous les deux, aucun d'entre eux ne voulait abandonner. Bezia luttant pour ne pas mourir de faim et le phacochère luttant pour ne pas servir de repas à quelqu'un qui mourrait de faim.

Marre de se faire pourchasser, le phacochère finit par s'arrêter pour faire face à son assaillant. La bête fixa à nouveau les yeux de Bezia. Cette fois-là, l'élu du crocodile vit très clairement sur les yeux du gros cochon qu'il était prêt à se défendre.

Le phacochère lança des grognements, la couleur de ses yeux vira au rouge et il souffla de la fumée par ses narines comme la plus têtue des brutes. Ces détails n'inquiétèrent pas davantage le jeune chasseur, il vit cela comme une hallucination engendrée par la faim.

Bezia haussa sa main droite vers son flanc gauche pour se munir de son couteau de chasse qui avait emmené à leurs pertes beaucoup d'animaux, puis, il y renonça pour offrir à l'animal un duel équitable.

Voyant que le jeune homme n'attaquait pas, le sanglier bondit à son encontre. Après avoir pris son élan, Bezia plongea sur l'animal, celui-ci freina brusquement, baissa sa gueule vers le sol pour charger son coup puis accueilli violemment le chasseur par un coup de défense. Bezia vint se heurter contre la puissante attaque de sa proie et fut projeter deux mètres plus loin. Le sanglier profita du fait que son prédateur soit par terre pour fuir à nouveau.

Bezia était bien décidé à ne pas rentrer sans l'objet de sa convoitise, il se remit alors sur ses jambes et se relança à sa poursuite. Sa vitesse et sa détermination étaient plus grandes que celles de sa proie. Après une longue course, il se jeta sur l'animal et réussit à l'attraper par ses deux pattes arrière. Il souleva le phacochère puis l'écrasa sur le sol. Le sanglier plein d'énergie essaya encore de s'enfuir quand cette fois, Bezia enroula son bras gauche autour de son cou pour l'étrangler.

Complètement affamé, Bezia était affaibli et le phacochère en redoublant d'efforts, commençait à se défaire de son étreinte quand brusquement, il attrapa son couteau et lui trancha la gorge d'un coup sec. En agonisant, le phacochère continua à se débattre dans ses bras un court moment avant de finalement rendre l'âme.

— Je sais que je devais rester loyal, mais je ne m'attendais pas à ce que tu sois aussi coriace ! Lança-t-il en essuyant le sang de son couteau avant de le remettre dans son fourreau.

Epuisé par toutes ses activités des jours précédents, Bezia devra rassembler toutes ses dernières forces pour pouvoir hisser son gibier jusqu'à sa demeure, qui était à plusieurs lieux de l'endroit où il s'était aventuré. Il était intérieurement insatisfait car il espérait qu'affronter un tel animal pousserait ses pouvoirs à se ré-manifester. Après réflexion, quoiqu'il fût coriace, le phacochère était loin d'être aussi redoutable que la meute des Woulous (chien) dans la plantation.

— *Les Woulous*! Souffla-t-il.

Si ses pouvoirs lui étaient apparus une première fois en leur présence, il n'y avait aucune raison que ce ne soit pas le cas une deuxième fois. Il était encore plus proche de la plantation qu'il ne l'était de son domicile. Juste quand l'idée lui traversa l'esprit de s'y rendre, un gargouillement s'échappa de son ventre et tous ses muscles se raidirent pour manifester leur réticence.

— *Je suis si fatigué*! s'admit-il en poussant un soupir.

Il chercha donc un tronc d'un arbre et tituba jusqu'à son côté pour s'y adosser. Pendant que ses yeux se fermaient doucement, le souvenir de Zaza revint dans son esprit, la vie était tellement plus simple quand elle était là.

Il pouvait rester adosser à cet arbre pendant des jours sans que personne ne s'inquiète de s'il rentrera à temps pour le diner ou même rentrer tout court. Il connaissait à présent l'abomination que c'était d'avoir une vie solitaire. Pendant qu'il se laissait à nouveau déprimer, il réentendit la voix de l'homme qu'il avait vu dans son rêve.

— *Bezia ! tu n'es pas fatigué ! Lèves-toi et continue ta quête.*

— Encore toi ? Dit-il. Qu'est-ce que tu en sais de si je suis fatigué ou non ?

— Les signaux que te renvoi ton corps ne sont pas réels. Ton esprit doit être plus fort que ton corps si tu veux aller loin.

Un silence régna comme si l'homme de son rêve attendait une nouvelle plainte de sa part. Voyant que Bezia était réceptif, il rajouta.

— Lèves-toi et rappelles-toi de ne jamais trainer tant que tu as un but à atteindre.

Sur ces bonnes paroles, la voix dans sa tête disparut. Malgré la sévérité qu'elle dégageait, elle était également rassurante et stimulante.

En se mettant dans sa tête qu'il avait encore des réserves, les signes de fatigue de son corps s'estompèrent comme par enchantement. Il se sentit à nouveau capable d'avancer comme s'il découvrait le fameux second souffle des athlètes.

D'un mouvement sans hésitation, il se remit sur ses jambes et attacha le phacochère sur son dos avant de mettre le cap sur le champ de Khalil.

Bezia arriva enfin face à la plantation. La nuit était tombée, la lune était ronde dans le ciel et sa lumière grise donnait à l'environnement un air d'aube. Le trou qu'il avait créé sur la clôture lors de sa dernière visite avait déjà été rafistolé. Pour pouvoir à nouveau apercevoir les gardiens de l'immense plantation, le jeune homme savait qu'il devra s'y introduire et si nécessaire, voler quelques fruits afin de recréer les mêmes conditions qu'a leur première rencontre.

Le poids de l'animal sur son dos ne lui permettant pas de gravir le haut grillage de cinq mètres, il baissa les yeux pour défaire le nœud sur la corde qu'il avait utilisé pour s'attacher son diner sur le dos.

Bezia déposa le phacochère négligemment sur le sol. En relevant la tête, il aperçut avec beaucoup de surprise sept humains dressés de l'autre côté de la barrière. Ils avaient tous, les yeux rivés sur lui. Bezia se redressa aussitôt à son tour et recula de deux pas.

— Qui êtes-vous ? demanda-t-il.

— Ce ne serait pas plutôt à nous de te poser cette question ? Étant donné que tu te trouves chez nous ! répondit l'un des sept hommes.

Bezia prit un instant et regarda attentivement ses interlocuteurs. Ils avaient quasiment tous la même taille dans la bande et le plus grand d'entre eux devait lui arriver à l'épaule. Ils avaient tous des silhouettes athlétiques excepté celui qui avait posé la question qui, lui était légèrement potelé. Si, ni leurs têtes, ni leurs silhouettes ne déclenchèrent une impression de déjà vue chez Bezia, leurs yeux par contre trahissaient leur véritable identité. En sondant leurs caractères dans leurs regards, Bezia reconnu aussitôt dans la peau de quel chien, chacun d'entre eux était.

— Pourquoi m'accueillez-vous sous cette forme aujourd'hui ? Ce ne sont pas des hommes que je viens voir, mais les chiens que j'ai affrontés la dernière fois.

— Mets un seul pied sur nos terres et tu peux être sûr de revoir les chiens ! Lança l'un d'entre eux d'un ton menaçant.

— Pas si vite Sada, voyons d'abord ce qu'il est venu chercher cette fois ! Proposa le moins athlétique d'entre eux.

À travers son allure et le ton diplomate de sa voix, Bezia devina immédiatement qu'il était l'ainé de toute la bande. Il se rappela également que c'était celui qui avait rappelé à l'ordre Sada lors de leur confrontation.

— Qu'attends-tu jeune Bamba (crocodile) pour nous dire ce que tu viens chercher ?

— L'autre nuit fut un mystère pour moi, je veux à nouveau vous affronter pour ressentir cette sensation.

— C'est quand tu veux ! Intervint aussitôt Sada.

— Non ! Nous ne nous battons pas pour le plaisir. Nous ne faisions que défendre ce qui nous appartient. Lança Saulo l'ainé de la meute.

— Admettez que vous aimez quand même cela ! Dit Bezia. Vous n'aviez nullement besoin d'autant de force pour chasser des intrus de votre champ.

— Mais qui est-il pour nous dire comment on doit se comporter chez nous ? Dit un troisième garçon.

— Je suis d'accord avec Tidio, flanquons-lui une raclée, ça se voit qu'il est à bout de forces. C'est le moment de prendre notre revanche ! Renchérit un quatrième.

— Sache jeune crocodile que nous ressentons les intentions et surtout la force des intrus. On n'avait jamais senti une aussi grande puissance avant toi ! Confessa une fois de plus Saulo, toujours sous le même ton conciliant.

— Ne lui dis pas ça, il va commencer à prendre la grosse tête.

Bezia ne prêta pas la moindre attention à la remarque de Sada, seul Saulo et ses révélations lui importaient.

— Vois-tu, je n'arrive plus à retrouver ce pouvoir, c'est pourquoi j'ai besoin de ton aide.

— La plupart d'entre nous voient ce phénomène comme une malédiction, toi tu as l'air de si bien y tenir. Dit Tidio d'un air curieux.

Même s'il ne pouvait l'expliquer, Bezia ne s'était jamais senti autant vivant que lorsqu'il était sous sa forme démoniaque.

— Au moins lui et moi sommes d'accord sur ce point. Dit Sada.

— Bezia, je ne saurais t'en dire plus. Ce pouvoir est tout nouveau pour nous aussi.

117

— Je n'en ai pas eu l'impression pourtant. Vous aviez l'air de si bien le maitriser.

— Je te signale qu'à toi tout seul, tu as réussi à nous vaincre tous. Un de mes frères ne s'en est pas encore remis. Rétorqua Tidio.

— Et puis as-tu la moindre idée de quel animal tu as en ta possession ? Demanda un cinquième garçon en indexant le gibier que Bezia venait de chasser.

Bezia baissa la tête sur le phacochère. Sachant à quel point cet animal pouvait se révéler coriace, il se caressa le crâne en feignant la modestie.

— Même s'il est légèrement difficile à attraper, ce n'est qu'un phacochère. Dit-il modestement.

— Ce n'était pas n'importe quel phacochère. As-tu remarqué à un moment s'il a expiré de la fumée par ses narines ?

L'image du phacochère lui revint aussitôt dans la tête.

— A-t-il également eu les yeux rouges ?

Tous ces détails, que Bezia avait mis sur le compte d'une hallucination due à la faim, se révélaient avoir été réels. Il affirma d'un geste de la tête.

— Qu'est ce que ce phacochère avait-il de spécial ? Demanda-t-il alors.

— Un des animaux fétiches de la jungle. Répondit Tidio.

— Il s'attaquait spécialement aux bucherons ! Il faut être un surhomme pour le vaincre et tu as réussi malgré ton estomac vide ! Renchérit Saulo.

Le pouvoir n'a pas si disparut que ça ! Songea le jeune élu des crocodiles. Une satisfaction personnelle traversa subitement tout son corps.

— Que diriez-vous de partager ce repas avec moi ? Demanda-t-il en pointant le phacochère du doigt.

Les frères Woulou se regardèrent un instant.

— Etant donné tout le mal que tu t'es donné pour l'avoir, nous ne pouvons accepter …

— Qu'est-ce que tu racontes Saulo? Coupa brusquement Sada son ainé. Bien sûr que nous acceptons, une invitation comme celle-ci ne se refuse pas.

Toute la bande ricana simultanément à l'idée de priver Bezia d'une importante partie de son gibier.

— Par contre, je ne me sens pas de force de le faire passer par-dessus le grillage !

De quelques mouvements, Sada sauta par-dessus la clôture. D'un geste facile, il lança l'animal de cent kilos dans la plantation comme s'il balançait un sac de coton. Impressionné, Bezia le suivi dans le champ.

Ils allumèrent un feu et partagèrent le festin ensemble dans la bonne humeur. Bezia en oublia même pendant un instant tout le stress qu'il avait cumulé durant les derniers jours.

Le festin était terminé, et il était temps pour lui de s'en aller. Cette fois, il fut raccompagné à la porte d'entrée. Il avait déjà commencé à marcher quand Saulo lui dit.

— Le pouvoir est en toi Bezia, tu es sur la bonne voie dans ton apprentissage.

Bezia se retourna pour regarder l'ainé de la meute quand celui-ci rajouta :

— Sache que l'affrontement à été également très instructif pour nous, cela nous a permis de remettre nos facultés en question.

— En plus je tiens à t'avouer que tu es l'homme le plus puissant qu'il nous a été donné de combattre, et tu nous feras un immense plaisir de nous remettre ça quand tu seras plus fort et que notre équipe sera de nouveau au complet. Renchérit Tidio.

— Ne cherche pas loin l'animal car il est en toi, vous ne faites qu'un. Entraîne ton esprit et ton corps suivra. Opina Sada à son tour.

Touché par cette attention, Bezia ne dit pas de mot, il se contenta de lever le bras pour prévenir qu'il partait.

— Tiens Bezia ! On s'est dit que ça te ferait plaisir d'y gouter sans que ce ne soit forcément volé. Lança Sada, en tendant un grand sac remplit de fruits.

— Mes gouts pour les fruits semblent avoir changé depuis notre rencontre.

120

— Justement, prends ces fruits, trouve pourquoi tu ne les aime plus et tu comprendras mieux ce qui t'arrive ! rétorqua Saulo avec un sourire sage avant que son frère ne lance le sac.

Après avoir tourné le dos à la meute, Bezia était prêt à partir quand une dernière question lui vint en tête.

— Juste une dernière chose !

— Je t'écoute !

— Ça a commencé quand ? Je veux dire, quand avez-vous commencé à vous transformer ?

— Je ne saurais te dire avec exactitude mais environ deux semaines avant de te croiser.

— Ah.

Si Bezia ne fit pas le rapprochement, les mutations avaient commencé avec la mort de Zaza. Y avait-il un lien ? Ou était-ce une pure coïncidence ?

Les dernières paroles de Saulo lui trottèrent dans sa tête sans qu'ils ne comprennent vraiment comment des fruits pouvaient lui donner des réponses.

C'était, content d'apprendre qu'il était un adversaire à ne pas prendre à la légère, et déçu de ne pas avoir eu ce qu'il était parti chercher, que Bezia quitta les terres des chiens.

Malgré les désillusions au bout de toutes les pistes qu'il aura exploitées jusqu'alors, Bezia était inconsciemment guidé par une philosophie de sa grand-mère : celui qui se bat pour atteindre un but, l'atteindra sauf s'il s'arrête avant.

Comment n'y ai-je pas pensé plus tôt ? Songea-t-il quand il se fit un récapitulatif de toute son aventure. Il se sentit bien bête de n'avoir pas fouillé plus profondément le premier évènement mystérieux, celui impliquant « Bamba » le totem. S'il s'était montré bavard une fois, il y avait de grandes chances pour que cela se reproduise. C'est ainsi que Bezia se précipita immédiatement en direction de sa maison.

En franchissant le seuil de sa porte, il vit la statue posée à la même place où elle avait toujours été. Sans accorder d'importance à rien d'autre dans la case, il s'avança jusqu'au totem Bamba et se mit debout en face de lui. Il se demanda s'il n'était pas fou de s'adresser à un objet et d'attendre de lui qu'il réponde.

— Je n'ai pas que ça à faire Bamba. Si tu sais parler, alors parle-moi maintenant. Ça ne sert à rien de me faire tes caprices. Après tout ce que j'ai accompli aujourd'hui, je mérite d'être un peu plus éclairé sur la situation.

Malgré le ton conciliant qu'il avait employé, la statue ne voulait toujours pas lui répondre. Le jeune homme ne sachant plus trop comment s'y prendre, commença à perdre patience. Il se jeta sur le petit bonhomme en bois et s'attela à le secouer dans tous les sens.

— Explique-moi Bamba, explique-moi ce que tout ceci veut dire! Grondât-il sur Bamba avec la ferme conviction que celui-ci l'entendait.

Après de longues minutes d'interrogatoires improductives, Bezia désespéré, en arriva aux menaces.

— Je me fiche que ma tribu te vénère. Zaza n'est plus là pour te protéger. Si dans les secondes qui suivent, tu ne me donne pas un petit indice, je te promets de te balancer dans le lac sans aucun remord. Si tu es aussi puissant qu'on veut bien nous faire croire, tu n'auras certainement aucun mal à t'éviter cette mésaventure.

Aussitôt dis, aussitôt fait. D'un geste habile, Bamba fut emprisonné dans l'étreinte puissante du bras droit de Bezia. Dans sa colère il ne s'arrêta pas de courir un seul instant jusqu'à ce qu'il soit enfin face à une rivière.

— Adieu totem de pacotille ! Gronda-t-il en lançant le totem aussi loin que ses forces le lui permettaient.

Après son petit coup de folie, Bezia se mit à genoux devant le lac, et regarda le courant emporter Bamba. Ce n'est qu'à ce moment qu'il réalisa l'ampleur de son acte. Il venait de balancer l'objet le plus précieux que son aïeule lui avait laissé. C'était un peu trop tard pour regretter, à cet instant précis Bamba accompagnait la rivière, et allait bientôt se perdre dans l'immensité de la mer.

Qu'est-ce qui m'arrive ? Se demanda-t-il en posant ses deux mains sur sa tête. La fatigue l'envahit brusquement ! Pendant toute la journée, pas une seule fois il ne s'était accordé un temps de pause. Exténué, il rentra chez lui, tituba jusqu'au hamac avant de s'écrouler dessus.

Plongé dans l'obscurité, alors qu'il se laissait emporter par la douceur de la nuit et que ses yeux se fermaient.

— Comment as-tu osé ! Gronda subitement une voix terrifiante.

— Qui est là ? Se réveilla-t-il en sursaut.

À la différence de la première fois, Bezia ne chercha pas dans tous les sens. Bamba était de nouveau dans la maison, ses yeux grands ouverts étaient aussi lumineux que la pleine lune. La surprise le fit s'écraser au sol.

— Comment as-tu réussi à arriver ici aussi vite ! demanda-t-il.

— Ne t'a-t-on pas enseigné que les totems doivent être respectés ?

— Et toi, ne t'a-t-on pas dit que moi, Bezia, ne supportait pas d'être ignoré ?

— Malgré ton insolence, j'admire ton courage.

— Je ne recherche pas ton admiration, seule la lumière sur tout ce mystère m'intéresse.

— Je n'en répondrais qu'a trois, alors choisis les avec précaution.

— Pourquoi ne décides-tu de répondre que maintenant ? Pourquoi juste trois ? Qu'est-ce que ça te coutera de répondre à toutes ? Pourquoi ….

— Parce que ce n'est que maintenant que tu as prouvé que t'étais digne d'être l'élu. Juste trois parce que j'ai décidé que je ne voulais pas faire autrement. Ça me coutera que je ne t'aurais pas appris qu'on ne pouvait pas tout te servir sur un plateau et que tes actes auront toujours des conséquences.

— Dans ce cas voici mes questions, comment …

— Attends ! Tu les as déjà posées tes questions ! Ne t'en rappelle-tu pas ?

— Ce n'est pas du jeu !

— Bien sûr que c'est du jeu et il se trouve que les jeux sont fait.

— Si tu ne réponds pas à mes questions, cette fois-ci c'est dans du feu que je te jetterai ! lança-t-il en se ruant sur Bamba.

— Apprends à contrôler tes pulsions quand il le faut jeune chasseur car, à partir de maintenant, dans ta vie elles seront prédominantes.

Quand Bezia saisit Bamba, il était trop tard, celui-ci avait déjà refermé ses yeux, replongeant la salle dans l'obscurité totale.

— Même s'il fallait que je te jette dans le feu, je suis bien trop à bout ne serait-ce que pour l'allumer ! Confia-t-il au totem avant de s'écrouler sur le sol.

Bezia vit le fait d'avoir pu faire parler un morceau de bois comme un exploit, et était assez satisfait de tout ce qu'il avait découvert durant cette journée. C'est avec cette pensée positive qu'il s'endormit à même le sol avec le sourire aux lèvres et convaincu que le lendemain sera un autre jour car, au fond de lui, il savait que le brouillard ne tardera pas à se dissiper.

CHAPITRE 5 : Amitié

Le matin suivant, c'est couché à plat ventre que Bezia ouvrit les yeux sur le sol de son logis. Malgré la dureté du sol, il se réveillait du meilleur sommeil de sa vie. Aucun rêve, ni aucun cauchemar n'était venu perturber le néant dans lequel son esprit s'était perdu. Son corps tout entier lui envoyait des messages pour lui signaler à quel point il l'avait poussé à bout. Mais l'étincelle d'une émotion brulait en lui : la fierté.

Bezia était fier de chaque muscle déchiré qui le brulait sous sa peau, psychologiquement, il interprétait en exploit toutes ces courbatures, comme après une séance de musculation. D'habitude peu sensible à ses émotions, quelque chose avait changé en lui. En se remettant sur pied, il constatât une énergie magnifique se propager dans tout son corps, même s'il ignorait qu'il puisait tout cela du brin d'émotion présent en lui à ce moment précis. Il s'étira inlassablement jusqu'à ce qu'il entende claquer ses os du dos.

Après plusieurs jours à courir derrière un pouvoir inconnu, le petit moment passé avec la meute des Woulous lui rappela quelle sensation extraordinaire c'était que d'avoir des amis. Bezia décida donc d'employer différemment toute cette énergie qu'il avait en lui en revoyant ses amis. Comme un déclic dans sa tête, il se rendit compte que ce dont il avait le plus besoin à ce moment était des relations sociales. Aussitôt à ses yeux, cela remontait à une éternité qu'il n'avait pas fréquenté les deux personnes qu'il considérait comme ses meilleurs amis. Il s'agissait de Salomé et de Yedei. Il se dit que Salomé devait très certainement ne plus le voir comme son ami, vu le nombre d'esquives qu'il lui avait adressé depuis la perte de sa grand-mère. Quant à Yedei, du fait de son imagination débordante, Bezia gardait encore l'espoir que son ami lui imaginera des excuses à sa place.

Cependant, il fut confronté à un dilemme quand il décida de les voir tous les deux en même temps car, les deux individus qui lui servaient de meilleurs amis étaient comme chiens et chats. Yedei qui était son ami depuis toujours, n'arrivait pas à comprendre l'attachement de Bezia à une autre personne, surtout de sexe féminin. Il l'aurait bien poussé à faire un choix entre eux mais, il savait que dans la tête de Bezia, il était clair et net que choisir n'était même pas une option à envisager.

De là où il était debout, Bezia apercevait le sac rempli de fruit qui lui avait été offert par les enfants de Khalil. Curieux de comprendre pourquoi un fruit avait eu un gout fade dans sa bouche la veille, il se dirigea vers le sac, puis défit son nœud avant de renverser son contenu dans un panier. Il ne pouvait qu'admirer la beauté de ces fruits, certainement cultivés avec beaucoup d'amour, vu comment la plantation était bien rangée et aussi bien protégée.

Il s'empara d'une pomme, sa belle couche verdâtre ne donnait qu'une seule envie, de croquer dedans. Cependant le jeune homme la retourna dans tous les sens tout en essayant de comprendre pourquoi cette envie lui manquait. Il fut arraché à ses songes quand il entendit au loin des bruits de pas. Ses sens estimaient l'origine du bruit à plusieurs centaines de mètres de lui. Un sourire satisfait se dessina sur ses lèvres car il mit cette ouïe extraordinaire sur le compte de ses nouvelles aptitudes. Le son s'intensifia jusqu'à s'arrêter net devant sa case.

— Bezia t'es là ? appelât une voix féminine.

Il n'eut pas le temps de répondre que Salomé avait déjà poussé la porte et se tenait debout devant lui.

— Comme par hasard je pensais à te voir aujourd'hui ! lança-t-il surpris par un tel timing.

Avant que Salomé ne réponde, Bezia vit clairement le doute dans ses yeux. En croisant son regard, il lut dans ses émotions comme à travers de l'eau claire. Il admirait avec étonnement, la beauté de la complexité avec laquelle les émotions des Hommes arrivaient à coexister sans pourtant s'emmêler. C'était la première fois que son don lui permettait de sonder aussi lucidement l'âme d'un être humain et s'il pouvait le décrire en un mot, il dirait tout simplement que c'était de l'art : un art divin.

— Comme par hasard, je me disais que t'allais me sortir une excuse de ce genre.

— Serais-tu en train d'insinuer que je mens ?

— Depuis quand te soucis-tu de ce qu'on peut penser de toi ? renchérit-elle.

Cette fois-ci Bezia ressentit la sensation de Salomé d'être face à une nouvelle personne. En effet il avait beaucoup changé aux yeux de son amie, tant par son allure que par son comportement et par le charme sauvage qu'il dégageait. Néanmoins, il se sentit flatté par l'image de lui-même que lui renvoyaient les yeux de Salomé.

— Tu as raison, ne fais pas attention à mes remarques, je suis en quelque sorte bizarre ces derniers temps.

— Qu'est-ce que tu manges ? Demanda-t-elle en fixant le panier de fruits.

Bezia savait qu'elle savait exactement ce que c'était, le fait de poser la question néanmoins, était une manière d'en demander.

— Vu que tu connais déjà la réponse, pourquoi poses-tu la question ?

— Pour que tu proposes de partager bien sûr ! C'est évident, non ?

Bezia sourit à pleine dent puis, tendit le sac à Salomé.

— Ils ont l'air tellement bons les uns et les autres, que je ne sais même pas lequel je veux gouter en premier ! Dit-elle en fouillant.

Une fois encore, Bezia détermina le choix de Salomé en regardant au fond de ses pupilles.

— Ce n'est pas un seul fruit que tu veux, si tu pouvais les manger tous, tu en serais ravie.

— Tu n'as pas tort. Leva-t-elle les yeux sur lui une deuxième fois tout en lui adressant un sourire.

Cette fois aussi, Bezia lu dans son regard. Il vit que derrière ce sourire radieux, se cachait plein d'interrogations.

— Salomé tu es sûre que tout va bien ?

— Mais bien sûr ! Qu'elle question ? C'est à moi de te poser cette question, comment tiens-tu le coup ? Je sais que ça ne doit pas être facile de te retrouver tout seul dans ta case.

— Ce n'est pas ce que j'ai connu de mieux dans ma vie en effet. Relativisa-t-il.

Sans transition, Salomé demanda tout en tournant sur elle-même :

— Comment tu me trouves ?

Bezia ne fut pas étonné une seule seconde par la question car, il avait senti depuis son arrivée qu'elle attendait un compliment. Il la scruta néanmoins de la tête aux pieds, ne pouvant s'empêcher de remarquer à quel point elle avait changé depuis l'époque où elle courait pieds et torse nu dans les rues.

À cette époque elle ne se doutait certainement pas que c'était une attitude déplacée pour une fille. En la regardant, il ne fit qu'admirer une fois de plus tous les détails qui lui avaient sauté aux yeux dès qu'elle avait franchi la porte. Elle avait les cheveux étonnamment bien coiffés, sa peau apparemment douce donnait plus d'éclats à ses sourcils foncés et bien dessinés. L'effort qu'elle avait fournit pour avoir ce résultat était sans doute considérable. Elle avait dû passer des heures à se faire belle avant de sortir de chez elle.

Elle était vêtue d'un bel ensemble avec des motifs colorés, qui lui moulait assez pour voir les moindres petits détails de ses rondeurs. Cela n'était visiblement pas dû au seul fait qu'elle n'était pas des plus fines, mais aussi parce qu'elle avait certainement insisté auprès du tailleur pour enlever quelques mesures à ses réelles mensurations. La jupe de la même couleur que le haut lui allait tout aussi serrée. La couleur des vêtements témoignait de sa force de caractère, car il fallait du cran pour s'habiller aussi différemment de toute la population.

En effet, Olubumi n'était pas vraiment un endroit où on pouvait se procurer ce genre de tissu, tout le monde s'habillait en beige, en noir ou en marron, et leurs vêtements ne bénéficiaient pas toujours de beaucoup de couture. Certains se contentaient juste d'attacher un morceau de tissu autour de leur taille pour couvrir le minimum de parties intimes. Salomé avait dû se procurer ses tissus par l'intermédiaire de sa mère qui voyageait dans des endroits très éloignés. Bezia découvrit avec déception ses jolies chaussures avec des semelles en bois, on n'avait pas besoin d'une ouïe hors du commun pour l'entendre arriver de loin.

— Tu es très originale. Se prononça-t-il enfin, après une étude très minutieuse.

— C'est tout ce que tu as à dire ? Répondit-elle apparemment insatisfaite par les commentaires de son ami.

Salomé savait que Bezia avait toujours été à côté de la plaque quand il s'agissait de donner un point de vue esthétique. Elle profitait également de son faible niveau de connaissance en la matière pour lui soutirer le plus de compliments que possible. Il ne lui en fallait pas beaucoup pour être impressionné.

— Cela ne te suffit pas ?

— Non, tu es mon ami et tu es une personne franche, j'espérais de ta part un jugement plus objectif.

— Ne veux-tu pas dire un jugement plus élogieux ? Mon jugement était on ne plus objectif !

Bezia cachait son désintérêt pour les habillements féminins, hélas, avoir une amie comportait le risque de se retrouver entrain de parler de couleurs de cheveux et de beauté des ongles.

Face à la mine de chien battu qu'elle afficha, il se devait de jouer encore le jeu car quelque chose semblait réellement la tracasser.

— Dans ce cas, que veux-tu savoir ? Demanda-t-il.

— Pourquoi est-ce que malgré tous mes efforts, personne ne s'intéresse vraiment à moi ?

— Si tu trouves la réponse à cette question, je pense que ta célébrité va tellement augmenter que tu voudras passer inaperçue. En plus si mes souvenirs sont bons, il m'est arrivé de voir des bandes de garçons siffler à ta vue. C'est un signe d'intérêt tu sais ?

— Sois sérieux un instant !

— Je te connais, ton plus grand charme est ta confiance en toi. Si tu te sens mal aimée, c'est parce que t'attends de l'affection de quelqu'un en particulier, qui ne t'en donne pas, alors commence par me dire de qui il s'agit !

— On t'a déjà dit que tu ne pensais pas comme un enfant ?

Salomé ignorait complètement que son meilleur ami n'était pas dupe, il ne voyait pas que ce qu'elle voulait bien lui montrer, il connaissait désormais ses intentions mieux qu'elle-même.

— Tout le monde n'est pas de cet avis. Dit-il en faisant allusion à Yedei, mais il ne pouvait évoquer ce prénom en présence de Salomé.

— Je sais que tu dis des choses pour me réconforter.

— Tu sais déjà tout ce que je suis entrain de te dire, c'est juste que tu as besoin de les entendre de la bouche de quelqu'un d'autre pour en être complètement sure. Tu veux que je te dise que les gens t'adorent ?

134

— Oui dis-le-moi ! Grimaça-t-elle.

— Les gens t'adorent Salomé, c'est peut-être l'image que tu leur montres, en te cachant derrière tes accoutrements à faire tourner la tête à plus d'un, qui les fait fuir.

— On croirait entendre Yedei !

— J'ai mes propres opinions aussi tu sais ? Et puis Yedei n'as pas d'influence sur mes pensées. Rétorqua Bezia.

— Crois moi, il a plus d'influence sur toi que tu ne le penses. Merci quand même de me dire que les gens m'adorent.

— C'est tout ce que tu as retenu ?

— OUI ! Répondit-elle aux anges.

— En tout cas, sache que si tu montrais vraiment ce que tu étais aux gens, alors peut-être qu'ils essayeront de t'aimer pour qui tu es et non pour qui tu parais.

— Et toi, tu vois qui je suis vraiment ?

— Tu n'as pas idée à quel point !

— C'est étonnant, je connais une fille qui me donne les mêmes conseils que toi, à croire que vous vous concertez avant de me voir.

— Bon à savoir qu'il existe des gens comme moi, Yedei en serait traumatisé.

— Tu serais gentil de ne pas prononcer son nom. Il est insupportable. D'ailleurs je me demande comment sa copine s'y prend pour le supporter.

— De quelle copine tu parles ?

— Parce qu'il en a plusieurs ?

— Plutôt parce qu'il n'en a pas

— Je ne savais pas ! répondit-elle en ayant un sourire au coin de la bouche.

En ayant commencé à jouer à l'ami qui trouvait les bons mots, Bezia venait de se rendre compte qu'il ne pourra plus échapper à Salomé, tant qu'il n'aura pas répondu à toutes les questions qu'elle se posait.

— Si on allait discuter devant la maison sous l'arbre, cela nous permettra d'être plus inspirés ! proposa-t-il.

— À condition que tu me laisses emprunter ta chaise.

— Fais comme chez toi ou du moins comme chez moi parce qu'il ne faudrait pas que tu recommences à toucher à tout.

Salomé porta la chaise, elle la trimballa difficilement à cause de ses vêtements serrés jusqu'au premier grand arbre de la forêt qui n'était situé qu'à quelques mètres de la case. Bezia, qui savait qu'il n'allait finalement pas manger les fruits, décida de prendre tout le panier de fruit afin de les ramener à Salomé, qui allait très certainement en ingurgiter plus de la moitié.

À peine après avoir franchi à son tour le seuil de sa porte, il aperçut Sanou devant sa case. Le guérisseur du village l'avait finalement laissé rentrer chez elle. Ses jambes se paralysèrent aussitôt. Il revécut la douloureuse journée tragique dans sa tête.

Quoiqu'il ne fût pas très proche de Sanou, Bezia n'en ressentit pas moins un immense chagrin à cause de ce qui lui était arrivé. Il s'approcha de sa voisine afin de lui remettre le panier de fruits.

Sanou était dans l'incapacité de parler mais dans ses yeux, Bezia vit une envie presque incontrôlable de lui raconter quelque chose. Face à son inaptitude à prononcer le moindre mot, des larmes commencèrent à couler de ses yeux. Bezia n'était pas un grand sentimental, mais chaque mot incompréhensible de Sanou était comme des flèches enflammées qui se plantaient dans son cœur. Il ressentit une grande compassion pour cette femme, qui voyait le récit d'histoire comme la chose la plus merveilleuse de la vie.

Savoir qu'elle ne pourra plus écouter aux portes et raconter des ragots démolit le peu d'effort que Bezia faisait encore pour ne pas verser de larmes. Il se mit à genoux devant Sanou puis posa ses mains sur ses épaules.

— Sanou, ménage tes forces. Tu n'as pas besoin de prononcer de mot, je sais que ce n'est pas l'œuvre d'un animal ce qui vous est arrivé à toi et à Zaza. Aujourd'hui, je te fais la promesse solennelle que je retrouverais celui qui vous a fait ça, et je lui ferais payer.

Face à la non-réaction de sa voisine, il se rappela très vite qu'entendre n'était également plus dans ses cordes.

Lui et Sanou se toisèrent quelques secondes avant de se tenir la main.

— Maintenant je dois y aller, mais j'ai emmené des fruits pour tes enfants. Je parie qu'ils n'en ont jamais mangé de si bons ! Lança-t-il après s'être délicatement libéré de l'étreinte de Sanou.

Bezia était un peu plus soulagé après avoir vu un sourire sur les lèvres de sa voisine, il lui lança une dernière phrase avant de rejoindre Salomé.

— Si t'as besoin de quoi que ce soit, à n'importe quel heure, sache que je serais toujours là pour toi et ta famille !

Savoir Sanou sourde n'empêcha pas Bezia pour autant d'exprimer à haute voix la responsabilité qu'il tenait désormais à endosser.

Content d'avoir tissé un nouveau lien avec sa voisine, Bezia parcourut lentement la distance qui le séparait de Salomé en se jurant dans sa tête de ne jamais faillir à la promesse qu'il venait de faire.

— Est-ce qu'elle va mieux ? S'enquit Salomé.

— Elle ira beaucoup mieux à partir d'aujourd'hui !

Il s'assit par terre et s'adossa contre un arbre. Il n'avait pas choisi cette place par hasard, il tenait à garder un œil sur Sanou. La voir, lui faisait ressentir une boule dans la gorge, une hargne contre celui qui avait bien pu lui faire ça. En une journée, elle avait perdu en quelque sorte sa raison de vivre.

L'activité qui la faisait aimer cette vie quelquefois injuste. La voir ainsi rappela à Bezia qu'il ne fallait pas perdre de vue son objectif et qu'une justice attendait d'être rendu par ses soins.

Salomé qui était tracassée par quelque chose, ramassa un bâton et s'occupa à faire des dessins sur le sol. À travers l'expérience de Sanou, Zaza et Bezia, elle venait de comprendre que sa vie était belle et qu'elle n'avait pas de quoi se plaindre. Devant cette leçon de la vie, elle changea de sujet et décida de parler de choses plus joyeuses.

— Bezia ! t'es au courant que c'est ce soir qu'aura lieu la fête du village ?

— Je le savais mais je ne compte pas y aller ! Répondit-il après quelques secondes de silence.

— Mais tu sais…

— Je te répète que je n'y serais pas ! la coupa-t-il irrité par son acharnement.

Après s'être exprimé sur un ton aussi agressif, Bezia réalisa qu'il y était allé un peu fort. L'animosité qui véhiculait en lui, au moment de sa réponse contrôlait ses paroles. S'il ne trouvait pas à l'heure cette discussion appropriée, il décida quand même d'essayer de se rattraper.

— Je n'ai pas trop la tête à ça ! Reprit-il, cette fois-ci sur un ton beaucoup plus conciliant.

— Je comprends tout à fait ce que tu ressens Bezia, tu attends certainement de moi que je n'en rajoute pas. Mais je suis ton amie et je ne peux pas continuer à te regarder te sentir coupable à chaque fois que cette histoire te revient dans la tête. Même si tu ne veux rien entendre, je te répèterais quand même que tu dois aller à cette fête ce soir.

Bezia soutint les yeux de Salomé et y décela, un réel souci pour son bien-être et sa détermination à lui dire ce qu'elle pensait sans le ménager. Contrairement aux attentes de Salomé, Bezia comprit son attitude envers lui. Il comprit que la véritable amitié ne consiste pas à dire à l'autre ce qu'il veut entendre mais plutôt ce que l'on pense être le mieux pour lui.

— J'y réfléchirais mais je ne te promets rien ! Céda-t-il en mimant un sourire forcé.

Le silence régna quelques instants, le temps que les deux amis se défassent de cette ambiance et de passer à autre chose. Hélas, le sort en avait décidé autrement. Bezia fit une grimace quand il aperçut Yedei à environ deux cents mètres de leur position. Il réalisa que les lieux allaient bientôt se transformer en un champ de bataille. Si Salomé savait se comporter en adulte responsable, Yedei en revanche prenait du plaisir à semer le trouble.

— Ne serait-ce pas Yedei que je vois au loin ? lança-t-il pour prévenir la jeune femme de l'ambiance des prochaines minutes.

— Oh pitié ne me dis pas que tu l'as invité ?

— À la base je ne savais pas que tu venais, lui non plus. J'avais prévu d'aller vous voir tous les deux, mais finalement ce n'est pas une si mauvaise idée que vous ayez décidé de venir car, voici la bonne occasion pour que vous arriviez à coexister. D'ailleurs je serais curieux de savoir pourquoi est-ce que vous ne vous supporter pas. Peux-tu me l'expliquer ?

Elle resta silencieuse un instant, fixa Yedei au loin et ne put s'empêcher de sourire à chaque fois qu'elle le voyait taquiner un passant. Quand elle remarqua enfin que Bezia l'avait surpris à l'admirer, elle daigna enfin répondre à sa question.

— C'est juste qu'il existe des gens qu'on n'arrive pas à aimer, en plus, il peut être tellement arrogant et agaçant !

— Je ne suis pas d'accord ! Contredit Bezia à voix haute alors que cela n'était destiné qu'à son esprit.

— Tu as dit ?

— Non rien du tout !

— Tu retires parce que tu as peur que je t'accuse de prendre parti ?

— Oui, sourit-il !

— Ce n'est pas ce que j'allais faire tu sais ?

— Ɖa, on ne le saura plus.

Yedei continua à taquiner et à saluer toutes les personnes qu'il croisa avant d'arriver à eux. Il était un garçon très joyeux, rien n'arrivait à perturber son humeur et c'était très certainement sa qualité que Bezia appréciait le plus. Bezia comptait également attirer la vision de Salomé sur cet angle, mais y renonça jugeant que cela serait inutile au moment où il vit ses deux meilleurs amis se regarder. Il apparut clair à ses yeux qu'ils ressentaient l'un envers l'autre un amour refoulé.

— Si j'avais su que t'étais en compagnie d'un hippopotame j'aurais attendu avant de venir ! Lança Yedei, ouvrant ainsi le feu en premier.

Voilà qu'il n'avait pas encore dit bonjour que la pauvre Salomé avait déjà droit à ses hostilités. Cette dernière n'ayant pas répondu à cette agression, Bezia redouta que l'ambiance de ce regroupement qu'il estimait magnifique ne se gâche, alors il essaya une tentative pour relativiser la chose et la changer en humour. En même temps il aimait bien quand ils se lançaient des paroles de ce genre, car cela l'amusait au plus haut point.

— Un point pour Yedei! Dit-il en espérant que Salomé prendrait l'attaque de Yedei comme un concours de vannes et qu'elle ressentira le besoin d'y répliquer.

Cela n'arriva pas, ou du moins pas avant que Yedei n'en rajoute une couche.

— Je suis bien content de ne pas être à la place de ta chaise en bois Bezia, car je n'aurais pas à supporter une telle masse corporelle ! Renchérit-il après s'être fait surprendre par Bezia en train d'admirer les rondeurs de Salomé.

Il voulut justifier son regard, mais savait que Bezia n'était pas dupe, plus depuis l'évolution de ses aptitudes.

— Je ne savais pas qu'il existait des singes aussi dépourvus de poils ! Répliqua Salomé en faisant allusion au fait que malgré leur âge de jeunes adultes, Yedei avait le menton aussi lisse que les fesses d'un nouveau-né, il n'y avait pas la moindre petite trace de barbe.

Bezia fit semblant de rire, quoiqu'il n'ait pas trouvé la blague si marrante que ça. Si Salomé n'avait pas commencé à répliquer dès le début, c'était parce qu'elle savait à l'avance qu'elle n'aurait eu aucune chance de rivaliser contre les vannes de cet être malin. Se sentant partagé entre les deux, Bezia dû faire la conversation à l'un et à l'autre à tour de rôle ; un rôle qui ne lui plaisait pas trop car cela lui faisait se sentir dans un jeu d'adolescent mal dans sa peau.

— Comment tu fais pour être toujours de si bonnes-humeurs avec les gens sans t'en lasser ? Demanda ironiquement Bezia à Yedei.

— Tu connais la deuxième plus grande peur de l'homme après celle de la mort ?

— Non, mais j'imagine que tu vas nous le dire !

— Ça y est, il va encore nous balancer ses conneries ! murmura Salomé.

— C'est la peur du ridicule. Et moi, vois tu, je n'ai pas à me soucier de cela, car même en ayant le comportement le plus ringard du monde, je passe pour l'homme le plus cool de la terre.

— Et quoi encore ? Demanda Bezia.

— On aura tout entendu ! Soupira Salomé.

— Disons que, quand tu te crois au-dessus des autres et que tu ne t'ouvres pas au monde, tu peux avoir un semblant d'allure aux yeux de certaines personnes, mais les plus futés comprendront que c'est parce que tu n'as rien à offrir. N'est-ce pas Salomé ?

— Sur ce point je suis d'accord que beaucoup de gens essayent de cacher leurs faiblesses avec leur apparence ! opina Bezia pour rappeler à Salomé leur conversation.

À la grande surprise de Yedei, Salomé porta un intérêt à ce qu'il racontait. Il venait de toucher sa partie sensible : le problème qu'elle avait avec le monde extérieur.

Ne pouvant lui donner directement un conseil d'ami, Yedei avait profité de la situation pour lui faire comprendre qu'elle était magnifique mais qu'elle s'y prenait juste mal. Mais voyant une lueur de gratitude sur son visage, il décida de protéger sa couverture.

— Le pire c'est de faire semblant d'être jolie et sexy alors qu'on ne l'est pas ! enchaina-t-il en adressant un coup

144

d'œil à sa cible, qui n'avait apparemment pas de chance d'être tombé sur lui.

— Une fille sexy comme tu dis, peut faire semblant d'être moche, mais sache que le contraire n'est pas possible. Si t'étais aussi réfléchi que ça tu saurais que tu as vraiment l'air d'un abruti et ce peu importe ce que tu fais ou dis. Riposta Salomé.

— Elle se fâche en plus ! s'esclaffa Yedei.

— Arrête maintenant Yedei ce n'est plus drôle ! Ordonna Bezia.

— Mais j'ai raison, on ne se fâche pas quand on est moche. On doit plutôt sourire, ça donne du charme. Hein, allez regarde comment je souris, hein regarde comment je suis beau quand je souris ! sourit-il à pleines dents.

— Ne t'inquiète pas Bezia, de toute façon je m'en vais, on se verra une autre fois quand il n'y aura pas d'abruti dans les parages.

Salomé se leva brusquement. Les larmes aux yeux et commença à marcher.

— Attends Salomé, je t'accompagne !

— Mais Bezia tu ne vas pas me laisser planter là, je viens d'arriver. Se plaignit Yedei.

— Tu n'avais qu'à pas faire le con. Tiens-toi tranquille sinon je lui avouerai que t'es amoureux d'elle ! Dis Bezia en pointant son index prévenant vers son ami.

145

— Mais ce n'est pas le cas, pourquoi dis-tu ça ?

— Je ne suis pas naïf, même sans mon don, ça crève les yeux.

Marchant sur la même ligne, Bezia et Salomé ignoraient Yedei qui les suivait au loin. Il continuait à faire des blagues à toutes les personnes qu'il croisait et ne regrettait pas un seul instant son attitude envers Salomé. Au fur et à mesure qu'ils avançaient dans le village, Salomé retrouvait sa bonne humeur et le fait de se faire admirer par beaucoup de gens sur le chemin y était pour beaucoup. Elle donnait l'impression de connaitre tous les habitants d'Olubumi.

Plus loin dans le village, ils croisèrent Naghen et Samba. S'ils connaissaient bien Samba, qui, était un garçon des plus ordinaires dans le village, à la vue de Naghen, Bezia et Yedei eurent la chair de poule. Naghen avait ce genre de charme qui saute aux yeux quand on rencontre une personne qui va marquer un tournant décisif dans notre vie. Non pas que ses traits n'avaient aucune importance pour lui, mais Bezia ignora tous les détails et se focalisa sur l'essentiel.

Etant à la recherche de l'assassin de sa grand-mère, il fouillait inconsciemment dans la conscience de toute nouvelle personne qu'il rencontrait. Il ne pouvait lire dans les pensées mais désormais les émotions n'avaient plus aucun secret pour lui. Ayant vu l'effort considérable que Bezia faisait pour croiser

146

son regard, Naghen soutint ses yeux d'inspecteur pour lui faire plaisir.

Comme si le monde extérieur s'était figé autour d'eux, les deux hommes étaient entièrement décidés à découvrir quelque chose sur l'autre. Bezia vit dans les yeux de Naghen un homme calme, totalement en paix avec sa conscience, aucun de ses choix dans le passé n'était en conflit avec sa conscience. Bezia arriva à la conclusion que si Naghen était l'auteur de quoi que ce soit envers lui, il aurait décelé à son égard une once de remords dans son regard. Ayant lui aussi un fort attachement à sa mère, Naghen connaissait parfaitement l'importance des liens de parenté. Ne ressentir aucun remords en revoyant Bezia, montrait à quel point il ne pouvait se mettre à la place de quelqu'un d'autre. Les ressentiments de quiconque lui importaient peu, mis-à-part ceux de Kajia.

Il avait réussi à la perfection à tromper le détecteur de Bezia. Ce dernier se résolut enfin à faire sa connaissance et en arriva à la conclusion qu'ils n'avaient rien à craindre de lui.

— Salut les amis, je vous présente Naghen. Dit Samba

— J'ai comme l'impression de t'avoir déjà vue quelque part !

Souligna Yedei tout en serrant la main de l'inconnu.

Bezia fit un signe de la tête à Yedei pour lui signaler que Naghen n'était pas une mauvaise personne.

Après avoir serré la main de Yedei puis celle de Bezia, Naghen s'attarda sur Salomé. Il la scruta des pieds à la tête. Un regard qui en disait long sur tout l'intérêt qu'il lui portât.

— Pourquoi me regardes-tu comme ça ? Demanda Salomé à Naghen.

— Comment faire autrement ?

Salomé ressentit pour la première fois depuis longtemps l'agréable bonne sensation de se faire draguer. Son allure changea immédiatement, le ton de sa voix s'adoucit. Des détails qui ne passèrent pas inaperçu aux yeux de Yedei. Il venait de trouver un prétexte pour faire la guerre à Naghen.

— D'où viens-tu Naghen ? Demanda Yedei pour couper court à la discussion de ce dernier.

— Je finis avec Salomé et je suis à toi !

— Je sens que je vais lui mettre mon poing dans la figure ! Murmura Yedei.

— Alors Salomé, crois-tu que je pourrais être ton genre ?

— Tu sais ce que tu veux toi !

— Alors ?

— Je ne peux pas te répondre parce que je ne te connais pas.

— Je suis Naghen, celui qui n'arrive pas à te quitter des yeux.

— Mais encore ?

Yedei commença à tapoter sur le sol avec ses pieds, tous ses muscles le tiraillèrent. Son cœur battait à vive allure et il avait une envie folle de frapper sur quelque chose ou quelqu'un, Naghen aurait été parfait pour remplir cette fonction.

L'effet que cela faisait à Yedei était perceptible par toutes les personnes présentes. Salomé en tirait une satisfaction sans équivalent à jeter de l'huile sur le feu, en faisant de petites gestuelles mettant tous ses charmes en valeur, elle s'impliquait profondément dans sa discussion avec Naghen.

— haha, ma grosse Salomé, tu es trop grosse pour te dandiner comme ça dans tes vêtements serrés. Je ne voudrais pas te vexer, mais tu ne vois pas qu'il se fout de ta gueule ? Lança Yedei.

Pour Salomé, la discussion était assez sympa jusqu'à ce que le fâcheux petit primate décide de rabaisser encore sa cote. D'un geste révolté, elle décida de s'en aller tout en faisant remarquer à Yedei qu'elle avait bien compris qu'il était jaloux. Elle prit également le soin de faire comprendre à Naghen qu'elle serait très ravi de le revoir. En partant, Salomé signala à Bezia qu'elle reviendrait le voir bien plus tard quand tout ce monde sera parti car elle voulait lui parler d'une chose importante pour elle.

Le départ de Salomé fit qu'ils se retrouvèrent entre hommes, cela semblait changer l'atmosphère des lieux.

Bezia ne faisait pas attention au combat de coqs entre Naghen et Yedei ; il était distrait par un groupe de chasseurs qui

149

n'arrêtait pas de tourner en rond. Il ne savait pas ce qu'ils cherchaient mais la quête semblait sérieuse.

Yedei bondit sur Naghen. Heureusement que Bezia eut le reflexe de l'intercepter en l'emprisonnant d'un tour de bras, car pour lui, Yedei était beaucoup plus fort que la normale et Naghen n'aurait certainement eu aucune chance. Néanmoins il trouva bizarre que celui-ci ne frémît pas une seule seconde, il n'avait apparemment pas l'air de redouter ce petit saut d'humeur. Yedei se détendit avant que Bezia ne le libère de son étreinte.

— Ah les enfants, pourquoi voulez-vous donc toujours vous battre ? Lança subitement un homme de passage.

— Pour l'amour d'une femme ! Répondit aussitôt Samba amusé.

Le vieil homme éclata de rire, puis rétorqua.

— En mon temps, quand deux hommes avaient des vues sur la même femme, ils faisaient la lutte devant tout le monde et surtout devant la femme qu'ils aimaient. Alors, celui qui était terrassé gagnait deux choses.

Pendant que Yedei et Naghen restaient concentrés sur ce que disait l'homme, des habitants du village ayant senti un affrontement proche, commencèrent à s'approcher. Bezia demanda à l'homme :

— Quelles sont donc ces deux choses ?

— Tu es Bezia, est-ce bien cela ?

— Oui ! Répondit-il.

— Dans ce cas, je t'avouerai que je suis un peu déçu par ta question. J'aurais préféré que tu me demandes « que gagne le vainqueur ? ». C'est plutôt cela qui aurait été une attitude de gagnant.

— Je vous signale que je ne suis pas celui qui va se battre. D'ailleurs, que gagnez-vous à être fier de moi ? Je ne suis rien pour vous, et cela se doit d'être réciproque.

— Je m'appelle Mandjou ! Dit l'homme.

— Et alors ? Comment tu t'appelles ne m'intéresse également pas.

— Je m'en souviendrais.

Naghen était de l'avis de Mandjou. Durant tout le petit moment où il avait été en compagnie de Bezia, il cherchait dans n'importe lequel de ses actes ou de ses mots, quelque chose qui lui confirmerait qu'il était bien l'élu du crocodile. D'après son jugement, l'élu du crocodile, si réputé par son courage, sa force et son désir de s'imposer, ne pouvait avoir un comportement aussi mou.

— Continuez, Mandjou ! Requêta Yedei.

— L'homme qui perdait gagnait la critique des gens, mais il gagnait aussi le respect de la femme pour s'être battu pour elle.

— Et que gagne le vainqueur ? Demanda alors Naghen.

— Le respect de la foule, et le cœur de la femme.

151

— Même si je meurs d'envie de l'humilier, je ne me battrai pas contre lui ! Lança Yedei à la surprise générale.

— Pourquoi donc ? S'étonna Mandjou.

— C'est pourtant simple ! Qui vous dit que je désire me battre pour Salomé ?

— Tout ton corps, excepté ta langue ! Commenta Bezia.

— Dans ce cas, allez donc chercher la femme pour qui tout cela se passe. Elle aura besoin de voir ceci de ses propres yeux.

— Je m'en charge ! Se proposa aussitôt Samba.

Pendant que Samba s'en alla chercher Salomé, Mandjou se munit d'un bâton. Alors qu'il était occupé à dessiner sur le sol un cercle ni trop grand ni trop petit, il se mit à établir les règles de la lutte.

— Les règles sont simples, celui qui posera un pied en dehors du cercle aura perdu. Je vous rappelle qu'il s'agit de lutte et non pas de boxe ; même si les coups de poing sont permis, le but est de terrasser son adversaire dans un corps-à-corps.

Pendant ce temps, Samba rattrapa Salomé.

— Salomé ? Appela-t-il de loin.

Salomé savait qu'elle était regardé par les jeunes hommes du village, cela était assez fréquent qu'elle entende des sifflements de garçons dans la rue pour attirer son attention. Bien entendu, il lui arrivait assez souvent de faire la sourde, cela lui faisait se

152

sentir encore plus désirée. Yedei ne manquait jamais d'occasion de lui rappeler que si elle attirait autant les hommes, c'était parce qu'elle représentait à leurs yeux la facilité ; d'après lui, les belles femmes ne se faisaient pas souvent draguer car tous les hommes avaient dans l'esprit qu'elles étaient déjà prises, ce qui pour lui n'était pas le cas de Salomé.

Salomé continua à faire semblant de ne pas entendre Samba jusqu'à ce que celui-ci soit à ses côtés.

— Salomé ! Dit-il en posant sa main sur son épaule quand elle fut à portée.

— Samba ? Qu'est-ce que tu fais là ?

Il ne put pas répondre immédiatement, il était trop essoufflé.

— Prends d'abord ton souffle et dis-moi !

— Tu devrais venir voir ça !

— Quoi donc ?

— Deux hommes qui font la lutte pour toi !

— Arrête tes plaisanteries ! Personne ne ferait ça ! Dit-elle comme pour s'en convaincre. Je ne te crois pas une seule seconde !

— Il s'agit de Naghen et de Yedei !

Entendre le nom de Yedei, rendit l'information encore plus improbable, mais à ses yeux cela aurait été tellement beau si c'était vrai. Imaginer cette scène, la remplie immédiatement d'une immense joie mais aussi de beaucoup d'appréhensions.

Sans plus tarder, suivi de Samba, elle se mit à marcher d'un pas empressé jusqu'au lieu où allait se dérouler le défi.

À son arrivée, Salomé fut accueillie comme une reine. Toutes les personnes présentes, pressées d'assister au petit duel se poussèrent pour lui faire un chemin. Quand elle eut croisé le regard de Naghen, celui-ci, conscient de sa force lui fit un clin d'œil ; Yedei en revanche préféra ne pas croiser son regard. Naghen et Yedei prirent alors place dans le cercle, ils étaient prêts à commencer.

Yedei, fit abstraction de tout le décor autour de lui. Toute son attention se focalisa sur son adversaire. Il prit un instant pour imaginer tout ce qu'il aura à perdre s'il perdait ce duel. Il savait que cela provoquera quelques éclats de rire, et son orgueil ne le supporterait pas. Il se courba légèrement tout en écartant ses jambes et ses bras. Décidé à ne pas infliger un coup dur à son ego, il était alors prêt pour l'affrontement.

Naghen quant à lui, se savait fort. Il ne pensa pas un seul instant à ce qui pourrait se passer s'il perdait. Il ne se battait pas pour Salomé car il savait qu'il ne l'aimait pas. Le combat était excitant pour lui car il attendait avec impatience de pouvoir enfin pousser Yedei à se taire. À son tour, il chercha au fond de lui la force pour se maitriser. Naghen n'était pas un lutteur, cela manquait d'enjeu à ses yeux. Il savait qu'il devra se concentrer pour ne pas tuer son adversaire, car c'était ce qu'il savait faire de mieux. Il n'avait jamais appréhendé une issue à un combat par autre chose que la mort d'un combattant. Pour donner plus de piquant à l'affrontement, il décida d'enlever son amulette de son cou pour ne pas prévoir les mouvements de Yedei. Il confia alors son collier à Mandjou puis il était à son tour prêt pour le duel.

Les deux jeunes hommes s'approchèrent l'un de l'autre. Ils bougeaient leurs bras comme s'ils nageaient afin de tromper l'autre sur ses intentions. Le scenario était clair dans la tête de Naghen, il devait juste attraper Yedei et sa grande force se chargera de faire le reste du travail. Brusquement, Naghen tendit le bras pour s'emparer de ceux de Yedei, mais celui-ci étant plus petit et plus agile, esquiva aussitôt la prise de son adversaire. Sans perdre de temps, Sourouk fit une autre tentative, cette fois-là, Yedei se baissa rapidement et passa à travers les jambes de Naghen. Naghen commença à s'énerver, ne faisant plus attention à sa précision, il abandonna toute posture défensive et ne voulait désormais qu'attraper Yedei. À chacune de ses tentatives, le petit homme-singe esquivait ce qui ne manquait pas de créer la joie des spectateurs et le cœur de Salomé battait désormais à vive allure.

Les instincts meurtriers de Naghen s'éveillèrent, il ferma les poings et pendant que Yedei effectuait un saut acrobatique, il écrasa son coup avec une puissance folle sur l'épaule de Yedei. Celui-ci vola dans les airs, tomba violemment sur le sol en dehors du cercle puis roula sur quelques mètres. En suivant les règles, le combat était terminé. Yedei ne sentit pas immédiatement la douleur car un sentiment de rage était né en lui qui avait englobé tous ses autres ressentiments. Sans que personne ne s'y attende, Yedei se releva aussitôt et bondit sur Naghen, quand il fut à coté de lui, Naghen croisa ses deux poings devant lui comme pour lui exploser la tête, Yedei s'accroupit aussitôt, se munit des jambes de Naghen et à l'aide d'une prise, le renversa violemment sur le sol. De ses deux mains, Naghen propulsa légèrement Yedei en l'air, puis il joignit ses deux pieds et les écrasa sur le torse du jeune singe ce qui le propulsa une fois de plus à plusieurs mètres.

La violence du dernier coup de Naghen ne laissa pas Bezia de marbre. Profondément touché par le coup que venait de recevoir son ami, un grognement effroyable s'échappa de la gorge de Bezia, il prit appui sur ses jambes et bondit aussitôt sur Sourouk. Alors que tout le monde l'avait oublié, Mandjou s'interposa brusquement et stoppa facilement l'élan de Bezia en posant sur deux mains à plat sur son torse. La puissance du regard de Bezia donna immédiatement la chair de poule à tous ceux qui l'avait croisé, Naghen y compris.

— Naghen a gagné ! Proclama Mandjou.

Les spectateurs se mirent tous à huer à l'unisson. Ils n'étaient apparemment pas d'accord avec cette décision.

— Ce n'est pas possible, Yedei l'a terrassé ! S'écria Salomé.

— Les règles sont les règles, Yedei est sorti de l'espace imparti, c'est donc lui le perdant ! Renchérit Mandjou.

Bezia accourut aux côtés de son ami pour vérifier qu'il allait bien. Ce dernier sentait la douleur s'estomper à une vitesse surprenante. Il ne lui aura fallu que quelques minutes pour retrouver toute sa forme.

— Tu n'as pas honte de donner des coups bas ? S'écria Yedei.

— Les coups étaient permis à ce que je sache, il fallait soit te terrasser, soit te faire sortir du cercle. J'ai choisi de te faire sortir du cercle ! Répondit Naghen.

Sourouk récupéra son amulette auprès de Mandjou, puis s'adressa à Salomé avant de partir.

— J'ai gagné pour toi, tu peux au moins me féliciter.

— Je n'aime pas les tricheurs.

— Tu es aussi ennuyante que ton faible compagnon. Vous allez bien ensemble.

Sur ces mots, Naghen s'en alla. Pour exprimer sa joie, il piétina un petit totem de crocodile que des enfants avaient laissé tomber. Les villageois commencèrent également à vaquer à leurs occupations.

Salomé, toujours sous le choc de voir Yedei se battre pour elle, ressentit l'envie d'aller se blottir contre lui. Cependant Yedei lui avait sorti trop de blagues pour la journée, la jeune femme n'avait ni le pouvoir, ni la volonté de subir une seule blague de lui. Voilà que sans lui adresser aucun mot, Salomé tourna les talons et s'en alla.

— Tu aurais quand même pu dire merci, ce n'est pas tous les jours que quelqu'un va se battre pour toi ! Cria Yedei.

Au lieu de l'agacer, le petit commentaire de Yedei fit plaisir à Salomé et la fit sourire. Elle ne s'attendait pas à moins de sa part. Se sentant observée, elle accentua le mouvement de ses hanches pour donner plus de sensualité à sa démarche.

— Elle est vraiment sauvage cette fille ! Commenta Yedei.

— Elle te rend dingue, on a compris ! Répliqua Samba.

N'ayant pas entendu de commentaire venant de Bezia, Yedei regarda ce qui le distrayait tant.

— Pourquoi est-ce qu'ils se baladent en pleine journée avec des lances, sont-ce les villageois qu'ils veulent chasser ? Se moqua Yedei de la troupe de chasseur qui sillonnait les parages.

— Je me demande bien ce qu'ils cherchent ! Lança Bezia.

— Mon père m'a raconté ce matin, qu'une panthère s'était aventurée dans le village dans la nuit d'hier soir. Quelques chasseurs l'ont poursuivi jusqu'à la savane où ils furent obligés d'abandonner. Commenta Samba.

— Pourquoi ? Demanda Yedei.

— Tu plaisantes ? S'étonna Samba. C'est trop dangereux d'y aller, il y a des lions, des panthères, des crocodiles, des serpents et encore ce n'est pas tout.

— Ce sont des chasseurs quand même, ils ne devraient pas avoir peur ! Répliqua Yedei.

— Une savane ? Y a-t-il une savane par ici ? S'étonna Bezia.

— On dirait que toi tu as grandi dans ta petite case sans jamais te soucier de tout ce qu'il pouvait y avoir aux alentours. Bien sûr qu'il y a une savane. Fit remarquer Yedei.

— Ne recommence pas toi !

— En plus, ils cherchent des volontaires pour les aider à protéger le village, histoire d'éviter à quelqu'un d'autre le même sort que Za... Dit Samba.

Le reste du prénom ne sortît pas, comme s'il venait de se rappeler la présence de Bezia et avait presque failli lâcher le mot.

— Ce n'est pas grave Samba. Tu peux continuer !

— Si ça se trouve, c'est l'animal qui a tué ta grand-mère.

— Tu veux dire que ce serait un animal de la savane qui se serait introduit dans le village, puis chez moi pour tuer Zaza ? Pourquoi choisirait-il en particulier ma maison, ne touchant à rien d'autre ?

— C'est du moins ce que tout le monde pense. Qui d'autre pourrait faire ça ? Lança Samba.

Perdu lui-même dans ses songes, les yeux de Bezia se perdirent au loin. Une vague de scenarios traversa son esprit, puis il murmura comme s'il se parlait à lui-même.

— Je vais aller voir !

— Ça doit être très excitant en effet, je viens avec toi ! Dit Yedei.

— Je n'en crois pas mes oreilles, vous êtes fous ou vous faites semblant ? C'est trop dangereux, et puis vous allez vous perdre en chemin.

— C'est pourquoi tu vas venir avec nous ! Informa Bezia

— Même si je le voulais, mes parents n'accepteront jamais de me laisser y aller.

— Pff Samba, tu n'es plus un enfant, bon sang ! Tu es un homme maintenant. Pense un peu à vivre ta vie. Fit remarquer Yedei.

— Tais-toi Yedei, tu n'as aucune idée de ce qu'est l'éducation. Tu ne peux pas comprendre. Lança Bezia.

Vu le temps que ça leur prendrait d'aller aussi loin, Samba savait que la permission d'aller dans la savane lui sera systématiquement refusée. Cependant il n'était pas resté indifférent à la petite remarque de Yedei. Après quelques secondes de réflexion il se prononça.

— Étant donné qu'il y aura la fête du village ce soir, mes parents y resteront très tard et feront la grasse matinée

160

demain. Je vous propose de nous retrouver ici à la même place au premier chant des coqs.

— Ça marche ! Lâchèrent-ils à l'unisson avant de se disperser.

CHAPITRE 6 : Feu et Glace

La nuit tomba sur le village Olubumi. Bezia perché sur un arbre contemplait le ciel. Son imagination lui faisait dessiner des figures avec les étoiles qui illuminaient le ciel. Le silence habituel était rompu par le bourdonnement des tam-tams qui émanait du grand terrain vide situé au cœur du village.

Une fois par an avait lieu la fête du village. Le seul événement qui arrivait à réunir la quasi-totalité de la population, Bezia y compris. D'aussi loin qu'il s'en rappelait, il ne l'avait pas manqué ne serait-ce qu'une seule fois.

De sa position il entendait également les bruits monotones de la chaise berçante de Sanou. Sa voisine comme à son habitude était assise devant sa case. Elle se remémorait toutes les folies qu'elle avait pu faire à la même date des années précédentes. Bezia ne pouvait se décrire le pincement que cela lui fit au cœur. Sanou avait toujours été l'une des principales organisatrices de cet évènement, et voila qu'elle ne pouvait même plus entendre l'expression de la joie que cela provoquait chez les habitants d'Olubumi. D'un geste symbolique il décida de tenir compagnie à sa voisine par la pensée par conséquent ne pas assister à l'évènement.

— Qu'est-ce tu fabriques Bezia ? ça fait un moment que ça a commencé ! Lança subitement Yedei.

Ne l'ayant pas entendu arriver, la surprise fit sursauter Bezia à l'entente de la voix de son ami.

— J'ai décidé de ne pas y aller aujourd'hui. Dit-il tout en continuant de contempler les étoiles après avoir lancé un regard bref sur Yedei.

— Mais qu'est-ce que tu racontes ? J'ai pris sur mon temps pour venir te chercher et crois-moi, je ne vais pas y retourner seul.

— C'est pour Sanou que je reste là. Au moins elle ne sera pas la seule à ne pas y aller.

— Comment crois-tu que j'ai su que tu étais sur cet arbre.

— Non, mais j'imagine que tu vas me le dire.

— Quand j'ai vu que tu n'étais pas chez toi, je retournais sur le terrain quand Sanou à pointer cet arbre du doigt.

— C'est vrai ?

— Bezia, il faut que tu saches que les gens qui organisent cette fête le font dans le but de nous faire oublier à tous que la vie peut être stressante. Ils nous offrent un petit moment de joie justement dans des moments de tristesse comme celui que tu traverses en ce moment. Sanou ayant toujours fait partie de l'aventure ne pense pas différemment. Tu lui fais plus de mal en restant ici plutôt que de lui montrer que même si elle n'est plus de la partie, que son œuvre continue.

Bezia jeta un coup d'œil rapide à Sanou, qui le sourire aux lèvres continuait à se laisser bercer par sa chaise. S'il y avait bien une chose à laquelle il apprenait à obéir aveuglément, c'était son corps. Et son corps était diaboliquement attiré par le bruit de la musique. Alors Bezia sauta de son arbre et avec Yedei ils entamèrent une marche nonchalante vers la source de l'attirance. Tout au long de son parcours, d'abord d'humeur nostalgique, ses sens s'éveillaient de manière exponentielle au fur et à mesure qu'il se rapprochait de la fête.

Une fois arrivé sur le terrain, un sentiment d'euphorie envahit tout son corps. Le bruit des tam-tams et une forte présence féminine caressaient tous ses sens. Ce qui lui enseigna qu'il n'était pas si différent des autres Hommes.

Les spectateurs formaient un grand cercle au milieu duquel, des troupes venant des différents clans produisaient des scènes de théâtre et des chorégraphies pour faire partager leurs cultures aux autres habitants.

— Tu vois cette fille là-bas ? Demanda-t-il à Yedei en lui montrant du doigt une direction.

— Maïssa ?

— Je ne savais pas que tu la connaissais.

— Tu sais tout le monde se connaît par ici et difficile de ne pas la remarquer, surtout avec sa réputation.

— Et qu'est-ce qu'on raconte sur elle ?

— Tu n'es pas le premier à qui elle tape à l'œil, mais son cœur est comme une forteresse, aucun de ceux qui ont voulu le conquérir n'a eu un accès. Donc je te conseillerais de ne même pas y penser.

— Je pense que mon cas est un peu différent ! Dit-il tout en continuant à la contempler.

— Arrête tes bouts de phrases et dis-moi tout.

— Juste un peu avant sa mort, Zaza m'a révélé qu'elle essayait de s'arranger avec les parents de Maïssa pour nous caser ensemble.

— Tu as de la chance.

— À ce point-là ? Je ne la connais pas assez pour savoir si cette idée m'enchante ou non.

— Dans ce cas tu devrais essayer, de nos jours tu ne peux pas rêver mieux.

— Tu crois ?

— Bien-sûr que je le crois !

— Le pire est que plus tu m'en parle, plus j'ai envie d'aller la voir.

— Dans ce cas pourquoi tu n'y vas pas ?

— Parce que j'ai une certaine estime de moi-même. Je ne suis pas du genre à aller voir les filles pour qu'elles se sentent ensuite supérieures.

— Ah parce qu'il existe un genre d'homme qui va voir les filles ? Existe-t-il un genre d'homme qui mange aussi ? Ou encore qui va aux chiottes ?

— Je ne vois pas où tu veux en venir !

— Je veux te dire que depuis la nuit des temps, l'homme va chercher ce qu'il désire, ça c'est le genre de l'homme en général. Donc épargne-moi tes salades.

— Ah…

— De toute façon il ne peut y avoir que trois situations possibles si tu décides d'aller l'aborder : soit elle va te gifler ! attitude naturelle des femmes sans se douter qu'elles n'y survivraient pas si les hommes rendaient les gifles à chaque fois. Soit t'ignorer ! réaction naturelle des femmes pour savourer le sentiment de puissance qu'elles éprouvent à ce moment précis ; ou dans le meilleur des cas, elle t'accueillera de manière civilisée ! une attitude qui te témoignera de son ouverture d'esprit.

— Tu as raison, je ne sais pas m'y prendre !

— Dis-toi que tu es un fauve, et qu'elle est une proie. On va dire qu'aller draguer c'est comme partir à la chasse : tu la cibles, tu l'observes, tu fantasmes, t'élabores ton approche puis t'attaques. Tout ça en n'oubliant pas un seul instant la satisfaction que tu auras une fois qu'elle sera à ta portée sans défense, fière d'avoir capitulé face à un prédateur de grande envergure. C'est cet objectif qui t'empêchera de lâcher prise si elle se cache derrière un buisson, ou court plus vite que toi, pour finalement t'affronter avant de se rendre compte qu'elle n'a pas assez d'endurance pour échapper à ta détermination !

Pendant que Bezia subissait les théories de son professeur Yedei, ses yeux restaient rivés sur Maïssa. La jeune fille sentait les tonnes du poids de son regard sauvage et ne savait plus comment se tenir pour ne pas laisser transparaitre l'effet que cela faisait sur elle.

— Elle se dirige vers nous ! remarqua Yedei quelques instants après que Bezia ait dévié son viseur de sur l'objet de sa convoitise.

— Yedei arrête de jouer avec mes nerfs !

— Tourne la tête et vérifie par toi-même.

En tournant la tête, Bezia restait convaincu que son ami lui faisait une blague quand il vit la silhouette fine et élancée de Maïssa se diriger vers lui.

Pendant les quelques secondes où elle avançait dans sa direction, c'était comme si le temps et l'espace n'existaient plus, il admirait les moindres courbes de son corps que la lumière des torches accentuait. Il ressentit intensément ce moment car, depuis sa première transformation, toutes ses émotions étaient décuplées.

Il ne restait plus que quelques pas qui les séparaient quand la température de Bezia monta, les paumes de ses mains se mouillèrent et son rythme cardiaque s'accéléra. Cette fois-là, il était plus ébahi à la vue de Maïssa que jamais. Après quelques secondes intenses d'attente, elle se tenait enfin à ses côtés.

Ils se regardèrent pendant un instant avant qu'elle ne brise le silence.

— Bezia, c'est bien que tu sois venu!

À l'entente de sa voix douce et suave, un courant électrique entra par les oreilles de Bezia et circula dans tout son corps avant de ressortir par ses pieds.

C'était la première fois qu'ils se croisaient depuis qu'il avait appris à cerner lucidement les émotions des humains.

— Euh …

— Tu ne me connais peut-être pas ! Dit-elle.

— Bien sûr que oui, je t'ai vu en arrivant mais, j'ai hésité à aller te voir.

— Moi quand je t'ai vu, cela m'a semblé bizarre que tu sois à un endroit aussi noir de monde.

— Pourtant je viens à chaque fois que cette cérémonie est organisée, c'est-à-dire une fois tous les ans.

— Dans ce cas c'est étrange que je ne t'aie jamais vu là auparavant, je m'en serais souvenu sinon.

— Merci.

— Pourquoi merci?

— Pour le compliment, ça veut dire que je ne passe pas inaperçu, du moins pas pour toi.

Venant de se rendre compte qu'elle s'était peut-être un peu trop dévoilée, Maïssa baissa la tête, un geste de timidité qui trahit son semblant d'être à l'aise en la compagnie du jeune homme.

— Je commence à regretter ma dernière phrase ! Lança Bezia après avoir remarqué qu'elle n'avait plus placé un seul mot depuis.

— Comment ? criât Maïssa en tendant son oreille gauche, pour lui faire comprendre que le bruit de la musique l'assourdissait.

— J'ai dit que je commence à regretter ma dernière phrase ! criât Bezia tout aussi fort pour qu'elle entende cette fois.

— Pourquoi ? répondit-elle toujours sur le même ton.

— Parce que je ne t'entends plus depuis.

— Désolé c'est parce que j'étais concentrée ! Fut l'excuse qu'elle trouva pour couvrir son embarras mais Bezia n'était pas dupe.

— T'es venu tout seul ? demanda-t-elle.

— Pardon ? En rapprochant d'elle le plus que possible son oreille droite.

Cela n'était pas parce qu'il n'avait pas entendu mais, plutôt parce qu'il voulait l'approcher d'assez près pour mieux sentir son doux parfum, qui lui caressait le nez depuis qu'elle était arrivée à ses côtés, embrasant ainsi tous ses sens.

Elle couvrit alors l'oreille tendue de ses deux mains, puis répéta sa question.

— Est-ce que tu es venu tout seul ?

— Non ! répondit-il après avoir également entouré son oreille gauche de ses deux grandes mains.

Bezia ne réalisa qu'à ce moment que Yedei n'était plus là, il avait vu Maïssa s'avancer et par conséquent avait décidé de s'éclipser.

— Et elle est parti où ta compagne ? demanda-t-elle certainement pour savoir s'il y était avec une fille.

— Mon compagnon s'est volatilisé, rectifia-t-il pour assouvir sa curiosité.

Elle eut un sourire en coin pendant un court instant mais l'effaça rapidement pour qu'il ne s'en aperçoive pas.

— Ils vont interpréter la vie de Chaka Zoulou, approchons pour regarder ça. Criât-elle subitement.

N'étant pas aussi grande que lui, elle n'arrivait pas à voir dans le cercle à cause des gens debout devant elle.

— Tu n'as pas à aller devant, je vais te porter, comme ça tu verras de la même hauteur que moi.

Maïssa enroula ses bras autour du cou de Bezia et se mit dans ses bras dans la même position que les amazones montent à cheval.

Très vite le jeune chasseur fut captivé par l'histoire de Chaka, un homme aveuglé par le pouvoir qui sacrifie sa femme à un sorcier pour être invincible, puis tue sa propre mère de ses mains. Même si Bezia était contre l'éthique de Chaka Zoulou, il tira une leçon de cette histoire « les plus grands noms de l'histoire, appartiennent à des Hommes qui se sont fixés des objectifs, et qui n'ont pas dévié avant de les atteindre ». Il tira de cette scène de théâtre la motivation nécessaire pour ne reculer devant aucun obstacle qui l'empêcherait de mettre la main sur le responsable de la mort de Zaza.

Quelques instants avant la fin de l'interprétation, Bezia frissonna quand il croisa une paire d'yeux de l'autre côté du cercle. Il s'agissait de ceux d'Eveneye. Si c'était bien la première fois qu'il la voyait, elle par contre l'avait déjà vu, même si sur-le-champ, elle fût incapable de se rappeler où. Les deux individus se fixèrent, Eveneye fascinée par la force des yeux de Bezia, et Bezia par la similitude du regard d'Eveneye avec ceux des animaux.

— Bezia pourquoi trembles-tu ? Ne me dis pas que je suis trop lourde pour toi ! Se moqua Maïssa.

— Non pas du tout ne t'inquiète pas !

— Déconcentré en l'espace de deux secondes, Eveneye ne se tenait plus droit devant lui quand il essaya à nouveau de l'apercevoir.

Dans toute la foule présente sur les lieux, se trouvait Naghen et, aussi bizarre que cela puisse paraitre, Itaï se trouvait également là ainsi que beaucoup d'autres élus dont Bezia ne soupçonnait même pas l'existence.

Si Bezia ignorait qu'il était en présence des élus les plus puissants du village. Eux par contre ne pouvaient en aucun cas rater sa présence. Non pas parce qu'il était un mal dominant, de par son immense taille et son charme étrange, mais à cause de cette force démesurée qui s'émanait de lui depuis la mort de Zaza. Bezia ne savait pas encore interpréter ce genre d'information que ses sens lui envoyaient. Il ressentait de la joie, de l'amour, de la tristesse, de l'angoisse, de l'excitation, de l'adversité et même un lien de sang mais était loin de savoir distinguer les causes de ces sentiments.

— Décidément je dois avoir un problème de vue, Yedei et Salomé trainant ensemble ! S'étonna Bezia quand ses meilleurs amis le rejoignirent.

— Non, on s'est juste associé pour te faire venir ! Ce n'est pas du tout ce que vous pensez, non on n'est pas venu ensemble ! Se mélangèrent les voix de Yedei et Salomé essayant tant bien que mal de se justifier.

— Vous n'avez pas besoin de vous en cacher, ça se voit que vous êtes amoureux tous les deux ! Intervint Maïssa

Si Salomé afficha un air radieux, Yedei quand à lui baissa la tête pour cacher sa gêne.

— Viens avec moi Salomé on va faire un tour du terrain pour voir qui est ce qu'on connaît ! Dit Maïssa

— Je viens avec vous ! se précipita Yedei, bien décidé à ne pas se séparer de Salomé.

— Moi je reste là ! Décida Bezia. La fin de l'histoire de Chaka m'intrigue !

— Décidément tu dois être le seul dans le village à ne pas connaitre cette histoire ! Commenta Yedei avant de disparaitre dans la foule avec les deux jeunes femmes.

Bezia se ré-concentra sur la représentation. Il n'était pas le seul à être captivé par cette histoire. Isolé du haut d'un arbre, Naghen suivait tout aussi attentivement, ainsi qu'Itaï mélangé aux habitants.

Soudain :

— qui es-tu ? demanda sauvagement Eveneye s'étant déplacé jusqu'aux côté de Bezia.

Il se retourna brusquement pour voir qui osait lui parler sur ce ton avec une voix bestialement attirante.

— Mais tu es la fille de tout à l'heure ! S'étonna-t-il.

— Réponds à ma question !

— Bezia, mon nom est Bezia !

Eveneye entendit résonner son prénom en boucle même s'il ne l'avait prononcé que deux fois.

— Je me rappelle ! Dit Eveneye venant de faire le lien entre Bezia et sa vision.

— Mais de quoi tu parles ? D'abord qui est tu ?

Comme si elle se parlait à elle-même, Eveneye murmura.

— Je me rappelle d'où est-ce que je t'ai déjà vu !

— Et où est-ce que tu m'as déjà vu ?

— Je dois y aller mais on se reverra plus vite que tu ne le penses.

— Non attend ! Lança Bezia en attrapant la jeune femme par son avant-bras.

Elle n'eut pas besoin de mot pour lui faire lâcher prise, un regard aura suffi à la jeune femme.

Alors qu'elle s'empressait de rejoindre Bezia. Maïssa le vit tenir le bras d'Eveneye. Si elle n'avait pas entendu ce qu'ils se disaient, elle n'avait néanmoins pas aimé les voir ensemble.

— Bezia ? Appela Maïssa quand elle fut proche de lui de deux mètres.

— Ah t'es là !

— Oui mais je ne reste pas.

— …

— Je dois y aller, je suis venue avec des copines il ne faudrait pas qu'elles pensent que je les ai abandonnés.

— Juste au moment où je voulais te demander si ça te dirais d'aller un peu plus loin histoire, de discuter sans tout ce bruit.

— Elle a refusé d'aller c'est ça ?

— Qui donc ?

— Celle avec qui tu parlais.

— Elle aurait peut-être refusé. Pire que ça, elle aurait même certainement refusé je crois, mais seulement si je lui avais demandé.

— Vas donc le lui demander !

— Serais-tu jalouse ?

— Je ne pense pas non !

— Alors viens avec moi juste un petit moment, ce n'est pas tous les jours qu'on a l'occasion de se voir et j'avais promis à ma grand-mère d'essayer vraiment de te connaitre.

— C'est donc pour cela que tu me parles ?

— Oui… Enfin non, c'est parce que j'ai aussi envie de te connaitre.

— Je ne te crois pas !

— Me pousser à me justifier ne va servir à rien d'autre que compliquer les choses.

— Dans tous les cas, tu viens d'éveiller ma curiosité, avec ta grand-mère vous parliez de moi ?

— Si tu veux le savoir, il va falloir que tu viennes, en plus la fête est loin d'être terminée, tes copines seront toujours là.

— Dans ce cas je viens, moi aussi ça me ferait plaisir de te connaitre mieux.

Bezia et Maïssa s'approchèrent d'un grand arbre.

— C'est sur cet arbre que je reste à chaque fois pour profiter du spectacle, c'est pourquoi tu ne m'as jamais remarqué.

— Je comprends mieux. Au fait je tiens à te présenter mes condoléances pour ta grand-mère, c'était une femme bien.

— Vous vous connaissiez bien à ce que je vois.

— Il m'est arrivé de la voir quelques fois chez moi.

— Elle aussi t'aimait beaucoup, au point de te voir dans les bras de son petit-fils pour toujours.

— Je dois dire que tu m'épates !

— Pourquoi donc ?

— D'après ce que je savais de toi, je n'aurais jamais imaginé que tu puisses entretenir une conversation avec quelqu'un à plus forte raison, de draguer.

— Comme quoi, il ne faut jamais juger avant de connaitre ! soupira Bezia.

— Ce n'est pas possible de ne pas avoir d'impression sur quelqu'un ! c'est-ce que tu reflètes comme image donc comme cela que je t'ai vue.

— En même temps tu n'as pas forcément tort, parce que je ne suis pas comme ça avec tout le monde. C'est important pour moi de n'avoir que quelques amis véritables, à qui je montre mon vrai visage, néanmoins

177

c'est surprenant que je sois aussi vite à l'aise avec une personne.

Après un long moment à parler de tout et de rien, Salomé et Yedei les rejoignirent. Salomé répondait aux critiques de Yedei par de petites tapes sur l'épaule.

— hum ça sent l'amour dans l'air ! dit Bezia

— hum monsieur fait des efforts pour être plus sociable ? Rétorqua Salomé.

Quelques minutes plus tard, Maïssa prévint qu'elle partait. Elle serra d'abord la main de Yedei, puis de Salomé et se tourna enfin vers Bezia. Ils se regardèrent dans les yeux pendant qu'ils réfléchissaient à la manière la plus appropriée de se quitter. Une poignée de main aurait fait l'affaire, tous les deux pensèrent à une accolade mais finalement, ils ne se quitteront que sur un simple geste de la tête.

Bezia la regarda s'éloigner doucement, lui qui était réticent jusqu'alors à l'idée de se mettre avec quelqu'un que sa grand-mère aurait choisi, à cet instant il aurait payé cher pour rester encore un peu plus avec elle. Sa présence était comme un bain d'eau froide dans une période de canicule.

— Tu aurais pu l'embrasser !

Cria Yedei, assez fort pour que cela soit entendu par Maïssa. Ce qui eut le mérite de lui soutirer un magnifique sourire.

— Tu aurais pu me montrer l'exemple cher Yedei. Lâcha-t-elle tout aussi fort.

***

Parti à la fête pour traquer Bezia, Naghen s'était laissé absorber par les différentes scènes de théâtre auxquelles il avait assisté. Il puisa une grande inspiration de la cruauté des scènes violentes. Les seules d'ailleurs qui l'avaient marqué. Le cœur de Naghen était noir, son amour pour sa mère était le seul sentiment positif qui le faisait battre. Le reste du temps, il poussait son imagination à créer dans sa tête des scènes de crimes aussi violentes les unes des autres.

Depuis sa plus tendre enfance, il entendait sa mère parler des gens qu'elle détestait le plus dans sa vie. Notamment des femmes qui étaient dans la petite communauté de grandes sorcières, à laquelle elle avait jadis fait partie avant d'être mise à la porte. Les mêmes prénoms revenaient à chaque fois.

Naghen repensait aux événements récents, notamment l'expression radieuse qu'il avait réussi à dessiner sur les lèvres de sa mère, quand cette dernière avait appris qu'il s'était débarrassé de Zaza. Non pas qu'il avait commis cet acte uniquement pour les beaux sourires de sa génitrice. Il avait également pris un malin plaisir à faire prendre à un être humain sa dernière inspiration. Si les dernières secondes de Zaza lui avaient plu, il était quand même resté sur sa faim car la grand-mère de Bezia ne lui avait pas fait le plaisir, de lui montrer sa crainte. Elle avait accepté son sort avec la plus grande sagesse. Dans les plus grands fantasmes de Naghen, les hommes affichaient sur chaque cellule de leur corps, la peur de l'inconnue qu'est la mort au moment où elle arrive. Par désir de redessiner ce rare sourire sur les lèvres de sa mère, il décida de rendre visite à la sorcière Ouley.

Ouley était la plus célèbre dans les récits de Kajia. Profitant du fait que tout le monde était encore à la fête, il partit plus tôt.

Naghen ne prit pas longtemps pour arriver devant la case d'Ouley, qui se situait également dans le village. Il posa sa main sur la porte et l'ouvrit d'une simple pression. Malgré l'obscurité régnant dans la pièce, il vit très clairement que la case n'avait rien à voir avec celle de Kajia. Elle n'était pas rempli de gris-gris, ni de cauris trainant ici et là.

Sur le lit, une silhouette était couchée. La personne dormait à poings fermés, ses respirations étaient longues et lentes. Naghen s'approcha, sans y réfléchir à deux fois, il décida de l'achever.

Tant pis si je ne la réveille pas préalablement, la liste est encore longue. Je jouirai plus profondément des derniers instants de ma prochaine victime. Songea-t-il.

Ouley avait une grande réputation en tant que sorcière vu qu'elle dirigeait à présent la communauté des sorcières, certaines personnes disaient même qu'elle était la descendante directe de Wandja (la sorcière responsable du sort des totems sur les hommes). Naghen desserra sa mâchoire, faisant apparaitre ses crocs d'hyènes, ses yeux devinrent tout blancs et aussi lumineux que la pleine lune éclairant partiellement la pièce.

Il lui suffisait de changer de forme pour que son attirance pour le sang change. Sous forme humaine, le sang était une substance fade et avait donc un goût désagréable. En se mettant en mode hyène, cette substance habituellement fade devenait le plus doux nectar. La personne endormie ne se réveilla pas, elle continuait son sommeil à poings fermés.

Comment une aussi grande sorcière peut-elle être aussi vulnérable ? Pourquoi mère ne s'est elle pas débarrasser d'elle si elle la détestait tant? Se demanda-t-il.

Décidant qu'il n'allait pas rester là jusqu'à ce que les habitants retournent dans le village, il se jeta sur sa victime et d'un coup de gueule habile, il lui arracha les artères de la carotide. Le sang jaillit du vieux corps comme une fontaine. Le cri d'agonie sortant de sa gorge mutilée, était masculin. Après un examen, Naghen comprit qu'il venait de tuer un vieil homme, qui en plus était un homme innocent.

— Mince, où est-elle ? Crisa-t-il. Elle doit très certainement être partie à la fête aussi !

Aucun remord ne fut généré par sa conscience. Pour lui, le vieil homme se trouvait au mauvais endroit au mauvais moment.

— À cause de ton innocence vieil homme, je laisse ton corps là pour que tu sois enterré comme le veux ta coutume ! Dit-il au corps inerte.

En sortant de la case pour rentrer chez lui, il aperçut à quelques mètres une autre case. À travers le petit trou d'air en bas de la porte, il vit de la lumière d'une lampe à pétrole, dansante à cause d'un mouvement dans la pièce. Sans prendre garde de ne pas se faire remarquer avant d'y être, il marcha comme il avait l'habitude de le faire, en piétinant le sol violemment. Une fois à côté de la porte, Naghen l'ouvrit d'un grand coup de pied. Le point commun entre Ouley et sa mère sauta alors à ses yeux.

Des marmites contenant des potions bouillonnantes, des tapis en peau de vache étalés sur le sol, des créatures en bois habillées par des vêtements traditionnels, ornaient la pièce. Pour n'importe-qui d'autre, la vue de cette case aurait été flippante mais Naghen ayant vu ces choses-là durant toute sa vue, ne fut pas un seul instant surpris. C'est le contraire qui l'aurait étonné. Ouley surprise par le bruit de la porte, se retourna brusquement. Sa première réaction fut d'abord de se demander qui était ce jeune homme. Puis elle s'agita quand elle découvrit du sang sur sa bouche.

— Qu'as-tu fait à mon mari ? Cria-t-elle.

— Du calme ma petite dame, nous n'allons pas en faire tout un plat.

— Réponds-moi assassin, d'ailleurs qui es-tu ?

— J'ai un peu du mal à mentir ces derniers temps, alors je vais être honnête avec toi.

La vieille dame le suivit du regard pendant qu'il faisait des cent pas dans la case attardant son regard jubilatoire sur les objets présents. Voyant qu'il prenait son temps avant de répondre, Ouley renchérit :

— je ne te demande que ça.

— Je l'ai tué !

Comme si c'était un reflexe, la sorcière oublia instantanément tous ses sortilèges et se munit d'un bâton comme pour chasser un rat de sa case. Elle bondit sur lui, les yeux en pleurs et le bâton levé au ciel, n'attendant qu'à être assez proche pour le frapper, encore et encore jusqu'à ce qu'il soit réduit en bouillie. Naghen à son tour, fit un pas en avant puis dans son élan, il attrapa la vieille femme par ses vêtements et la projeta sur ses gris-gris.

— Encore une fois, je te demanderais de te calmer vieille dame. Pourquoi n'acceptes-tu pas ton sort à bras ouverts comme l'a fait Zaza ?

— C'était donc toi ! Lança Ouley comme étonnée par cette révélation.

— Je ne sais pas ce que vous avez fait pour fâcher ma mère, mais néanmoins je suis décidé à vous tuer tous. Sache que je n'en suis qu'au début.

— Qui est donc ta mère, bon sang ?

— Kajia.

Ouley sursauta à l'entente du prénom.

— C'est donc toi l'enfant maudit ! Ta simple vie est un affront envers les lois de la nature.

— De quoi parles-tu vieille folle ? Je vais te tuer ! S'irrita l'élu de l'hyène.

Ouley éclata d'un grand rire.

— Finalement ce n'est pas une mauvaise chose que tu sois venu. Jusqu'à aujourd'hui, ta mère t'a caché du regard de tous. Certainement pour te protéger, on se doutait tous que tu allais être une abomination. Les prophéties ont été claires, c'est toi qui provoqueras sa fin.

Un grognement s'échappa de la gorge de Naghen.

— Tais-toi tout de suite, je ne lui ferais jamais de mal ! cria-t-il comme pour s'en convaincre lui-même.

Ouley était désormais hilare devant cette situation. Ses rires provoquaient chez Sourouk beaucoup de malaises et titillaient violemment ses instincts meurtriers. Il bondit sur la vieille dame et l'attrapa par le cou. D'une seule main il la souleva tout en resserrant ses mains sur sa gorge, seulement dans le but d'effacer ce rire narquois et cette expression enchantée sur son visage ridé.

— Si tu veux me tuer, vas-y ! Mais tu passeras très certainement à côté de ta chance de connaitre ton histoire ! Prononça difficilement Ouley.

Malgré la rage que nourrissaient en lui les propos de la vieille sorcière. Sa curiosité ne pouvait ignorer ce qu'elle pensait pouvoir lui apprendre qu'il ne savait pas déjà.

Doucement, il la reposa sur le sol. Il s'était douté toute sa vie qu'un lourd secret lui était caché sur son existence mais ne posait jamais de question de cette nature à Kajia, qui lui avait clairement montré que cela l'agaçait.

Ouley se massait légèrement le cou, tout en reprenant sa respiration.

— Parmi la grande communauté secrète des sorcières d'Olubumi, ta mère occupait l'un des rangs les plus élevés. Elle a été bannie du cercle très fermé à cause d'une puissante manipulation interdite par les premières lois de notre discipline. Notre but était de protéger toutes les créatures.

— Tu ne réussiras pas à me faire croire que vous avez toutes toujours eu un comportement irréprochable envers la communauté.

— Bien entendu quelques-unes d'entre nous, faisaient des extras dans l'ombre. Notamment lancer des sorts pour apaiser les épouses jalouses, pratiquer l'exorcisme, ou bien donner l'illusion à certaines personnes qu'elles pouvaient améliorer leurs vies. J'étais encore jeune, bien plus jeune que ta mère quand elle fut bannie. Nous étions au courant de tous ces déboires mais avions quand même décidé de fermer les yeux dessus. Certains sorts étaient interdits, Kajia le savait bien mieux que la plupart des sorcières de la communauté. Je suis étonnée qu'elle me déteste tant, dans la mesure où je ne suis pas celle qui l'a chassé du groupe. Je suis juste celle qui l'a empêchée d'y retourner.

Naghen regarda la sorcière de manière incrédule. Elle donnait l'impression d'avoir au moins quinze ans de plus que sa mère. Il avait beau essayer d'imaginer sa mère plus vieille qu'Ouley mais n'y parvenait pas. Un frisson traversa son corps et il se secoua comme pour chasser une pensée négative de son esprit.

— Cela est impossible

— Oh que si.

— Qu'elle a été son crime ?

— Quand ton père est mort, Kajia venait de tomber enceinte. Je ne suis pas au courant des raisons qui l'ont poussé à ne pas vouloir que tu naisses immédiatement,

186

mais elle voulait décider du moment où tu verrais le jour. Pour cela il lui fallait défier l'une des plus grandes forces de la nature. Il s'agit de l'effet du temps sur l'homme.

— Sois plus claire que ça !

— Kajia a eu recours à un sort interdit pour te garder à l'état de fœtus dans son ventre pendant quarante longues années. En d'autres termes, au lieu d'être enceinte pendant neuf mois, elle l'a été pendant quarante ans et neuf mois. Durant tout le temps où elle t'a gardé dans son ventre, son apparence physique n'a pas changé d'un poil. Elle n'a pas vieilli !

— Pourquoi a-t-elle fait ça ?

— Je ne détiens pas plus de réponses mais cela était suffisant pour la bannir.

Naghen regarda la vieille sorcière et fit rentrer ses crocs pointus.

— Je décide de te laisser la vie sauve, à moins que tu ne veuille toi-même rejoindre ton mari ! Décréta-t-il.

Même si Ouley ne voulait pas de la pitié du jeune monstre, elle ne tenait pas à mourir immédiatement, pas avant de raconter cette soirée folle à ses consœurs. Elle essaya de cacher le plus que possible sa douleur au cas où l'assassin de son mari s'auto convaincrait qu'il serait bon de les réunir.

— Mon mari était malade depuis de longues années, il souffrait trop. Tu l'as délivré !

Dit-elle d'un ton reconnaissant pour garder la vie sauve.

— Tu es pathétique. Faire semblant de te réjouir de la mort de ton mari pour garder la vie sauve.

Nonchalamment Naghen tourna les talons et quitta la case tête-baissée.

***

La chamade ₁ est le terme exact pour décrire les battements du cœur d'Eveneye quand elle avait croisé Bezia. Elle se demandait encore, pourquoi elle n'était donc pas restée pour lui poser plus de questions sur tout le mystère qu'avait été son rêve. Mais cela aurait été beaucoup trop d'informations d'un seul coup. Son jeune esprit avait besoin de prendre du recul pour analyser tous les derniers évènements. Pourquoi Salomé lui avait-elle parlé de Bezia ? Savait-elle quelque chose ? Pourquoi avoir vu Bezia dans sa vision ? Pourquoi lui avait-il accordé autant d'importance dès leur première rencontre, alors que Salomé lui avait expliqué qu'il ne s'intéressait pas du tout aux filles, pourquoi ses parents avaient décidé de revenir dans le village à ce moment bien précis ?

D'un seul coup, tout le monde commença à être suspect à ses yeux. Tourmentée par toutes ces questions, Eveneye décida d'y trouver des réponses sans plus tarder. Ses étapes de procédure étaient claires dans sa tête. Il fallait commencer par le commencement, c'est-à-dire ses parents.

Pendant tout le temps qu'elle avait vécu en dehors d'Olubumi, elle avait nourri le désir d'assister ne serait-ce qu'une fois de plus à ce mouvement collectif de tous les habitants d'un village. La fête n'avait point été en dessous de ses espérances. Cependant elle décida de s'en aller prématurément. Eveneye savait qu'à cette heure non avancée de la nuit, ses parents n'étaient pas encore couchés. Ils avaient arrêté d'aller dormir tant qu'elle n'était pas rentrée, ce qui était d'ailleurs une habitude soudaine et louche aux yeux de leur fille.

Quand elle avait quitté la case plus tôt dans la journée, son père lui avait donné comme consigne de ne pas rester longtemps dehors et elle savait qu'il était un homme, qu'il valait mieux éviter de contrarier.

Eveneye s'éclipsa de la fête après avoir croisé Bezia. Elle marchait lentement dans les rues désertes d'Olubumi essayant de comprendre tout ce qui se passait autour d'elle quand brusquement elle entendit un cri dans le ciel.

Au premier abord, elle ne sut pas attribuer ce cri à un animal. Son cœur commença alors à battre de plus en plus fort. Elle s'arrêta un instant puis posa sa main sur sa poitrine et se murmura : *arrête de stresser comme ça, ce n'était surement rien !*

Après s'être auto-rassurée, Eveneye se remit à marcher. Quelques secondes plus tard, le même cri déchira l'air. Le bruit venait du ciel, elle leva la tête et vit d'abord un petit point lumineux vers la source du bruit. Perplexe devant ce que cela pouvait bien être, elle ne quitta pas la lueur des yeux. La jeune femme ne tarda pas à remarquer que la lueur se divisait en deux, et autre chose encore plus flippante, les deux lumières se dirigeaient sur elle. Trop surprise par ce phénomène, ses réflexes la quittèrent aussitôt, elle ne songea même pas à la fuite, s'étant convaincu que cela ne servirait à rien. Elle fixa les deux lumières jusqu'à ce qu'elle remarque qu'il s'agissait de deux yeux ; des yeux d'un faucon qui foncèrent sur elle jusqu'à la dernière seconde avant de dévier leur trajectoire. L'oiseau s'était tellement rapproché d'elle, que ses cheveux virevoltèrent à cause du léger vent résultant de son passage. Le faucon continua son vol jusqu'à une branche située à quelques pas de sa position.

Perché sur sa branche, de ses beaux yeux lumineux, le faucon fixait Eveneye d'un air peinard.

La jeune femme, connue de tous ses ami(e)s comme la fille qui n'avait peur de rien, s'arrêta pour réfléchir à ce qu'elle allait bien pouvoir faire.

— Est-ce que je dois faire demi-tour, ou dois je continuer mon chemin pour rentrer chez moi? Se demanda-t-elle.

De toute façon s'il voulait m'attaquer, il l'aurait fait plus tôt! Personne ne me voit, ce n'est pas grave si je cours. Ce ne sera pas écrit sur mon front qu'un simple petit oiseau m'a fait enlever mes chaussures pour prendre la fuite! pensa-t-elle.

Elle se baissa, puis d'un geste habile et nonchalant, elle retira ses chaussures et les tint dans sa main gauche. Elle ne tenait à faire aucun mouvement brusque qui donnerait l'impression à l'oiseau qu'elle voulait l'attaquer.

— De toute façon, il ne m'a pas l'air d'avoir peur de quoi que ce soit. En prenant mes chaussures, il aurait pu se dire que je ramassais un caillou. Décidément cet oiseau est étrange.

En marchant sur la pointe des pieds, Eveneye avançait doucement tout en ne quittant pas le faucon des yeux. L'étrangeté de cet animal lui faisait avoir une boule au ventre. À chaque pas, sa frustration et son soulagement augmentaient.

— Encore un pas de plus sans qu'il ne saute sur moi, mais encore un pas de plus qui me rapproche de lui avant de le dépasser. Analysa-t-elle.

Le stress fit avoir à la jeune femme une envie pressante presque incontrôlable de pisser. « *Mince, ce n'est pas le moment.* Se dit-elle.

Petit à petit, elle avançait et voila qu'elle avait légèrement dépassé l'oiseau, qui n'avait pas bougé d'un millimètre depuis qu'il avait gagné la branche de l'arbre. Maintenant que le faucon était derrière, Evenye prit brusquement la fuite. Le faucon prit aussitôt son envol aussi et là suivi par le chemin des airs.

Eveneye tournait la tête par intermittence pour remarquer qu'elle était toujours suivie par l'oiseau sans que celui-ci ne la rattrape. Jugeant que cela ralentissait ses pas, elle arrêta de se retourner et se concentra sur sa course.

Eveneye courut alors jusqu'à sa case, sans se retourner ni pour marquer un petit moment de pause.

Arrivée devant sa case, elle fut soulagée de voir que le faucon n'était plus à ses trousses. Elle s'arrêta un instant pour souffler avant de rentrer chez elle, jusqu'à ce que le cri de l'oiseau retentisse encore tout près de sa position. Le faucon était encore là, avec un regard comme amusé de la situation.

Elle ouvrit alors énergiquement la porte et se rua dans la grande case.

Une fois qu'elle fut rentrée chez elle, ses parents se tenaient juste devant elle, attendant son retour. Essoufflée, la jeune femme se pencha légèrement et posa ses deux mains sur ses genoux.

— Où étais-tu ? Demanda son père sur un ton irrité.

Eveneye prenant son souffle et agacée par ce contrôle soudain ne répondit pas immédiatement.

— Tu pourrais d'abord lui demander ce qui la met dans un tel état ! Reprit sa mère.

— Pourquoi cours-tu comme ça ? Demanda son père, cette-fois là sur un ton plus conciliant.

— J'étais poursuivie par un oiseau noir ! Répondit-elle enfin.

Son père complètement hilare face à cette déclaration éclata d'un rire sonore.

— Qu'est-ce qui te fait rire ? demanda-t-elle.

— Tous les jours tu fais la dure, tu ne réponds pas immédiatement quand on te parle. Je pensais que tu n'avais peur de rien, voilà que j'apprends que tu fuis devant un oiseau. C'est très bien fait pour toi. La prochaine fois tu ne resteras pas dehors à la tombée de la nuit ! Dit son père avant de lui tourner le dos.

Eveneye étouffa un grondement avant de passer à autre chose. Elle savait que cela ne servirait à rien de bouder son père, car ce dernier ne s'en rendrait même pas compte.

— Tu vas bien ? Demanda sa mère, apparemment troublée par ce qu'elle venait de dire.

— Oui ça va, c'est juste qu'il m'a surpris et m'a suivi avec insistance.

— Qui donc ?

193

— L'oiseau bien sur ! qui d'autre ?

— Ah je vois !

— T'es sure que ça va ? Tu n'as pas l'air de m'écouter ! Voulez-vous m'expliquer pourquoi tout le monde agit bizarrement ces derniers temps ?

— Viens, il est l'heure de manger.

— C'est bien ce que je dis, tu ne m'écoutes pas. Moi qui me vantais d'avoir les parents les plus cool, voilà que vous commencez à m'imposer des règles, à me surveiller comme une gamine ! Souffla Eveneye.

Sur une table en bois, deux tasses étaient posées. Elles contenaient le dîner de la petite famille. Après quelques longues minutes de silence autour de la table, elle décida de poser ses questions.

— Avez-vous une idée de ce que cet oiseau me voulait ?

— À toi de nous dire ce qu'un oiseau peut bien te vouloir ! Rétorqua son père.

— Ce n'était certainement qu'une coïncidence, les animaux ne réfléchissent pas comme nous, tu sais ? Renchérit sa mère.

— C'est quand même bizarre que notre totem soit un faucon et que comme par hasard un faucon me suive.

— Eveneye, ça ne se fait pas de parler la bouche pleine. Les histoires sur les totems ne sont que des légendes. Ces

194

signes n'indiquent que le clan de tes ancêtres. Explique le père.

Quoiqu'elle ait senti de la moquerie dans le ton de la voix de son père, Eveneye ne crut pas un instant qu'il lui disait tout. D'après elle, l'attitude étrange de ses parents cachait certainement une vérité.

— *Tant pis s'ils ne veulent rien me dire, je me suis assez fait ridiculiser de la soirée*! Pensa-t-elle.

Les questions occupaient assez ses pensées pour lui ôter l'appétit.

— T'as déjà fini de manger ? Demanda sa mère quand elle remarqua enfin qu'elle se lavait les mains.

— Oui je n'ai pas faim, je suis fatiguée, je vais dormir !

De quelques pas paresseux, la jeune femme se dirigea vers le petit espace qui était le sien, puis tira le rideau qui lui garantissait une intimité. À bout de forces à cause des événements de la journée, Eveneye fut très vite submergée par une énorme vague de sommeil. Elle lutta pour garder les yeux ouverts histoire de repenser à sa journée folle, notamment sa rencontre bouleversante avec Bezia, mais ses paupières s'alourdissaient de plus en plus et la fatigue finit par l'emporter. Son lit lui parut si confortable qu'elle eut l'impression de s'enfoncer dedans.

Marchant sur les pointes des pieds comme si elle était consciente que sa fille dormait déjà, la mère d'Eveneye se glissa à côté d'elle. Elle posa délicatement sa main sur la poitrine d'Eveneye, cette dernière respirait fort et son cœur battait à un rythme rapide et puissant, comme si une situation le gardait en haleine. Subtilement, la mère souleva les paupières de sa fille. C'est complètement sans surprise qu'elle y découvrit des pupilles de faucon. Elle se releva, posa sa main gauche sur sa propre poitrine et se perdit dans ses songes un instant, avant de sortir de la pièce.

— Tout va bien ? Demanda brusquement son père qui était lui aussi venu souhaiter bonne nuit à sa fille.

— Doucement, tu vas la réveiller ! Répondit sa mère surprise, puis rajouta : elle dort à poings fermés, il ne faudrait pas la réveiller.

Sa mère comprit qu'Eveneye venait d'être rattrapée par le pouvoir de son totem. Elle savait qu'à ce moment précis, son esprit se trouvait dans le corps d'un oiseau explorant de nouveaux horizons et voyant des choses qu'elle seule avait le don de voir. Elle prit la main de son mari et ils quittèrent la chambre sans lui avouer tout ce qu'elle savait sur leur totem.

***

De retour chez lui, Naghen était tourmenté. Il tentait encore désespérément de se définir à lui-même quel genre d'individu il était.

— *Quelle créature passe quarante ans dans un ventre ? Suis-je vieux d'autant d'années ? N'a-t-elle pas pensé à comment je vivrais une telle vérité?*

Étaient entre autres le genre de pensées que piétinait son esprit. Arrivé sur son territoire, au lieu d'aller directement voir Kajia, il se rendit aussitôt dans sa cage avec Albout et Zotan. Il préférait leur compagnie même si le fait de les entendre converser dans un langage d'humain à ses oreilles, lui rabâchait encore plus au visage sa différence. Naghen y resta cloitré toute la nuit, incapable de fermer les yeux.

Le jour levé, il sortit de sa cage, se dirigea vers celle de sa mère. Il n'appréhendait pas ce qu'il allait lui dire, à vrai dire son but n'était pas de lui parler de quoi que ce soit. Il voulait simplement la voir car, pendant toute sa vie il regardait sans vraiment voir qui elle était vraiment. Le mystère qu'était sa mère à ses yeux était désormais bien plus grand, assez grand pour qu'il s'y perde. Kajia était le pilier de Naghen, toutes ses décisions venaient de sa mère. Désormais c'était tout son monde qu'il mettait en doute. Après avoir franchi le seuil de la porte, la case était sombre comme à son habitude. Les mêmes totems étaient postés aux mêmes endroits, les mêmes tapis étalés sur les mêmes parties du sol, le même désordre donnait le même charme à la pièce. Comme à son habitude Kajia était également là, avec les mêmes accoutrements, sauf que Naghen ne la voyait plus du même œil.

La mère ayant entendu le fils entrer dans la pièce ne lui accorda pas d'attention dans un premier temps. Elle était munie d'une épingle et s'acharnait à la planter dans une poupée en bois. Kajia donnait toujours la même impression d'être complètement absorbée par ce qu'elle faisait, comme si le sort du monde en dépendait. Après quelques minutes de silence du jeune homme, sa mère commença elle aussi à ressentir un événement inhabituel. Naghen avait la sale manie de l'interrompre par conséquent, cela parut bien trop longtemps aux yeux de la sorcière que son fils n'avait pas placé de mot. Elle leva la tête et posa ses yeux sur Naghen. Tout chez lui était normal sauf la lueur d'admiration envers la mère qu'elle avait toujours été. Kajia en fut étourdi.

— Qu'as-tu pu apprendre pour me regarder de cette manière ?

— Ai-je vingt deux ou soixante deux ans ?

Kajia fut étonnée par la question. Non pas qu'elle ne l'avait pas comprise mais plutôt, comment avait-il pu découvrir cela. Connaissant le nouveau tempérament de son fils, aucune des sorcières de la communauté du village n'aurait pu survivre à une rencontre avec lui. Pourtant elle en aurait été informée par ses génies si l'une d'entre elles s'était éteinte comme avait été le cas pour Zaza.

— Qu'as-tu fait ? Demanda-t-elle.

— J'ai laissé la vie sauve à celle qui m'a appris ce que tu m'as caché toutes ces années.

— Je te défends… oui je t'interdis de développer une quelconque reconnaissance envers quelqu'un d'autre que moi. Tout ce que j'ai fait et que je continue à faire, est dans le but de nous éviter à nous et à notre descendance cette fatalité liée à notre totem.

Naghen la regarda parler, perdu face à sa réaction. Il s'attendait à ce qu'elle se sente découverte, qu'elle ressente une certaine honte ou un certain regret par rapport à son passé. Mais il ne l'avait jamais vu aussi convaincue par ce qu'elle disait. Plus concentré que jamais, il resta assis dans son coin et l'écouta parler.

— De son vivant, ton père, malgré la puissance de son totem, était toujours dans l'ombre des élus du crocodile, de la panthère, du lion et même du serpent. Il vivait caché et s'interdisait même de penser à haute voix. Alors que cela était une des choses les plus naturelles pour les autres élus qui ne pensaient point tout-bas car, ils ne craignaient pas que cela puisse leur attirer des ennuis ! Expliqua doucement Kajia avant de monter le ton.

Au vu des circonstances dans lesquels ton père est mort, je ne pouvais souhaiter une telle vie pour ses descendants. Souffla-t-elle tout en jetant violement sa poupée Voodoo sur le mur.

En évoquant cette période de sa vie, une grosse boule se forma dans la gorge de Kajia, des pleurs commencèrent à s'entendre dans sa voix. Naghen resta silencieux et sa mère renchérit :

— J'étais enceinte de toi quand on pensait que tous les élus puissants s'étaient éteints. Néanmoins, ils avaient tous déjà une descendance, excepté ton père. Le sort des totems était tel qu'un élu apparaissait toutes les quatre générations. Si je t'avais mis au monde en ce moment, ni moi ni toi, n'aurais pu changer la position qu'avait toujours occupée une hyène dans cette chaine. Durant tout le temps que tu as passé dans mon ventre, je t'ai nourris, je t'ai protégé, je t'ai parlé tous les soirs en caressant mon ventre afin de te transférer mon amour, mon énergie, ma force mais avant tout mon ambition qui était plus grande que celle de ton père. Je t'ai maintenu en vie avec ta jeunesse dans le but que tu sois aussi un des élus. Depuis, tous les jours je me bats pour te donner des atouts qui feront de toi le plus puissant de tous. Tu peux être reconnaissant si tu le souhaite mais je te défends de me blâmer.

Naghen, troublé et attentif à cette déclaration, y voyait désormais plus clair. L'effort de Kajia était désormais mesurable à ses yeux. Il prit un instant pour s'imaginer faible et sans pouvoir. Sa vie lui apparut subitement riche.

CHAPITRE 7 : Aventure

Comme ils avaient convenu, Bezia, Yedei et Samba se rencontrèrent à l'aube. Tout le village était endormi, excepté quelques vieilles personnes sur qui, l'heure à laquelle elles dormaient n'avait pas d'incidence sur leur réveil matinal.

— Ne tardons pas, le chemin jusqu'à la savane est long et je devrais être rentré avant que mes parents ne lancent un avis de recherche sur moi.

— Détends-toi ! Rétorqua Yedei en posant sa main droite sur l'épaule droite de Samba.

— Tu peux parler toi, il n'y a personne qui t'empêche de sortir.

— Justement t'as besoin de vivre des expériences comme celles là pour être un homme. Tu n'es plus un enfant !

— Vous allez discuter de tout cela en chemin. Allons-y car j'ai hâte d'y être ! Intervint Bezia.

Les trois amis se mirent en route. Pendant tout le temps qu'aura duré la marche, une impatience brulait Bezia au plus profond de lui. Il allait enfin pouvoir voir le monde sauvage tel qu'il ne lui avait jamais été donné de le voir.

Après près de trois heures de marche, les trois amis arrivèrent enfin sur une falaise à l'entrée même de la savane. En hauteur par rapport à la savane, ils là contemplaient avec un grand intérêt. Etant complètement à découvert, rien n'atténuait la puissance de la chaleur du soleil. Les herbes en étaient jaunies et des vagues de chaleur étaient visibles à l'œil nu. Le vent chaud de cet endroit hostile ramena jusqu'à leurs narines l'odeur du vice, de l'alliance, de la chasse et de la mort. Dans le ciel volait une bande d'oiseaux de races qui leur étaient inconnues, des buffles se déplaçaient en troupeau. Des points d'eau attiraient les zèbres et les gnous, certains buvaient et d'autres broutaient les herbes aux alentours. Des antilopes trainaient également là, sans activité précise. Les lions jouaient aux paresseux, entourés de lionnes et lionceaux. Des hyènes se déplaçaient sournoisement ici et là. Un tel brassage de différents animaux sur un même territoire aussi hostile, laissait deviner le mode de survie.

Bezia regarda brièvement ses compagnons qui n'avaient pas l'air tout aussi séduits que lui. Cependant aucune attitude de trouble fête ne pouvait atteindre sa joie. Bien que l'environnement dans lequel il vivait fût totalement différent, la savane lui rappelait chez lui. Un monde où tous les sentiments étaient magiquement représentés : l'hypocrisie, la jalousie, le vice, dans leurs formes les plus brutes comme si tous les animaux s'étaient réunis pour donner leurs caractères dominants aux êtres humains. Malheureusement ou heureusement dans certains cas, selon la vision de chacun d'entre eux que la société existait pour les Hommes car si par exemple, les humains laissaient libres cours à leurs pulsions comme le faisait un couple de singes dans l'arbre, à quel bordel le monde ressemblerait ?

Bezia était reconnaissant à Samba de lui avoir montré ce coin perdu, même s'il était persuadé que ce dernier était sur le point de se pisser dessus. Une pensée qui lui soutira un éclat de rire.

— Qu'y a-t-il de si drôle Bezia ? Demanda Yedei.

— Ne faites pas attention à ça.

Bezia se disait que même s'il ne connaissait pas le moyen d'invoquer son pouvoir, son instinct de survie le poussera à y avoir recours quand il se sentira vraiment en danger, bien entendu il protégera ses amis. Ce n'était pas cela qui avait causé cet éclat de rire, plutôt le fait de savoir que si Samba avait le pouvoir de se transformer en monstre de son totem, il n'en serait pas plus avancé car son clan avait comme totem non pas le coq mais la poule. Il se demandait bien avec quoi Samba allait bien pouvoir se défendre à moins qu'il n'ait un don pour pondre autant d'œuf que possible qui occuperait ses prédateurs pendant qu'il essayera de prendre la fuite.

— Maintenant que vous avez vu à quoi peut ressembler une savane, on peut faire demi-tour ? Proposa Samba.

— On ne va quand même pas faire tout ce trajet pour ne pas aller voir de plus près !

— Bezia, il a raison. C'est dangereux de nous aventurer jusque-là. Samba n'est pas assez rapide pour se sauver, j'ai des raisons de penser que toi non plus ! Intervint Yedei.

Très peu d'accord avec cette théorie, Bezia y prêta une oreille sourde. Il continua à regarder avec émerveillement ce monde surprenant.

Non loin de là, une famille d'antilopes regroupée en bande ne se doutait pas un instant qu'elle courait un danger imminent. Une panthère jaune excellemment camouflée grâce aux plantes jaunies par la chaleur ardente, se déplaçait furtivement. À tour de rôle les yeux de Bezia faisaient la navette entre le fauve et ses potentielles proies.

Soudain, leur attention fut attirée par le bruit des battements d'ailes désordonnés d'une bande d'oiseaux qui s'envolèrent. La panthère venait d'entamer une course fougueuse vers les antilopes, qui n'attendirent pas de midi à quatorze heures pour prendre la fuite. Après en avoir ciblé une, la vitesse du félin grandit. Le troupeau se divisa pour déstabiliser le prédateur mais une petite malchanceuse était déjà dans le viseur.

La gazelle essaya de se déplacer en zigzag, malheureusement pour elle la panthère avait plus de facilité à changer de direction. L'instinct de protection maternelle poussa la mère à se joindre à la course-poursuite. Juste au moment où le félin sauta sur sa petite, sa mère surgit de nulle part et lui donna un coup dans l'abdomen, ce qui fit rater son coup à la panthère et donna une chance au petit animal de reprendre sa course dans une autre direction, sous le regard inquiet des autres membres de sa famille.

L'attitude protectrice de la gazelle envers son petit rappela à Bezia sa relation avec Zaza. Il était désormais prêt à sacrifier sa propre vie pour sauver celle de la mère courageuse. Il savait que le geste de cette dernière n'allait pas rester impuni, elle allait à son tour être chassée. Bezia savait que la pauvre antilope aurait un maximum de trente secondes avant de se faire dévorer, peut-être un peu plus à cause du précédent effort du félin qui l'avait certes essoufflé.

L'idée de se confronter à une panthère ne l'effraya point, après avoir couru derrière des phacochères sauvages qui n'avaient pas su lui donner la satisfaction qu'il désirait. Bezia avait trouvé là un adversaire à sa taille et même potentiellement l'assassin de Zaza car son esprit était tout aussi ouvert à la possibilité que ce soit un animal.

— Ne venez pas si vous ne voulez pas mais je n'ai pas fais tout ce trajet pour ne pas aller dire bonjour.

— Je te parie que tu ne tiendras pas une seule minute ! lança Yedei un défi à Bezia dans l'espoir de lui faire réaliser sa folie.

— T'es malade Yedei, il se ferait bouffer même avant que tu n'aies le temps de respirer. Commenta Samba effrayé par ce territoire.

— C'est bien ce que j'ai dit. Renchérit Yedei.

Le défi fut lancé. L'estimer incapable de se confronter à cette situation, combinée au sentiment de protection qu'il avait envers cette petite famille, donna à Bezia le coup de pouce pour se lancer. Il savait qu'une fois sa course entamée, son orgueil le poussera à ne plus faire demi-tour.

— Bezia non, tu es fou ? reviens !

Ce fut trop tard, après avoir eu un brin d'hésitation, le jeune chasseur entama sa course et n'entendait que trop vaguement l'expression de l'inquiétude de ses compagnons. Il avait moins de quinze secondes pour sauver la pauvre gazelle des griffes de la puissante panthère. Avec une course facilitée par la déclinaison de la pente, Bezia fut étonné par la puissance qui résultait de ses jambes. Il ne tarda pas à se trouver près de la position du fauve, qui lui ne s'était apparemment toujours pas rendu compte de sa présence ou avait-il délibérément choisi de ne pas en tenir compte. Ce geste de mépris encouragea fortement l'élu crocodile et éveilla en lui son instinct de confrontation. Alors encore plus décidé que jamais à tester ses propres limites, il intercepta la panthère juste au moment où celle-ci allait enfin s'emparer de sa proie.

Un lien fort se créa instantanément entre Bezia et son adversaire dès que leurs yeux se croisèrent. D'un côté des pupilles noires et rondes déterminées, et de l'autre des pupilles noires-fines nageant dans des yeux jaunes. Chacun fut intimidé par l'ardeur du regard de l'autre mais aucun d'entre eux ne pouvait baisser les yeux, sous peine d'anéantir complètement sa crédibilité aux yeux de son adversaire.

En gardant les yeux rivés l'un sur l'autre, la panthère et Bezia tournoyaient. Ils gardaient exactement la même distance entre eux comme si une invisible table ronde les séparait. Chacun des mouvements majestueux du fauve contractait les milliers de muscles cachés sous ses poils jaunes tachetés. L'animal était tel un volcan pouvant faire éruption à tout moment. Cependant les sens de Bezia étaient bien aiguisés, il arrivait à faire abstraction de tous les décors autour de lui ainsi que des doutes qui le consumaient, à savoir la ré-manifestation de son pouvoir démoniaque et l'issue du combat. Hélas le temps de faire marche-arrière était révolu et il n'en était que trop conscient.

Bezia fléchit légèrement ses jambes tout en les écartant, puis il ouvrit grand ses bras comme s'il demandait un câlin au fauve, se mettant ainsi dans une position de garde et d'attaque combinées et resta vigilant par la suite. Il ne fallait pas qu'il rate le moment ou la bête se décidera enfin à attaquer. Cependant, à juger par le mouvement circulaire qu'elle effectuait autour de lui, il sentit que la panthère hésitait à attaquer et ne tenait pas à lui tourner le dos. Il eut la même sensation que celle ressenti lors de sa rencontre avec Acyl dans la forêt.

Acyl et la panthère dégageaient la même énergie, avaient le même regard terrifiant et de haine envers sa personne, mais ils le redoutaient également de la même manière. Ne pouvant s'expliquer l'hésitation de la panthère, Bezia décida de ne pas y passer la journée et d'attaquer en premier. Ses jambes déjà fléchies lui servirent d'appui pour bondir sur le fauve. À sa plus grande surprise, il défia littéralement les lois de la gravité avec ce saut.

Ce pouvoir démoniaque l'avait regagné. L'animal l'esquiva, puis répliqua immédiatement en essayant de le saisir avec ses dents aiguisées. Bezia esquiva à son tour puis sauta sur son dos puissant afin de s'y accrocher. Il ne tenait pas à le tuer mais simplement le neutraliser avec cette force démesurée qu'il sentait en lui. Une fois sur son dos, il enroula ses bras autour du cou de la panthère, exerçant ainsi sur elle la prise du sommeil. La panthère n'eut pas la réaction attendue, au lieu de s'évanouir, elle se mit à courir.

À chaque mouvement qu'elle effectuait, Bezia sentait la contraction de chacun de ses muscles herculéens. Soudain, d'un geste brusque, elle réussit enfin à le secouer, puis l'attrapa par un bout de son vêtement avant de le propulser à quelques pas de l'endroit où elle se tenait. Bezia atterrit violemment sur le sol, puis glissa sur quatre mètres avant de s'arrêter les genoux pliés et les deux mains posées sur le sol, comme la position de départ des athlètes de course à pied.

Il sentit à ce moment la puissance se décupler en lui, il arriva même à sentir la chaleur du sang couler dans ses veines. Ses sens étaient tellement développés qu'il eut l'impression d'être dans un rêve dans lequel il pouvait tout voir, tout entendre et même tout anticiper.

Malgré sa concentration, ses pensées se détachèrent de l'animal se trouvant en face de lui. Son instinct de survie déviait sa vigilance sur les alentours car son corps tout entier sentit la présence d'un autre prédateur bien plus dangereux que la panthère. Il éprouva une énorme satisfaction de se battre contre un adversaire à sa hauteur, ce qui ne lui était arrivé qu'une seule fois dans sa vie auparavant, c'était avec les gros chiens. Pourtant pendant toute sa vie, il lui était arrivé d'aller chasser avec Yedei qui était très rapide et extrêmement agile, aussi de jouer à la lutte avec des garçons du village où il lui était arrivé de perdre à plusieurs reprises, mais jamais pour des occasions comme celles-là il n'avait ressenti cette bonne sensation d'avoir un adversaire à sa taille. Il estimait seulement avoir perdu à des jeux dans lesquels il n'y avait pas d'enjeux, et dans lesquels la victoire ne lui aurait jamais apporté une quelconque satisfaction.

Ce qui était sûr c'est qu'il vivait là une expérience unique et serait prêt à offrir tellement de choses pour la ré-vivre aussi souvent que possible. Le fauve étant toujours à l'affut, Bezia chargea pour revenir à l'assaut quand cette fois, une silhouette bougeant à une vitesse époustouflante apparut devant lui et le propulsa encore plus loin.

— J'ai un devoir envers ces animaux, je ne te laisserai pas y toucher ! Criât Acyl pendant que Bezia glissait encore sur le sol.

Voilà qu'il se retrouvait encore face à Acyl, cette fois-ci apparemment plus résolu que jamais à lui faire la peau. Un état d'esprit réciproque car Bezia aussi n'avait que trop attendu ces retrouvailles, au point d'oublier qu'une panthère était à quelques mètres de sa position. Sa volonté de se mesurer à Acyl frémit un instant, mais sa soif de pouvoir et de sensation forte dominait l'ensemble de ses autres sentiments.

Ils n'entendaient plus rien autour de lui, comme s'ils n'étaient que tout seuls dans le monde et que rien ne comptait à part se donner une bonne raclée. Bezia n'écoutait plus sa raison, désormais il n'était guidé que par son instinct.

— Encore toi ? Dit Bezia. Ça tombe bien, cette fois-ci tu ne vas pas y échapper.

— Je ne demande que ça ! répondit Acyl bien moins bavard.

Ils se lancèrent l'un à la rencontre de l'autre. Tout au long de leurs courses, les deux jeunes hommes n'entendaient que les battements de leurs cœurs sauvages et révoltés. Ils tendirent tous les deux les bras, pour s'agripper l'un à l'autre à l'embouchure des biceps et des épaules. Un rapport de forces s'installa, Bezia se sentit en mesure de pousser Acyl à s'accroupir mais cependant il n'y arrivait pas, car son adversaire disposait d'une force quasiment équivalente à la sienne sinon supérieure. Alors il libéra un de ses bras de l'emprise d'Acyl puis lui infligea un violent coup de poing, qui lui a été très vite rendu car un des bras de l'élu panthère était désormais aussi libre, puis suivit une avalanche de coups des deux côtés. Les deux adversaires encaissaient des coups par contre la douleur ne suivait pas, comme s'ils étaient drogués et que seule la victoire comptait.

Le combat continuait à faire rage sous les yeux ébahis de Yedei, qui avec les animaux de la jungle étaient les seuls spectateurs vu que Samba s'était sauvé juste après que Bezia se soit lancé dans son aventure folle. Soudain Bezia s'arrêta net pour admirer ce qui se produisit juste sous ses yeux.

Les yeux d'Acyl devinrent tous blancs, sa respiration plus forte, ses veines se gonflèrent sous sa peau. Une peau qui se recouvrit petit à petit de poils jaunes et tachetés de motifs noirs. Tous les muscles de son corps se gonflèrent et se dessinèrent plus nettement les rendant encore plus impressionnant,

213

notamment ceux de ses pectoraux et de ses abdominaux car l'ensemble de son torse n'était pas revêtu des mêmes poils que son dos. Acyl doubla littéralement de taille, mettant Bezia ainsi face à un géant. Ses yeux qui étaient devenu tous blancs se colorèrent en jaune, et sa pupille qui s'était éclipsé, revint sous forme d'une mince fente verticale. Acyl adressa à son adversaire un regard terrifiant et un sourire démoniaque, tout en remuant sa fine queue dans tous les sens. Il avait désormais l'apparence d'un monstre mi-homme mi-panthère.

En le regardant dans les yeux, Bezia vit chez son adversaire une énorme confiance en lui, une grande fierté vis-à-vis de son propre pouvoir, et enfin l'espoir que Bezia soit un adversaire à sa taille.

Même si combattre Acyl sous sa forme animale n'était pas dans ses cordes, Bezia resta néanmoins debout à lui tenir tête ne voyant aucune autre solution.

— Mon totem ! la force de mes ancêtres ! Appela Bezia en levant les yeux au ciel. Si tu es là quelque part en moi et que j'ai un destin à accomplir ; c'est le moment de te manifester !

Acyl leva son bras, s'apprêtant à infliger à un Bezia inactif le coup de grâce. Il le regarda une dernière fois admirant son courage, puis rabattit son bras sur lui avec toute sa force. Malheureusement pour lui, il avait donné le temps d'anticiper son coup. Le corps de Bezia recula instinctivement de quelques centimètres sans qu'il ne lui en donne l'ordre, esquivant ainsi partiellement l'attaque car les griffes pointues d'Acyl griffèrent tout le long de son torse, produisant un bruit assourdissant semblable au son d'une griffure d'une plaque de métal avec une fourchette.

Etonné par le phénomène qui venait de se produire, Bezia baissa la tête pour constater les éventuels dégâts que ce coup lui aurait infligés. Etaient marquées dans la chair de sa poitrine, cinq grosses marques de griffes. Son sang commença alors à se chauffer, l'impression d'avoir de la braise dans ses veines lui rappela de bons souvenirs, même si cela lui brulait les moindres petites cellules de son corps. La douleur fut si grande qu'il l'assimila à une sensation de plaisir. Brusquement son cœur s'arrêta de battre, ses yeux se figèrent et devinrent tous blancs. Pendant qu'il hurlait, une couche dure recouvrit sa peau noire, suivit des écailles de crocodiles. Ses ongles et ses dents s'aiguisèrent et il grandit à son tour, lui faisant ne plus voir Acyl comme un géant. Son processus de transformation se termina enfin par l'apparition d'une grande queue et la réapparition de ses pupilles désormais sombre comme les ténèbres dans ses yeux vert-Kiwi.

Son nouveau cœur animal commença alors à battre. Le sentiment qui l'animait était un cocktail de haine et d'excitation. Alors mi-homme mi-crocodile, l'issue du combat était désormais incertaine.

Acyl se mit à quatre pattes et entama une accélération fulgurante vers Bezia, encore plus impressionnante que celle d'une panthère normale. Pour contrer son attaque, Bezia fit un demi-tour sur lui-même en lançant sur son adversaire sa longue et robuste queue avec une puissance inouïe, au point qu'une partie de la poussière rouge recouvrant le sol fut balayée par le vent déchiré par l'attaque.

Contre toute attente, Acyl stoppa net l'attaque de Bezia en saisissant de ses deux mains la queue violemment lancée. Il ne s'écoula que quelques fractions de secondes avant que Bezia ne se voit projeter. Il fut propulsé avec tellement de vigueur que son lourd corps de monstre vola parallèlement au sol sans qu'il ne puisse le toucher avec ses pieds, soulevant un nuage de poussière rouge derrière lui. Il attendait de retomber pour retourner à l'assaut, cependant Acyl ne s'était pas contenté de le lancer, il s'était lancé à sa poursuite et l'avait rattrapé.

Bezia planait encore quand il se rendit compte en tournant la tête qu'Acyl était juste derrière lui. Pendant une fraction de seconde, il revit le magnifique visage de félin d'Acyl s'échapper du brouillard de poussière rouge. Des deux pieds joints, l'homme panthère lui donna un coup sur la base du dos le propulsant cette fois-ci plus loin dans les airs. Le coup lui fit faire une pirouette sur lui-même, mais l'élu des Bamba reprit le contrôle de son corps dans les airs avant d'atterrir à plat ventre, dans la position du crocodile et les yeux fixés sur son adversaire. Acyl et Bezia complètement en extase dans ce combat titanesque, se fixèrent dans les yeux.

Sachant que prendre un moment de répit le refroidirait, Bezia retourna immédiatement à l'assaut en rampant rapidement vers lui à la manière des reptiles. En libérant une patte, il balaya les deux jambes d'Acyl le flanquant ainsi par terre, puis lui tourna rapidement le dos, et lui assainit plusieurs coups de queue les uns à la suite des autres. Acyl s'enfonçait petit à petit dans le sol à chaque coup porté. Après une série de coups, le félin saisit enfin la queue du reptile. Couché à même le sol Acyl souleva Bezia, puis l'écrasa par terre.

Le sentiment que Bezia ressentit à ce moment précis valait dix fois plus celui qu'il avait pu ressentir avec la simple panthère. Ils se levèrent tous les deux pour poursuivre le combat quand brusquement, un vieillard s'interposa entre eux. Ce dernier ouvrit ses deux bras les ordonnant d'arrêter immédiatement le combat.

Dans son for intérieur, Bezia se sentit incapable de lui désobéir, apparemment le vieil homme avait ce même effet calmant sur Acyl. L'euphorie du combat s'évaporait peu à peu, les battements de leurs cœurs reprenaient leurs rythmes normaux.

Progressivement Bezia retrouvait sa forme humaine, la présence du vieil homme suffisait à elle seule pour menotter toute forme de sentiment négatif.

— Acyl arrête ça tout de suite ! Ordonna le vieil homme.

— Itaï, ne te mêle pas de ça ! rétorqua Acyl d'un ton toujours aussi animal.

— Non Acyl, c'est mon devoir d'empêcher cela ! Dit-il. J'ai déjà assisté à un affrontement comme celui-ci dans le passé et tu ne peux même pas imaginer comment cela s'est terminé !

— Vieil homme, veux-tu me dire de quoi tu parles ? Et d'où connais-tu ce …

Les mots manquèrent à Bezia pour qualifier Acyl qui le bouleversait de tellement de manières.

— C'est terminé à présent ! Grogna Itaï d'un ton autoritaire.

— Pour aujourd'hui ! ajouta Acyl

— C'est quand tu veux ! rétorqua Bezia.

— Rentre chez toi petit-fils de Zaza ! ordonna le vieux qui avait fait mine d'ignorer Bezia depuis son intervention.

— Comment connais-tu Zaza ? Me connais-tu ?

— Ce n'est ni l'heure, ni le lieu, mais si tu cherches l'assassin de Zaza alors Acyl n'est pas la bonne personne.

— As-tu di « personne » ? Je ne te laisserai pas partir tant que tu ne m'auras pas dit ce que je veux savoir.

— J'ai bien peur que tu n'aies pas le choix Bezia du crocodile ! Répondit Itaï d'un ton calme et serein.

Bezia regarda Itaï dans les yeux, en essayant d'y découvrir une quelconque réponse. Il ne put voir qu'une envie presque incontrôlable d'Itaï de le serrer dans ses bras. Devant un sentiment aussi sincère, Bezia fut attendri et n'eut d'autres choix que de suivre son ordre.

— Allons-y grand-père ! Dit Acyl se trouvant déjà à quelques mètres.

Bezia contempla les deux Hommes s'éloigner, tout en essayant de s'expliquer son envie de les suivre. Il frissonna à l'idée d'admettre qu'il ressentait un certain attachement pour cette petite famille. Même s'il ne s'en doutait pas encore, il allait bientôt s'apercevoir qu'aucun sentiment affectif ne doit être pris à la légère, car tout sentiment à une histoire et un destin.

***

C'était l'aube quand Kajia se réveilla en sursaut. Cette nuit-là, contrairement aux autres nuits, elle n'eut pas de révélation dans son sommeil.

L'un des plus grands inconvénients d'avoir des avantages est que, le jour où l'on en est privé, on perd tous nos moyens. Cela, Kajia venait de le comprendre car pour la première fois depuis très longtemps, la journée que le destin lui réservait allait être complètement floue et elle en était terrifiée.

C'est complètement paniquée, qu'elle se réveilla de son sommeil. Elle avait besoin de comprendre ce dysfonctionnement. De plusieurs pas maladroits, Kajia se précipita sur les coqs dont les chants l'avaient tiré de son premier sommeil tranquille depuis très longtemps. Un des oiseaux se distinguait par la vivacité de ses battements d'ailes et par l'octave supérieure du ton de sa voix par rapport à ceux des autres.

D'un geste habile, Kajia le choppa par le cou. Les débattements de l'oiseau n'eurent pour effet que de pousser la sorcière à resserrer davantage la pression de sa main sur son cou.

Au cours du trajet qu'elle entama vers ses totems, elle se munit également d'un couteau. En prononçant son incantation pour entrer en contact avec ses génies, d'un seul geste précis elle trancha la gorge du coq avant de verser son sang sur les sculptures en bois.

Son sacrifice fut accepté car quelques secondes plus tard, les yeux des trois statues qu'elle avait arrosés s'allumèrent d'une lumière blanche.

— Pour quel motif nous sollicites-tu Kajia ? Résonna une voix terrifiante.

— Pourquoi donc n'ai-je pas eu vos conseils durant cette nuit ?

— Ton fils attire la colère du Karma sur nous en tuant des innocents, et tu ne fais rien pour stopper cela ! Grondèrent les statues à l'unisson. Nous manifestons notre colère en diminuant tes pouvoirs.

Les totems d'hyènes voulaient la place privilégiée qu'ils s'estimaient à mériter dans la chaine alimentaire mais pas au prix de la vie d'innocentes personnes. Ils croyaient au karma et ils savaient que tôt ou tard cela pourrait se rebeller contre eux.

— Mon fils n'est plus un enfant, je ne suis pas responsable de ses actes. Répondit-elle.

Kajia savait qu'elle ne pouvait décliner cette responsabilité, surtout aux yeux de ses génies qui la connaissaient si bien. Néanmoins, elle se devait de faire une tentative car les agissements de Naghen étaient loin de lui déplaire car, dans ses folies meurtrières, il arrivait à son fils de s'en prendre à ses ennemis alors qu'elle n'avait pas le droit en tant que sorcière, de donner directement l'ordre de s'en prendre ni à eux ni à aucun humain.

— Ne joue pas à ça avec nous Kajia. Notre seul but est de faire respecter la place des hyènes dans la royauté de la savane.

— Que me suggérez-vous de faire dans ce cas ?

— Tu pourrais commencer par lui apprendre à se nourrir dans la savane. En gage de punition, donne-lui une mission des plus difficiles à accomplir.

— Comme quoi ?

— On te fait confiance pour en trouver !

Les voix des statues disparurent et leurs yeux redevinrent de simples dessins sur des sculptures.

Cheveux hérissés et pieds nus, la sorcière ouvrit la porte de sa case et se dirigea comme une furie vers la cage de Naghen, Albout et Zotan. Le premier l'attendait pour avoir des directives et les deux autres pour manger bien évidemment.

Naghen attendaient avec impatience sa prochaine mission, espérant reproduire dans le cœur de sa mère le même sentiment qu'il lui avait procuré lors de sa dernière libération.

Comme à leurs habitudes, les deux hyènes commencèrent à baver à l'entente des pas de Kajia. Celle-ci s'avança jusqu'à la cage et l'ouvrit d'une simple pression.

— Debout là-dedans ! Ordonna-t-elle.

Quand Albout et Zotan aperçurent les mains vides de la sorcière, des cris de mécontentements d'hyènes se firent entendre.

— *Elle ne nous apporte pas à manger*? Demanda Albout en langage d'hyène que la sorcière ne comprenait pas.

— *Naghen, demande à ta mère ou est notre nourriture*! Renchérit Zotan.

222

Naghen poussa un soupir agacé avant de s'exécuter.

— Mère, mes compagnons réclament leurs nourritures !

— Commencez d'abord par sortir de cette cage !

Pendant qu'Albout et Zotan s'exécutèrent avec empressement. Naghen plus calme prit son temps. Une fois les pieds en dehors de la cage, en s'étirant il ferma les yeux, prit un grand coup d'inspiration en baillant et en poussant sa poitrine en avant, ouvrit grand ses deux bras et se mit sur la pointe des pieds. L'ensemble de son corps émit des bruits de claquement d'os. En un étirement, il venait de se débarrasser de toutes les fourmis dans ses membres à force de rester inactif dans sa cage. Il étincelait d'enthousiasme et de confiance en lui.

— Aujourd'hui, c'est toi qui devras nourrir tes deux paresseux compagnons. Lança Kajia d'une voix sèche.

— Ce n'est pas moi qui le fais d'habitude ! objecta Naghen.

— *Super, aujourd'hui on va manger de l'humain si c'est Naghen qui nous nourrit.* Lancèrent Albout et Zotan à l'unisson.

— Ne discute pas. Allez-y sur-le-champ.

— Je ne peux pas passer inaperçu dans le village si je pars avec eux, c'est toi-même qui me l'as dit.

— Aujourd'hui tu ne vas pas dans le village.

— … ?

— Vous allez dans la savane. Tous les trois vous allez voler leur nourriture aux lions, juste sous leurs yeux.

— Albout et Zotan préfèrent manger des hommes. Ce n'est pas tous les jours qu'on trouve des lions en possession d'un Homme.

— *Dis-lui que les lions ne nous aiment pas ou même que les lions n'existent pas, mais trouve un moyen pour nous éviter de les croiser*! Lança Zotan dans le langage d'hyènes.

— *Zotan a raison. Ce n'est pas une bonne idée*! Renchérit Albout.

— On va y aller mère !

À la tête de sa petite escorte, Naghen parcourut la petite distance qui séparait son habitation, du territoire des animaux sauvages.

Un lion était entouré de quatre lionnes, tous s'acharnant sur un buffle que les braves lionnes avaient chassé. La petite troupe était déjà entourée par une bande d'hyènes et de vautour guettant de loin les restes tout en craignant de s'avancer.

À la vue de Naghen, les hyènes sentirent sa présence supérieure. Elles le voyaient toutes comme leur chef.

Le roi des animaux s'arrêta aussitôt de manger lorsqu'il remarqua les intrus. Sous la force de son regard majestueux, Albout et Zotan tremblotèrent et le doute s'installa dans le cœur de Naghen. Il décida de s'avancer quand même, mais stoppa ses pas quand le gros félidé de deux cent trente-huit kilos rugit.

— Pas la peine de rugir petit lion, notre maître Naghen est plus fort que toi! Ricana Zotan.

— Tu as raison Zotan, dis-lui que ça ne sert à rien de rugir, maître Naghen n'a pas peur de lui! Rajouta Albout.

Naghen, impressionné par la crinière de feu et les dents imposantes du lion, renonça à sa mission.

— Taisez-vous, bande de paresseux ! Dit-il. Je n'ai pas envie de vous donner une viande déjà souillée par ces animaux.

— Ce n'est pas grave du tout, hein Albout? Lança Zotan

— Bien sûr que non, on s'en contentera! Rétorqua Albout.

— Ne vous ai-je pas demandé de vous taire ? Je suis votre maitre et c'est moi qui décide de ce que vous mangez ! Hurla Naghen honteux devant ses compagnons et terrifié devant le lion.

L'élu des hyènes et ses deux compagnons s'éloignèrent des lions. Naghen marchait devant tout en essayant d'ignorer les commentaires de ses deux amis.

— Tu crois qu'il a eu peur? Demanda Albout.

— Non tu sais très bien qu'il n'a jamais peur! répondit Zotan.

— Moi à sa place je me serrais pisser dessus hihihi!

— Hihihi tu crois qu'il s'est pissé dessus?

— Hihihi!

— Trainez dans la savane et ne rentrez pas avant mon retour ! Ordonna Naghen.

Naghen était désormais fier de ce qu'il avait réalisé lors de sa dernière sortie. Il avait interprété à sa manière la réaction de Kajia. En attendant de trouver l'élu, il avait pris goût au meurtre. Ayant été bien éduqué afin de mieux se fondre dans la masse. Il passa par les quartiers de sa mère et s'y lava histoire de se défaire de l'odeur nauséabonde de ses compagnons. Tout seul, il s'aventura dans le village.

D'habitude poli et souriant envers tout le monde, c'est de bonne foi que chaque personne qu'il dépassait le saluait.

— Bonjour Naghen. Lui lança un villageois depuis son atelier.

— Bonjour ! Répondit-il sèchement.

— T'as bien lutté contre Yedei l'autre jour.

— C'est normal, je suis plus fort que lui ! Rapporte lui ce que je viens de dire si tu le croise, il va adorer. Lança-t-il.

— Je n'y manquerais pas.

— Qu'est-ce qu'il y a de gratifiant à battre un minable ? murmura-t-il dès qu'il fut dos au villageois.

À quelques pas plus loin, trois bûcherons de gabarits imposants coupaient du bois devant un petit hangar. Leurs éclats de rire interpellèrent Naghen. Il s'arrêta pour les contempler un instant.

Les trois hommes avaient des corps très bien sculptés. Cela se voyait sur leurs visages qu'ils étaient fiers de leurs muscles. À en juger par la puissance avec laquelle ils rabattaient leurs haches sur les bois morts qu'ils coupaient, Naghen comprit aussitôt qu'ils se comparaient leurs forces entre eux. Sourouk resta debout à les contempler jusqu'à ce qu'ils le remarquent enfin.

— Hey petit, pourquoi tu nous regardes de la sorte ?

— Je me demandais si vous vouliez un coup de main ! Proposa-t-il.

Les trois hommes se tordirent d'un éclat de rire.

— Tu sais, ce n'est pas si facile que ça en a l'air, il faut avoir de la force dans les bras mon garçon. Lança l'un d'entre eux.

— Un peu comme nous si tu vois ce que je veux dire ! Renchérit un de ses compagnons.

— Je suis tout aussi capable que vous si ça se trouve. Rétorqua Naghen.

— Dans ce cas, ce sera avec plaisir jeune homme.

Naghen s'avança vers eux et se munit à son tour d'une hache. Les trois bucherons arrêtèrent de couper le bois, focalisèrent leur attention sur Sourouk et se mirent à chanter en chœur.

— Petit, petit, petit, petit, petit, petit !

Encouragé par le chant des bucherons, Naghen se plaça face à un tronc d'arbre que les bucherons n'arriveraient à couper qu'au bout de dix coups chacun. Il brandit la hache au-dessus de sa tête, d'un seul coup sec il trancha l'immense morceau de bois jusqu'à ce que la hache aille se planter dans le sol.

Les coupeurs de bois restèrent bouches bée.

— Il ne rigole pas le petit ! Finirent-ils par lâcher à l'unisson au bout de quelques instants.

Après quelques coups de hache, Naghen finit tout le travail que les bucherons avaient prévu pour la journée.

— Et si on prenait une pose, et boire quelques gorgées d'eau ! Suggéra l'un des hommes.

— Très bonne idée. Acquiesça Sourouk.

Les quatre hommes entrèrent dans le hangar. Pendant que tous les autres se dirigeaient vers le vase qui contenait de l'eau, Naghen ferma la porte du hangar, s'enfermant ainsi avec les trois grands gaillards.

— Pourquoi fermes-tu la porte, nous ne voyons plus rien !

— J'ai une envie irrésistible de meurtre, je vais tous vous tuer !

— C'était très drôle jusqu'à maintenant. À présent, ouvre la porte ! Commencèrent-ils par s'énerver.

— Viens le faire par toi-même si tu es aussi fort que tu le penses.

Un des hommes irrité par le sens de l'humour de Sourouk, marcha rapidement vers lui afin de le pousser de là.

Dès qu'il eut posé sa main sur l'épaule de Naghen, celui-ci s'empara de ses quatre doigts et les brisa. Le bucheron hurla de douleur pendant que les yeux de Sourouk se coloraient en blanc. Les deux autres se munirent de leurs haches et attaquèrent à leur tour le jeune élu des hyènes.

Naghen écrasa la plante de son pied droit contre le visage de celui dont il avait brisé les doigts, puis aidé de sa vitesse surhumaine, il saisit presque en même temps les haches des deux autres hommes et les frappa avec.

Pendant que les trois hommes fussent à terre, il regarda ses doigts tout en allongeant ses ongles et il murmura :

— je préfère mes propres armes !

Malgré les cris des hommes, hélas personne ne pouvait les entendre. Il brisa la nuque au premier qui essaya de s'échapper, enfonça ses ongles pointus dans la poitrine du deuxième. Puis reproduit sur le troisième le même traitement qu'il avait infligé à Zaza.

Assis face aux cadavres, Naghen ressentit une grande insatisfaction. Il n'arrivait à retrouver chez aucune de ses autres victimes la satisfaction qu'il avait ressentie lors de l'assassinat de Zaza car aucun de ses derniers crimes n'allait faire de lui l'objet d'une traque aussi dangereuse que celle de Bezia.

Naghen était encore perdu dans ses songes quand il crut entendre la voix de ses hyènes. Il secoua la tête en se disant que cela était impossible qu'ils osent s'aventurer dans le village.

— Naghen ouvre nous la porte ! Lança la voix de Zotan.

Etonné, il ouvrit la porte du hangar où il vit ses deux compagnons.

— Qu'est-ce que vous faites là ? bande d'inconscient ! Gronda-t-il.

— Il est fou lui ! Commenta Albout.

— Où est-ce qu'il a déjà vu des hyènes avec des consciences ? Renchérit Zotan.

— On n'a pas de conscience nous ! Rajouta Albout.

Exaspéré par ses hyènes, Naghen les firent entrer dans le hangar. Il ne put quand même pas s'empêcher de faire une dernière remarque.

— Et si quelqu'un vous avait vu ?

— *On l'aurait tué hihihi* ! Répondit Albout.

— *On a quitté la maison en même temps, ta mère n'aurait pas aimé nous voir revenir sans toi.* Opina Zotan.

— Entrez et régalez-vous, mais ne laissez pas une seule miette, je ne voudrais pas m'embêter à faire disparaitre les corps après vous.

— Hi hihihi huhuhuhu hihihi ! Ricanèrent Albout et Zotan.

— *Pense-t-il vraiment qu'on va laisser une seule miette?* Dit Zotan

— *Ça n'a rien à voir avec les viandes avariées que nous donnait sa mère.* Renchérit Albout.

— N'oubliez pas que je vous entends, bande de rapaces. Finissez en et retournons dans notre cage avant que Kajia ne commence à se poser des questions.

— Du moment que tu nous offres des festins comme celui-ci, tes désirs seront des ordres !

CHAPITRE 8 : Révélations

Deux jours s'étaient écoulés depuis la célèbre fête du village. La mère d'Eveneye apparemment soucieuse de ce que sa fille voyait tous les soirs dans ses rêves, commençait à se rassurer quant à ses visions. Eveneye donnait l'impression de gérer la nouvelle responsabilité qui venait de lui être confiée.

Il était tôt le matin, le ciel commençait à s'éclaircir et les premiers chants de coq se faisaient entendre. La mère d'Eveneye étant la seule à être très matinale chez elle, entendit un bruit dans la case. La paresse qui véhiculait dans tout son corps, et qui l'empêchait de s'échapper de l'emprise de son lit la quitta subitement. Sans faire de bruit elle hissa sa tête à travers le rideau qui séparait la chambre de sa fille, du reste de la case. Eveneye était assise sur son lit, le visage placé entre ses deux mains.

— *Qu'a-t-elle vu pour être dans cet état?* Se demanda-t-elle.

Pour que sa fille ne se sente pas surveillée, elle retira aussi silencieusement sa tête de la pièce, qu'elle l'avait insérée. En attendant que le jour se lève complètement, elle retourna dans sa chambre aux côtés de son mari qui ne tardera pas à se lever pour aller travailler.

— Qu'est-ce qui te rend aussi soucieuse ? Demanda le père d'Eveneye à sa mère.

— Eveneye est l'élu des faucons.

Dans un sursaut, il s'assit.

— C'est quoi cette histoire encore ? Je pensais que tout ça n'était qu'une légende.

— Je ne te l'avais jamais encore dit, mais ma grand-mère était elle aussi élue de notre totem.

— Et tu n'as jamais jugé nécessaire de m'en parler ?

— Je pensais que tout ça n'était que des anciennes histoires, et qu'on n'aurait plus jamais eu à faire avec ça.

— Je n'arrive pas à croire que tu m'aies caché un aussi grand secret.

— Qu'est-ce que tu aurais fais sinon ? Tu ne m'aurais pas épousé ?

— Peut-être pas, non !

Après quelques instants de silence, le temps que les esprits se calment.

— Je suis désolé, je ne voulais pas dire ça. Comprends-moi ; c'est de ma fille dont on parle.

— C'est pour ça que j'avais insisté pour quitter la ville, pour m'éloigner de la source de toutes ces légendes. Mais mon village natal me manquait, et je me suis auto persuadée que l'histoire ne se répéterait pas.

— Elle en est à quel stade ?

— Elle fait des rêves et a des visions.

Quelques heures plus tard, alors que le soleil était haut dans le ciel, Eveneye sortit de sa chambre avec sa nonchalance inhabituelle.

— Que se passe-t-il ma fille ? demanda sa mère!

— Tout se passe bien, pourquoi me demandes-tu cela ? Répondit-elle.

— J'ai juste l'impression que tu ne dors pas souvent ces temps-ci.

— À quoi le vois-tu ?

— À cette mine que tu as ! Qu'est-ce qui ne va pas ?

— Tout va bien, je fais juste des rêves étranges ces derniers temps, ce n'est sûrement rien.

— Sache que tu peux me parler de tout.

— Je m'en souviendrais.

Eveneye, apparemment troublée par son dernier rêve, se décida enfin à aller voir Bezia car elle l'apercevait dans tous ses rêves et dans toutes ses visions. Elle se leva puis alla se laver. Sans s'en rendre compte, elle se surprit elle-même à faire des efforts pour améliorer son image.

Pourquoi je me donne autant de mal ? Je ne vais pas là-bas pour le séduire Se fit-elle remarquer à elle-même.

Au moment de quitter sa case, sa mère lui dit.

235

— Ma fille, rien n'arrive au hasard, fait attention à toi !

La jeune femme s'arrêta un instant, et se demanda : *Pourquoi tant de sous-entendu? Serait-elle au courant de ce que je vois dans mon sommeil?*

Elle finit par la conclusion que sa mère ne serait pas aussi calme, si elle avait la moindre idée de ce qui lui arrivait. Pour elle, le seul qui pouvait lui donner des réponses à cette heure était Bezia et elle allait le voir sans plus tarder.

Brusquement sans s'y attendre, alors que toutes les deux le croyaient parti, le père d'Eveneye rentra dans la case.

— Qu'est-ce que tu fais là à cette heure-ci ? tu ne devrais pas être au travail ? Demanda la mère d'Eveneye à son mari.

— Dites-moi ce que vous manigancez toutes les deux ! Et toi, peux-tu me dire où est-ce que tu vas ?

— Je vais faire un tour !

— Où ?

— Pourquoi cette question ?

— Pour savoir !

— Je vais voir une amie.

— Depuis quand tu t'es mise à mentir ?

— Ta mère m'a parlé des rêves étranges que tu fais. Jusqu'à ce que cela ne s'arrête, tu n'as plus le droit de mettre un pied dehors.

Eveneye lança un regard accusateur à sa mère, qui elle, à son tour lança le même regard à son père.

— Tu m'avais promis ! Dis la mère à son père.

— Je ne t'ai rien promis du tout !

Pendant que ses parents étaient occupés à se disputer, Eveneye se demandait comment sa mère pouvait elle être au courant. Sa mère se disait que son mari était devenu fou d'essayer d'empêcher un élu de faire son devoir alors qu'il savait que cela était interdit dans leur clan. Le père quant à lui se disait qu'il respecterait bien les règles du moment qu'elles concernaient un autre élu, mais en ce qui concernait sa fille, il n'avait que faire de ce qui était interdit ou pas. Eveneye, au plus profond d'elle était révoltée, elle ne voulait pas être obéissante, surtout pas cette fois-là.

Ne pouvant contredire ses parents, elle essaya de contenir le sentiment rebelle qui l'animait, mais son état d'esprit se voyait dans tous les moindres petits détails de son langage corporel. Elle avait les poings fermés, le corps tremblant, et ses dents qui grinçaient. Son père ne se préoccupant le moins du monde de son état d'esprit, tourna les talons et se dirigea vers le vase dans lequel il allait se servir un peu d'eau.

À sa plus grande surprise, il entendit un claquement de porte. Eveneye venait de lui faire un affront. Elle venait de désobéir pour la première à un ordre direct de son père. Celui-ci, blessé dans son orgueil bondit sur la porte pour la rattraper, mais sa femme s'agrippa à lui pour le retenir.

— Qu'est-ce que tu fais ? Lâche-moi tout de suite ! Ordonna-t-il.

— Je ne peux pas te laisser faire ça. On n'a pas le droit de l'empêcher de découvrir ce qui lui arrive. C'est son destin qui la rattrape.

— Je m'en fous, lâche moi !

— Non ! cette fois-ci, c'est toi qui devras faire avec !

Le père d'Eveneye définitivement irrité de suivre des directives dans sa propre maison, décida de pousser violemment sa femme à terre, sauf que la femme ne bougea pas d'un poil, comme si une force invisible l'aidait à immobiliser son mari.

Totalement ébahi devant ce phénomène, le père resta immobile et attendit que sa fille fût loin, et que la mère se décide enfin à le relâcher. La mère d'Eveneye s'attendait à une riposte de la part de son mari dès qu'il ne fut plus prisonnier de son étreinte, ce dernier n'en fit rien. Il alla s'asseoir sur une chaise et prit sa tête entre ses deux mains, histoire de réaliser à quel merdier potentiel il devra faire face. D'une voix faible, il dit :

— Tu n'as aucune idée de ce dans quoi elle s'aventure, comment peux-tu laisser faire ça ?

— Justement j'essaye de ne pas en savoir plus pour ne pas être obligé de réagir comme toi. Moi aussi je m'inquiète,

238

mais nous devons la laisser faire. Tu n'arriveras pas à me faire culpabiliser !

***

Pendant ce temps, de l'autre côté du village, Bezia plus que jamais en quête de réponses, avait passé la nuit à essayer de se remémorer et de déchiffrer le sentiment d'affection qu'Itaï avait à son égard. Même s'il savait qu'il avait peu de chances de faire reparler Bamba le totem, il décida de retenter sa chance. Il fit le tour de la case pour fermer toutes les fenêtres et portes, il alluma ensuite sa lampe à pétrole pour casser l'obscurité dans laquelle la pièce était tombée. D'un pas enthousiaste, il déplaça la sculpture au milieu de la pièce et s'installa face à elle.

— Maintenant ouvre les yeux Bamba, je veux des réponses !
Quand il vit que rien ne se produisit, il rajouta.

— Merde, tu ne sers à rien. Dire que beaucoup de gens te
vénèrent. Il ne faudrait pas que tu prennes la grosse tête,
s'ils t'adorent tous c'est par ignorance, moi je ne suis pas
aussi dupe.

Bezia était trop fier pour avouer au totem qu'il avait besoin de son aide. Au fond de lui, il commença à prier pour que ce dernier ouvre les yeux avant qu'il ne se rabaisse à le supplier. D'une voix très faible, limite inaudible il demanda.

— S'il te plaît !

Aussitôt, Bamba ouvrit ses grands yeux blancs et lumineux comme une ampoule néon, puis éclata de rire.

— *Oh merde, j'espère qu'il n'a pas entendu* ! Pensa Bezia.

— Bien sûr, j'ai entendu, avec beaucoup de satisfaction je rajouterai.

— On ne va pas passer la journée à parler de ça !

— Dans ce cas je te dis, à la prochaine.

— Non, attends ! Demanda Bezia.

Bamba éclata à nouveau de rire puis rajouta

— Mauviette, qu'est-ce que tu veux savoir ?

— Ce qui m'arrive ! Dit-il. D'où vient cet immense pouvoir et comment le maitriser ?

— D'abord je te conseille d'enlever ton t-shirt car il va faire chaud dans la pièce.

— N'y compte même pas !

— C'est la seule condition.

N'ayant pas le choix, Bezia se pliât aux exigences de Bamba. La température de la pièce monta au point que le jeune homme se mit à transpirer.

— C'est parfait. Tout d'abord sache que je suis fier du parcours que tu as accompli jusqu'ici.

— *Comme si j'avais besoin que tu sois fier de moi*! pensa Bezia.

— J'ai rencontré beaucoup d'élus avant toi. Juste à titre d'information, sache qu'aucun d'entre eux n'était aussi insolent que toi.

— Ce n'est pas de ma faute, je n'ai pas ce sens de loyauté envers toi. D'ailleurs où étais-tu quand Zaza a été tuée ?

— Je ne suis qu'une statue, tu sais ?

— C'est bien ce que je dis depuis le temps. À présent lâche le morceau.

— Ce pouvoir que tu as l'air de tant adorer, t'a été confié avec des responsabilités. Il peut être à double tranchant. Désormais tu n'es plus un simple homme, un cœur d'animal bat en toi, c'est ce qui provoque un grand changement sur ta personnalité. Tu seras désormais plus sincère, plus instinctif, et tu seras plus tenté de te servir que de demander. Mais sache aussi qu'a cause de ce comportement tu seras jugé, incompris par certaines personnes chères. Un grand destin t'attend Bezia, une responsabilité que tu n'as pas demandée mais qui t'a été confiée quand même. Mais si t'as été choisi c'est parce que j'ai vu en toi quelque chose que très peu d'hommes ont.

— Ce n'est pas tout, dis-moi comment je peux maitriser tout ça. Donne-moi plus de détails.

241

— En ce moment même, la réponse se dirige vers ta maison. J'ai été dur avec toi, il est temps de me ramollir un peu. Désormais je serais plus gentil avec toi. Et n'oublie pas, la première impression compte beaucoup !

— Attends, ne te ramollit pas maintenant, je n'ai pas besoin que t'ai une conscience, ça m'allait très bien que tu sois dur ! Gronda Bezia mais Bamba avait déjà fermé les yeux.

La température de la case revint à la normale et Eveneye frappa à la porte. Bezia sachant qu'il allait recevoir la visite d'une personne lui apportant des réponses, oublia sa tenue ainsi l'état de sa case et s'empressa d'aller ouvrir la porte.

Les deux jeunes gens se croisèrent. Bezia torse nu et tout en sueur se tenait face à Eveneye. Comme un déclic il venait de comprendre le sale tour que Bamba lui avait joué.

— *Non, j'espère qu'elle n'a pas entendu mes dernières phrases* ! Songea t-il.

— Tu parlais à quelqu'un ?

— Non, non ! rétorqua-t-il en tendant la main à Eveneye.

Eveneye fixa la main qui lui a été tendu, et fit une grimace illustrant la réticence de la serrer. Bezia, plus que jamais mal à l'aise retira sa main.

— Je peux revenir si je te dérange ! proposa-t-elle.

— Ce n'est pas du tout ce que tu penses. Tu peux entrer !

— À te voir aussi en sueur j'aurais juré qu'il faisait chaud chez toi ! Rajouta la jeune fille qui trouvait mignon que Bezia se sente gêné.

Eveneye commença à tourner dans la maison attardant ses mains sur certains objets, pendant que Bezia l'observait attentivement.

— Fascinant ! S'étonna-t-elle !

— Quoi donc ?

— Donne-moi juste un instant, le temps de réaliser ce qui m'arrive et je te dirais tout ce que je sais !

— Prends ton temps.

— Viens t'asseoir, maintenant je suis sûre que mon rêve était réel.

Eveneye tira une chaise et s'assit dessus. Bezia, lui, se posa sur le hamac.

— Il y a exactement trois jours, le soir où je t'ai rencontré à la fête du village, je me suis couché sur mon lit, repensant à tout ce que j'avais fait pendant la journée. On n'arrive jamais à saisir le moment pile où on est emporté par le sommeil. Je reste cependant persuadée que dès que j'ai fermé les yeux, je me suis immédiatement retrouvée dehors au milieu du village, sans savoir ce que j'y faisais. Pourtant je m'étais couchée dans mon lit, pas plus tard que trois petites minutes plus tôt. La vision était si réelle que je ne savais pas si c'était un rêve.

J'étais toujours dans le village, tout était exactement à sa place sauf qu'il y avait un peu plus d'arbres et un peu moins de cases. Je me suis retrouvée en face de la maison abandonnée à côté de celle du chef du village, à travers les trous de la fenêtre en bois je vis une lumière de bougie perturbée par des mouvements dans la pièce. Les premiers détails m'avaient échappé car j'étais plongée dans mes pensées.

— Qui habite maintenant dans la case que tu as vue ? Demanda Bezia

— C'est la case délabrée en face de celle du griot. D'aussi loin que je me souvienne, je n'ai jamais entendu à qui elle appartenait. Après un clignement des yeux, j'étais assez proche de la case pour voir à travers le trou de la fenêtre. Décidément ce rêve était bizarre ; étais-je capable de me téléporter ?

Des voix dans la petite maison ont ensuite attiré mon attention. Je voyais un homme couché sur un matelas et à son chevet une femme, qui, d'une main le ventilait car il transpirait beaucoup, et de l'autre main tenait celle du monsieur.

« Kajia, tu dois me promettre que cela restera secret ! Requêta l'homme faible avec beaucoup de difficultés.

« Munjiga, ne te fait aucun souci pour ça, j'ai tout aussi intérêt que toi à ce que cela ne se sache pas ! Rassura Kajia.

« Tâche à ce qu'il sache qui était son père, parle-lui de moi quand il aura l'âge de comprendre.

Sur ces mots l'homme malade mourut, la femme avec un air révolté déposa la main du cadavre puis, se saisit d'un morceau de bois et d'une plume pour y graver quelque chose, elle alla ensuite déposer ce morceau de bois devant la porte du voisin. Juste après avoir frappé à la porte, elle courut à toutes jambes se cacher. Elle venait certainement de rapporter la nouvelle de la mort à laquelle elle avait assisté, mais ne tenait pas à ce qu'on sache qu'elle y était.

Je suis restée là, à observer quel serait la réaction de la personne qui allait trouver ce message. Un homme avec un accoutrement de griot ouvrit la porte, puis tomba sur le message. Il regarda autour de lui au cas où il apercevrait le messager, hélas la dame avait bien fait attention de ne pas être vu. L'homme criât alors d'une grande voix « l'esprit de Munjiga est venu m'apporter la nouvelle de sa mort ». Il le répéta encore une fois avant de rentrer en courant chez lui. Sachant qu'un griot ne se contenterait pas de crier que deux fois un message, j'ai compris qu'il allait chercher quelque chose chez lui avant de répandre partout la nouvelle dans le village, et la place n'allait pas tarder à se remplir de monde. Je ne tenais pas à être démasquée car cette fois-ci, j'étais bien déterminée à savoir ce qui me faisait sortir de mon corps.

Avant de te voir pour la première fois à la fête, j'avais déjà eu une vision dans laquelle tu apparaissais. Il fallait que j'aille voir ce qui se passait du côté de ta maison. Sans savoir comment, je savais exactement où tu habitais. Cependant je me sentais incapable d'effectuer le moindre pas, comme si ma morphologie était différente et que ce que j'essayais de contrôler n'était pas une jambe. Si on partait du principe que j'étais dans un rêve alors je devais être capable de me déplacer comme je voulais sans forcément marcher. Va savoir pourquoi, je me suis dit que je pouvais voler, alors j'ai sauté dans le vide, et deux ailes noires se sont déployées.

J'arrivais à voler à la manière d'un oiseau comme si j'avais fait cela durant toute ma vie. Après une balade agréable dans les airs, je me suis posée sur la fenêtre de votre case qui était grande ouverte comme elle l'est maintenant.

Dans la petite maisonnée régnait un grand calme. Vu l'heure avancée, je me disais que tout le monde dormait déjà quand j'entendis le bruit d'une porte. Je m'attendais alors à te voir mais au lieu de cela, j'ai vu une petite fille apeurée déambuler dans la case.

C'était bien ici, dans cette même case, j'ai vu cette petite fille se diriger vers cette chambre, l'air effrayé comme si elle venait de voir un fantôme. Elle tira le rideau de la chambre et parla à voix basse.

« Père, pourrais-je dormir dans ton lit ? J'ai un mauvais pressentiment ! S'adressa-t-elle ainsi à l'homme couché au fond de la pièce.

J'ai d'abord cru que c'était toi, avant de constater qu'il était moins grand et plus costaud. Elle n'eut pas de réponse immédiate de son père et pourtant elle sentait sa respiration. La petite fille continua à s'approcher lentement, certainement en se demandant si l'absence de réponse de son père ne signifiait pas sa mort. Moi j'étais persuadée que ce n'étais pas le cas, car de là où j'étais, je sentais les battements lents et puissants de son cœur. Cette énergie qu'il dégageait était exactement semblable à la tienne.

Arrivée aux pieds du lit, la fille vit les paupières de son père s'ouvrir brusquement, faisant voir des yeux tout blancs qui brillaient comme la pleine lune. Effrayée, elle se jeta sur lui tout en criant :

– « Pèèèèèèèèèèèèèèèèèrrrrrrrrrrreeee ».

Réveillé par le cri de sa fille, l'homme s'est assis sur le lit tout en la contemplant avec ses yeux fluorescents. C'est en ce moment que mes doutes s'envolèrent, ce n'était pas toi. Après un clignement des paupières, ses yeux revinrent à la normale.

« Que se passe-t-il Zaza ? Pourquoi es-tu debout à cette heure-ci ?

« J'ai peur !

« Mais de quoi ?

« J'ai senti une présence dans la maison, et depuis je n'arrive pas à m'endormir.

« T'as dû faire un cauchemar, ce n'est rien mon enfant.

Quelques instants après :

« Père ?

« Oui ? répondit-il d'un air soucieux.

« Quand je suis rentrée, tu transpirais beaucoup, respirais fort, et tes yeux…

« Mes yeux quoi ? Demanda-t-il sur un ton agressif.

« Tes yeux étaient tout blancs, comme si …

— Elle n'eut pas le temps de finir sa phrase que son père, torse nu bondit sur ses jambes et se dirigea en courant vers la sortie. La petite Zaza était terrifiée, mais comment ne pas l'être ? J'aurais certainement ressenti la même chose à sa place. J'imaginais qu'elle vivait là, la nuit la plus étrange de sa vie. Assise à même le sol, elle parlait toute seule dans un langage que je ne comprenais pas.

248

J'en ai conclu que c'était une prière pour son père, ou des incantations.

Brusquement dans la chambre je fus interpellée par mon reflet dans un seau d'eau, dedans ce n'est pas moi que j'ai vu mais cet oiseau étrange qui me suivait depuis un bon moment.

Me transformais-je en oiseau lorsque j'étais endormie ? Je n'en savais rien. Zaza me regarda et ne fit rien pour m'attraper ou pour me tuer, elle devait être en état de choc après avoir vu son père agité de cette manière. Pour ma part je n'avais qu'une seule envie, la consoler et lui dire que j'allais suivre son père. Étant dans l'incapacité de parler, je me suis envolé par la fenêtre histoire de suivre son père. Si j'étais parti jusque-là, il allait de soi que j'essaye d'en connaitre le plus que possible.

D'un vol d'oiseau, je l'ai suivi. Courant plus vite qu'un humain normal, il traversa la forêt à vive allure. Il s'est arrêté dans un coin de la grande rivière que je ne connaissais pas car je ne m'étais jamais aventuré aussi loin jusqu'alors. Sans que je ne m'en rende compte, il plongea parmi ce qui semblait être une bande de crocodiles. Au premier abord cela ressemblait à du suicide puis à ma plus grande surprise, ils eurent l'air de jouer ensemble comme s'ils se connaissaient depuis

249

toujours. Les crocodiles étaient complètement inoffensifs avec lui. À tour de rôle, il les caressa d'un geste d'adieu.

Cet homme était fascinant ! Quelques instants plus tard, il ressortit de l'eau et se remit à courir, il avait l'air d'aimer ça. Cette fois il se dirigea vers le cœur même d'Olubumi. Ayant vu ce qu'il faisait, il fallait que je retrouve Zaza et que je trouve un moyen de lui dire que son père allait bien. À mon retour, elle n'était plus chez elle. Puis en survolant le territoire, d'une vue d'oiseau sur les alentours, de loin je l'ai vu se diriger vers le centre du village. Une fois sur place, un jeune garçon l'appelât de loin.

« Zaza ! ! ! !

« Itaï ! ! ! ! ! Répondit-elle avec le même enthousiasme.

Les deux enfants se lancèrent l'un à la rencontre de l'autre, puis se tinrent par les mains dès qu'ils fussent assez proches.

« Je suis contente de te voir ! ! ! ! Dit Zaza.

« Moi aussi, mais dis-moi ! N'aurais-tu pas vu mon père ?

« Il est là-bas ! Répondit-elle en le montrant du doigt.

« Moi aussi je vois le tien, le voilà ! S'exprimât-il en fixant une direction.

« Non ! ! criât le jeune garçon.

Zaza ne comprit pas ce qui provoquât cette panique dans le village, moi non plus d'ailleurs. Elle demanda à Itaï ce qui agitait tout le monde de cette manière.

« Tu te souviens de l'histoire des élus maudits qu'on nous raconte dès qu'on a l'âge d'écouter des histoires ?

« Oui ! répondit Zaza.

« Hé bien mon père m'a raconté que ton père, lui-même et Munjiga décédé sont les élus.

— Brusquement, Zaza afficha un air encore plus effrayé que celui d'Itaï. Je me contentais de rester spectatrice car toute cette histoire me dépassait, quasiment toutes les personnes étant sur place avaient détalé en vitesse. Les deux hommes se fixèrent dans les yeux, et marchèrent doucement et subtilement l'un en direction de l'autre. Leurs poitrines se gonflaient et se dégonflaient comme si leurs cœurs se battaient pour sortir de leurs cages, puis leurs yeux devinrent tout blancs. Contre toute attente les démons n'étaient pas eux-mêmes.

Le père de Zaza ferma ses deux poings puis s'échappa de lui un monstre mi-homme mi-crocodile, grand d'environ trois mètres. Il disposait d'une musculature semblable à celle d'un humain, à la différence qu'il avait également une grande queue, un grand museau avec des dents bien aiguisées ainsi qu'un regard perçant.

Puis vint le tour du père du jeune Itaï qui libéra sa panthère géante, environ de la même taille que le crocodile, forme humaine avec une pilosité élevée ainsi que les taches d'une panthère. Avec un regard de prédateur, il était encore plus effrayant que l'homme croco. En ce moment-là, Zaza et Itaï prirent conscience de l'ampleur de la situation mais restaient trop effrayés et impressionnés pour tenter quoi que ce soit d'absurde.

Tous les gens autour commencèrent à s'enfuir sauf ceux qui étaient assez curieux de savoir ce qui allait se dérouler. Très vite, on s'est rendu compte que les monstres étaient entièrement contrôlés par leurs hôtes et non le contraire car, ils ne s'en prenaient à personne d'autre aux alentours. C'est ainsi que le combat s'est déclenché.

Les deux monstres se battaient avec la force de leurs poings et n'utilisaient pas de techniques de combat précises. Ce qu'on pouvait juste remarquer c'était que la panthère était plus agile que le crocodile, mais celui-ci le rattrapait par la violence de ses attaques et arrivait avec une certaine facilité à esquiver les coups comme s'il les voyait venir, sa queue qui était capable d'assainir des coups très forts, était son meilleur atout.

Après une dizaine de minutes passées à se battre d'arrache-pied, ils rassemblèrent toutes leurs dernières forces pour lancer une attaque ultime, dont aucun des deux n'en sortit vivant. Les deux montres s'écroulèrent par terre avant de se transformer en ombres qui rejoignirent leurs hôtes.

À la fin du combat des monstres, les deux hommes restèrent debout en se fixant droit dans les yeux, des yeux qui eux étaient restés tout blancs même si la lumière blanche s'y était éteinte.

Zaza et Itaï coururent tous les deux vers leurs pères respectifs afin de vérifier s'ils allaient bien et essayer par la même occasion de les calmer. Une fois à leurs côtés, ils se rendirent compte que leurs paternels n'avaient plus aucune réaction et que leurs corps étaient sans vies. L'issue du combat était tragique car les deux élus venaient de mourir debout.

— Mes yeux s'ouvrirent sur le plafond de ma chambre. J'étais à nouveau dans mon lit comme si je n'avais pas bougé. Si tout ce que je venais de voir était bien réel, je ne devais pas garder ça pour moi, mais à qui aurais-je bien pu le raconter ? Il ne fallait pas que je divulgue non plus l'histoire à quelqu'un qui ne me croirait pas ou qui aurait rendu cela publique. J'en avais pas entendu parler jusqu'à maintenant, surement que cela doit être tabou.

Voilà Bezia maintenant tu connais toute l'histoire. Je suis plus convaincue que jamais que ce n'était pas un simple rêve car je reconnais certains objets qui étaient dans mon rêve, comme cette bouilloire ! Renchérit Eveneye.

À la fin de son histoire, Eveneye contempla Bezia assis en face. Le visage placé entre ses deux mains, le jeune homme était plongé dans ses pensées. Eveneye se leva puis s'approcha de Bezia quand celui-ci daigna enfin lever la tête pour croiser son regard. Sans qu'elle ne place le moindre mot, Bezia vit dans ses yeux un point commun avec lui, une quête de réponses. Les yeux d'Eveneye témoignaient aussi de la déception face à un Bezia pas assez réactif à son gout.

— Qu'est-ce qui t'arrive ? dis au moins quelque chose !

Jugeant qu'elle perdait son temps, elle tourna les talons et se dirigea vers la sortie. Arrivée à côté de la porte, elle entendit.

— Je savais que ce vieil homme en savait beaucoup sur moi !

— De qui parles-tu ? Demanda-t-elle en se retournant.

— Itaï, je l'ai vu une fois. Et Zaza était ma grand-mère.

— Mais encore ?

— C'est trop long à expliquer.

— Alors ne perds pas de temps !

Une fois de plus Bezia leva les yeux vers la jeune femme. Elle n'avait pas besoin d'avoir un don pour voir cette fois-ci dans ses pupilles sombres une grande force et une motivation à toute épreuve. Elle comprit qu'il avait besoin de bien placer les pièces du puzzle avant de dire quoi que ce soit.

— Je dois y aller ! Lança Eveneye souriante.

— Tu ne veux plus de réponses ?

— Je sais que tu m'en parleras en temps voulu.

— Comment peux-tu le savoir ?

— Je le sais, c'est tout.

— Comment pourrais-je te revoir ?

— Oh crois-moi, tu me reverras.

Ils se toisèrent encore quelques secondes pendant lesquelles naquirent une complicité et un sentiment réciproque d'affection. Puis Eveneye franchit le seuil de la porte avant de tomber subitement nez à nez avec Yedei, Salomé et Maïssa qui venaient également voir Bezia. Une tension électrique se créa immédiatement entre les deux jeunes femmes. Maïssa d'ordinaire très sereine et aucunement jalouse ressentit pour la première fois en une fille un danger pour son couple naissant.

— Qu'est-ce que tu regarde comme ça ? Souffla Eveneye, offensée par le regard de Maïssa.

Maïssa regarda de gauche à droite, puis de droite à gauche avant de répondre.

— Mais toi bien sûr, qui d'autres ?

Un sourire déforma les lèvres d'Eveneye.

— Tu trouve ça drôle ?

— Oui, quand je m'imagine entrain d'enfoncer ton visage dans la boue.

— J'aimerais bien voir ça.

Les deux jeunes femmes s'affrontèrent du regard pendant quelques secondes avant que Salomé ne s'interpose entre elles.

— Soyez raisonnable les filles ! Lança-t-elle.

— Dis-le à ton amie, elle ne sait pas à qui elle s'attaque ! Répondit Eveneye.

Même si la distance avait fait qu'elles n'avaient plus la même complicité, Salomé savait qu'Eveneye était une fille qu'il valait mieux ne pas contrarier. Elle prit Maïssa par la main et l'entraina vers la case de Bezia.

— Ne t'approche plus de lui, sinon tu vas toi aussi découvrir qui je suis ! Menaça à son tour Maïssa avant d'entrer dans la case.

Eveneye se contenta de sourire à la menace avant de s'en aller. Yedei entra en premier dans la case afin de prévenir Bezia de l'humeur de sa copine. Il fut très vite suivi par Salomé et Maïssa.

— Rien de plus sexy que deux femmes qui se battent, murmura Yedei.

— C'était qui cette fille ? Demanda Maïssa.

— Tu ne la connais pas !

— C'est justement pour ça que je veux savoir qui elle est !

— Serais-tu jalouse ?

— Répondrais-tu à une question par une question ?

Mise à part la sensation désagréable de ne pas se sentir libre de recevoir qui il voulait chez lui, Bezia fut agréablement surpris par l'attitude de Maïssa. Il savait que ce contrôle était dû à l'affection qu'elle avait pour lui. Cependant n'avait pas l'habitude des crises de jalousie et il n'était également pas d'humeur à en supporter, il décida donc d'ignorer Maïssa et de la laisser parler toute seule.

Maïssa se mit alors à réfléchir à la stratégie qu'elle allait adopter. Elle hésitait entre jouer la carte de l'affectif et se rapprocher plus de Bezia, ou celle de l'indifférence. Mais dans sa tête la bataille avait commencé pour le garder.

Bezia troublé par ce que venait de lui apprendre Eveneye, se demandait comment il pourrait en savoir davantage. En attendant de trouver un autre moyen, sa seule option était d'espérer qu'Eveneye ait une autre vision révélatrice. Ne pouvant pas simultanément chercher des mots pour rassurer sa compagne et ordonner ses pensées, Bezia parut insensible à ce que la jeune femme essayait de lui dire. Yedei ayant vu Bezia indifférent aux sauts d'humeur de Maïssa, comprit que quelque chose d'autre de plus préoccupant troublait son esprit. Il s'approcha de lui.

— Qu'est-ce qui ne va pas ? S'enquit-il !

— Tout va bien, ne t'inquiète pas.

— Aux dernières nouvelles, j'étais toujours ton ami à ce que je sache.

— Je ne savais pas que t'arrivais aussi à lire les émotions.

— Tu sais, on n'a pas vraiment besoin d'un don pour lire en toi ces derniers temps, je connais bien ces symptômes.

— Quels symptômes ?

— Tu penses à haute voix parce que ton côté animal se réveille, tu ressens le besoin presque incontrôlable d'exprimer toutes les formes de sentiments qui circulent en toi. Tu ne revois plus souvent tes amis parce que tu as l'impression de les protéger comme ça, même tes yeux ont changé légèrement de couleur. J'en sais plus sur les totems que tu ne le penses.

— Tu es donc au courant ? Demanda Bezia une fois de plus ravi de cette journée pleine de réponses.

— Bien sûr que je suis au courant ! N'as-tu jamais trouvé bizarre, que je sois inhumainement agile dans les arbres, et avant Acyl, avais-tu déjà vu quelqu'un courir plus vite que moi ?

— Comment ai-je pu passer à côté de ça ? Te transformes-tu aussi comme moi ?

— Je savais depuis notre plus jeune âge qu'un jour tu deviendrais très fort et que tu pourrais aussi te transformer.

— Et tu n'as jamais jugé utile de m'en parler ? Grogna Bezia.

— …

— Et comment pouvais-tu savoir tout ça ?

— Quand mes pouvoirs ont commencé à se manifester, ma mère m'a emmené voir Zaza.

— Ma grand-mère était au courant aussi ?

— Zaza m'a appris tout ce que je devais savoir sur ce pouvoir. Surtout que le mien est très limité par rapport à ce que toi tu es capable de réaliser. Je ne pourrais jamais me transformer et mon pouvoir n'évoluera peut-être plus. Mais elle m'a dit que de lourdes responsabilités étaient liées à ton aptitude et que même si t'étais plus fort, tu serais plus en danger que tout le monde parce que tu es l'un des rois de la jungle et tu seras une cible pour tous ceux qui vont vouloir régner en maitre. C'est pourquoi elle m'a fait promettre de veiller sur toi sans jamais rien te dire, jusqu'à ce que tu sois un jour obligé de faire face à ce destin qui est le tien. Et elle savait que ce jour n'arriverait pas de son vivant car c'était sa vie qui empêchait toutes les formes animales de se manifester. C'est pour ça que les anciens l'appelaient l'étoile de l'équilibre.

— Dis-moi en plus !

— C'est tout ce que je sais !

— Non tu ne m'as pas tout dit.

— Je n'ai plus aucun intérêt à te cacher quoi que ce soit.

— Espérons qu'Eveneye aura d'autres visions.

— Je connais quelqu'un qui pourra te donner plus de réponses.

— Je t'écoute.

— Bandiougou, le griot du village. Les informations véhiculent dans sa famille de père en fils. Il y en a qu'il décide de partager avec toute la population, mais d'autres qu'il se réserve d'en parler qu'à un nombre très réduit de personnes. Si tu vas le voir, il te dira tout ce qu'il sait.

— Viendras-tu avec moi ?

— Zaza m'a clairement fait comprendre qu'à partir de ce moment, ce serait trop dangereux que je m'en mêle et j'ai eu l'occasion de le constater en assistant à ton combat contre Acyl dans la savane.

— Je croyais qu'avec Samba, vous vous étiez sauvé !

— J'ai proposé cette solution à Samba pour qu'il ne voie pas l'affrontement, mais j'ai fait demi-tour pour revenir voir ça de mes propres yeux. je n'ai pas pu résister à la curiosité. Tu ne m'en veux pas d'avoir gardé le silence ?

— Une faute avouée est à moitié pardonnée.

Sentant l'orage qui se préparait, ses visiteurs étaient partis. Il pleuvait des cordes à l'extérieur de la case. L'odeur de bois et de terre mouillés provenait de la forêt, ce que les sens de Bezia appréciaient pleinement. Il se coucha dans son hamac et leva ses yeux vers le plafond. Il revoyait encore l'image d'Eveneye et de Maïssa. Ne les ayant pas appréciés à leurs justes valeurs quand elles étaient encore présentes. Le ton doux de la voix de Maïssa déferlait encore dans ses oreilles produisant sur tout son corps un effet de massage, et celle plus rock d'Eveneye faisait battre son cœur sauvage à un rythme lent et puissant comme ceux des athlètes. Contenir autant d'amour était impossible pour n'importe quel homme. Sauf que Bezia n'était pas comme tous les hommes. Son cœur humain et altruiste aimait sans condition Maïssa, et son cœur animal, impulsif et capricieux avait trouvé une nouvelle raison de battre.

Hélas, il savait que le monde dans lequel il vivait lui imposerait très rapidement de faire taire un cœur à tout jamais. Supporter les caprices de Maïssa devenait de plus en plus difficile. Comme si tout d'un coup il venait de réaliser que cela ne servait qu'à ne pas profiter de la grande passion qu'ils avaient l'un pour l'autre.

Cependant, Maïssa avait un avantage considérable ; dans ses dernières volontés, Zaza avait insisté sur le fait que c'était elle, qu'elle souhaitait que Bezia épouse un jour. Zaza voyait en elle quelque chose de bien pour son petit-fils, et Bezia ne pouvait en aucun cas mettre en doute la sagesse de Zaza car elle le lui avait prouvé plus d'une fois. Maïssa faisait également partie du clan des crocodiles, ce qui impliquait qu'aucune contrainte n'existait contre leur union. Eveneye par contre était mal parti. Tout les opposait, que ce soient leurs totems ou leurs éducations mais ils avaient une complicité qu'aucun d'entre eux ne pouvait décrire. Elle comprenait Bezia et pour lui cela était un miracle.

Il oublia ses pouvoirs le temps d'une nuit, pour penser aux deux femmes qui faisaient chavirer son cœur de deux manières complètement différentes.

D'un côté, se trouvait une femme qui lui faisait ressentir le challenge de toujours la conquérir, il lui fallait trouver des failles dans les codes de conduite de la société, et essayer de concilier ce qu'elle voulait bien lui donner avec ce dont il avait réellement besoin. Et de l'autre côté, une femme qu'il venait à peine de rencontrer mais qui lui faisait se sentir vivant, et avec qui aucune barrière n'en était réellement une. Elle le comprenait et comprenait son côté sombre.

Pendant ce temps, Maïssa pensait également à Bezia. Elle repensait à sa disponibilité parfaite, et aimait le fait qu'elle arrivait à se faire comporter un crocodile en agneau. Il respectait ses moindres petites décisions même si cela relevait du caprice, et ne se révoltait jamais de peur de la blesser. Cette présence était rassurante pour elle. La possibilité qu'il puisse à présent changer de comportement la révoltait, elle commença à se demander alors si elle n'était pas partie trop loin et si ce n'était pas trop tard désormais.

Au même moment, Eveneye assise sur son lit pensait aussi à Bezia. Cet homme si captivant avec une allure hors du commun. Elle percevait à l'œil nue une force qui le recouvrait et qui capturait comme une toile d'araignée tous ceux qui, avaient le bonheur de tourner autour de lui. Elle avait des frissons, rien qu'en repensant aux croisements de leurs yeux sauvages. En le regardant elle avait le sentiment de libérer l'animal qui était en lui, et elle était fière d'être celle qui lui apportait des réponses à tout ce que la nature le poussait à se poser comme question.

Le triangle amoureux était ainsi formé et leurs trois esprits restèrent reliés jusqu'à ce que le sommeil s'empare de chacun d'eux.

CHAPITRE 9 : Confrontation

Après la pluie, le beau temps comme on dit. Bezia ouvrit les yeux et constata les beaux rayons de soleil qui pénétraient par tous les trous de sa maison. Il devait rejoindre Yedei pour aller à la rivière, là où tous les jeunes se retrouvaient les lendemains des jours de grosses pluies. En ouvrant la porte de sa case, le soleil était déjà bien haut dans le ciel. Il se mit à courir vers la maison de Yedei qui avait eu la même idée d'aller le chercher. Dès qu'ils se croisèrent, les deux hommes dévièrent leurs chemins sans ralentir la cadence, et s'aventurèrent dans la forêt.

— On fait la course ? Proposa Bezia !

— Te sens-tu à la hauteur ?

— Il n'y a qu'une seule manière de le savoir.

— À zéro, c'est parti !

— 3, 2, 1.

Tous les deux coururent à leurs vitesses maximales, esquivant un à un tous les arbres qui se dressèrent sur leurs chemins. Durant toute la course, Yedei n'en revenait pas des progrès considérables de Bezia, et Bezia était lui-même tout aussi bluffé par ses propres compétences. Ils ne tardèrent pas à apercevoir la rivière droit-devant eux. La ligne d'arrivée était l'arbre sur lequel ils se perchaient à chaque fois qu'ils allaient à cet évènement. Pendant que Bezia se glissa sur le sol pour s'appuyer contre l'arbre, Yedei sauta pour s'accrocher à une branche, puis une autre, et enfin une troisième avant de s'installer en haut de l'arbre. La course s'était soldée par un match nul. Ce n'était que légèrement essoufflé qu'ils appréciaient à sa juste valeur le décor qui se trouvait juste sous leurs yeux.

Dans la foule présente, il y avait Salomé, Maïssa, Eveneye. Naghen était également présent guettant les moindres faits et gestes de Bezia qu'il était venu espionner.

Très vite, l'attention de Bezia fut attirée par Maïssa. Vêtue d'un pagne et d'un morceau de tissu attaché sur son buste, son accoutrement ne se différenciait en rien de celui des autres jeunes femmes autour d'elle. Mais de son regard à son sourire, de sa posture à ses gestuelles, tout l'ensemble que formait sa personne la rendait plus brillante aux yeux de Bezia que toutes les autres. Etre belle sans en être consciente était ce qui la rendait encore plus magnifique.

Bezia et Yedei tels des espions, restaient dans leur coin pour admirer les deux amies de longue date qu'étaient Maïssa et Salomé. Ayant senti les deux regards de prédateurs sur elles, les deux jeunes femmes les rejoignirent.

— Ça fait longtemps que vous êtes là ? Demanda Salomé en levant les yeux sur Yedei perché sur une branche.

Pendant ce temps, Bezia et Maïssa se toisèrent timidement. À l'œil nu, n'importe qui arriverait à voir cette alchimie entre eux.

Maïssa avait cette envie de tenir les grandes mains de Bezia, et Bezia de lui raconter toutes les aventures folles qui lui arrivaient. Cependant, l'éducation qu'avait reçue Maïssa l'empêchait à la limite de l'interdiction d'exprimer verbalement cette immense attirance, encore moins charnellement. Ce qu'elle ne savait pas, c'est que Bezia n'était pas un homme comme les autres, elle ne se doutait pas une seule seconde qu'elle n'avait nul besoin d'exprimer ses émotions à haute voix pour que son fiancé les perçoive, un regard lui suffisait.

De courtes minutes s'écoulèrent. Des minutes pendant lesquelles les couples d'amis rirent, se détendirent et renforcèrent les liens qui les unissaient. À une centaine de mètres de leurs positions, dans la rivière éclatante de mille feux sous les rayons du soleil, Eveneye se baignait.

Bezia qui s'était efforcé jusqu'alors pour ne pas la fixer avec insistance, se laissa distraire quand elle se hissa en dehors de l'eau. Sa peau ébène étincelait, comme si elle était parsemée de milliers de petits fragments de diamant. Ses longs cheveux, étaient plaqués sur sa tête par de belles tresses, avant de se transformer en une grosse natte qui lui tombait sur l'épaule. Elle avait changé de coiffure depuis la dernière fois que le jeune élu du crocodile l'avait croisé. Bezia fut bouleversé par le changement. Son visage dégagé, faisait ressortir tout le charme de ses magnifiques yeux en amande, ainsi que les autres traits de son visage. Les vêtements mouillés attachés sur sa poitrine et ses hanches, accentuaient d'avantages ses magnifiques courbes. À sa vue, Bezia fut si captivé que tout le décor autour de lui n'existait plus, ce n'était qu'en bruit de fond qu'il entendait le monde extérieur.

Tout cet intérêt n'était pas seulement pour cet être magnifique qu'était Eveneye, mais la vue de la jeune femme lui rappela également l'histoire qu'elle lui avait racontée sur les origines de ses pouvoirs.

— Ça va ? Je ne te dérange pas ? Demanda ironiquement Maïssa.

En sursaut, Bezia émergea brusquement de son état de transe. Gêné par ce que Maïssa pouvait bien penser de lui, il dit.

— Non pas du tout. J'ai été distrait.

— C'est-ce que j'ai remarqué. Rétorqua Maïssa en détournant à son tour son regard sur Eveneye.

— Ce n'est pas du tout ce que tu penses. Se défendit Bezia.

— Tu n'as pas à me mentir Bezia, je n'ai pas besoin d'être un homme pour savoir quel effet elle peut bien faire !

Bezia très confus et ne pouvant nier l'évidence, était à court d'arguments. Sa seule manière d'expliquer son absence, était de lui raconter les événements récents qui le liaient à Eveneye, mais cette fois-là, c'était sa coutume et son devoir à lui, qui lui imposait le silence. Maïssa prit quelques secondes pour attendre plus d'explications, mais elle dut y renoncer voyant que cela ne venait pas.

— Tu viens Salomé ? Appela Maïssa.

— Non je reste encore un peu ! Répondit-elle, peu désireuse d'écourter sa conversation avec Yedei.

Maïssa fit une grimace à son amie pour lui indiquer qu'elle n'avait pas le droit de gâcher son départ fracassant. En la rejoignant, Salomé tapota l'épaule de Bezia au passage tout en lui murmurant :

— Apprends à être plus discret toi aussi quand tu regardes !

Bezia lui lança un sourire en retour pendant que Yedei criait !

— la prochaine fois ne vient pas avec Maïssa, ce sera plus amusant.

Les deux jeunes femmes s'en allèrent, laissant Bezia et Yedei à nouveau seuls avec leur arbre favori. Ne pouvant plus concentrer leur regard sur Maïssa et Salomé, il fallait trouver une autre vue qui puisse attirer leur intérêt. Yedei l'avait déjà trouvé.

— On ne peut pas t'en vouloir de la regarder ! Dit-il. Tu as le don de les choisir.

— Tu te trompes, il n'y a rien entre nous.

— Raconte ça à Maïssa, pas à moi.

— Pense ce que tu veux Yedei, je sais comment t'arrives à tirer tes conclusions.

— Elle te regarde aussi depuis tout à l'heure, elle attend que tu ailles lui parler.

— Tu crois ?

— Mais bien sûr !

Bezia attendit de croiser le regard d'Eveneye, puis s'avança vers elle. Avec un sourire radieux aux lèvres, Yedei se positionna confortablement sur sa branche pour mieux assister à ce rapprochement.

— Tu vas passer un sal quart d'heure ! L'accueilli Eveneye.

— C'est vrai ? Et comment tu comptes t'y prendre ?

— Ne te retourne pas, mais Maïssa nous regarde.

— Mince, je croyais qu'elle était partie ! commenta-t-il.

— Il faut croire que non. Ce n'est pas non plus comme si j'avais l'intention de lui voler l'homme qu'elle aime.

Bezia ne se retourna pas pour ne pas affronter le regard jaloux de sa récente fiancée.

— J'ai appris que vous étiez fiancés. Ajouta Eveneye.

— Euh… Oui ma grand-mère voulait qu'on se marie.

— Ça n'a pas l'air de vous déranger non plus. Tu dois être content, tout le monde n'a pas cette chance. Ta grand-mère avait bon goût.

— Sur ce coup, je suis bien d'accord.

Ils se toisèrent un moment, à court d'arguments tous les deux, Bezia changea de sujet.

— As-tu fait un autre rêve depuis la dernière fois ?

— Non pas depuis que je t'en ai parlé. C'est agréable !

— En parlant de ça, Yedei m'a suggéré d'aller voir le griot du village. Il en sait surement beaucoup sur la question.

— C'est une bonne idée. Quand comptes-tu y aller ?

— Ce soir me semble très bien, à moins que tu n'aies autre chose de prévu.

— Je tiens autant à en savoir plus sur la question que toi. Alors ce soir me semble parfait.

Bezia s'apprêtait à parler quand un cri résonna subitement dans la rivière.

« Sortez tous, il y a des crocodiles ».

Les gens affolés commencèrent à quitter la rivière. Eveneye, Yedei et Bezia se mirent à aider les enfants à sortir de l'eau. Quand ils crurent enfin que tout le monde s'en était sorti, Eveneye pointa une direction du doigt et cria « il reste encore une personne là-bas ». Bezia attrapa brusquement le bras d'Eveneye, pour l'empêcher de se ruer dans l'eau afin de secourir l'homme coincé dans la rivière.

— Qu'est-ce que tu fais Bezia ? Je dois aller l'aider. Se débattit-elle.

— Yedei retient là, les crocodiles ne sont pas loin ! Ordonna Bezia quand il vit trois énormes crocodiles se diriger vers l'homme.

— Lâche-moi-toi ! gronda Eveneye quand Yedei l'emprisonna dans ses bras.

D'un air amusé et pervers il répondit.

— Je ne fais que suivre les ordres de Bezia.

Bezia courut sur quelques mètres au bord de la rivière, et s'y jeta après quelques pas-de-géant avant de continuer à la nage. Au contact de l'eau froide, une grande énergie lui vint subitement. Complètement immergé, Bezia ne nageait pas vraiment, il avançait comme s'il n'était poussé que par la seule force de sa volonté. Il dépassa les crocodiles qui avançaient dans la même direction que lui.

Arrivé aux côtés de l'homme en difficulté, il se mit dos à lui, puis sortit brusquement sa tête de l'eau, s'interposant ainsi entre l'homme et les trois énormes prédateurs. Les trois reptiles s'arrêtèrent net quand ils croisèrent les yeux de Bezia, qui avaient exactement la même teinte que les leurs.

Cette confrontation dura pendant une minute. Comme s'ils étaient en face d'une race supérieure, les crocodiles furent intimidés par Bezia, ils firent donc demi-tour avant de disparaitre dans l'eau. Bezia fixait encore le long de la rivière quand ses yeux retrouvèrent leurs couleurs initiales.

— Merci de m'avoir secouru, j'ai paniqué et je ne pouvais plus bouger ! Lança le jeune homme.

— L'important est que tu sois sauf.

En se retournant pour voir le visage de celui qu'il venait de sauver, Bezia découvrit avec surprise le visage de Naghen.

— Que fais-tu là ? Demanda-t-il surprit.

— La même chose que tout le monde ! Répondit Sourouk.

— Je ne t'aiderai pas à sortir de l'eau. Débrouilles-toi.

Suivi par Naghen, Bezia sorti alors de l'eau, et ils furent très vite rejoints par toutes les personnes encore présentes.

Dès que Yedei vit le visage de Naghen son humeur changea.

— Même les enfants ont pu sortir de l'eau, et un grand gaillard comme toi, se retrouve piégé ? Souffla Yedei !

— J'ai paniqué et je ne pouvais plus bouger !

— Bien sûr, tu es un froussard.

— Je suis plus fort que toi, tu ne te rappelle pas ?

— Tu as triché ce jour-là !

— Tu es mauvais perdant en plus.

— Calmez-vous les garçons, le plus important est que tout le monde s'en soit sorti sain et sauf ! Intervint Eveneye.

Pendant ce temps, Bezia cherchait inlassablement à croiser les yeux de Naghen. Celui-ci, certainement au courant du pouvoir de l'élu des crocodiles, employait autant d'énergie à fuir le sien. Face à la détermination de Bezia, Naghen décida de ne pas s'éterniser dans les parages.

— Je vous remercie encore mais je dois rentrer maintenant.

— C'est ça, rentre chez toi ! Commenta Yedei.

Naghen décida de faire un petit plaisir à Bezia avant de s'en aller, histoire de semer encore plus le doute dans son esprit ; il soutint son regard pendant deux secondes puis, lui lança un sourire. Il leur tourna alors le dos et se mit à marcher. Bezia suivit Sourouk des yeux jusqu'à ce qu'il ne l'aperçoive plus.

— Pourquoi ne le supportes-tu pas Yedei ? Il n'a pas l'air bien méchant pourtant ! Dit Eveneye.

— Yedei a raison, il cache une chose pas nette. Commenta Bezia.

— Je le savais, c'est-ce que je me tue à vous dire ...

— Qu'est-ce qui te fait dire ça ? Demanda Eveneye à Bezia.

— Il vient de frôler la mort, mais je n'ai décelé aucune peur dans ses yeux.

— Tu rigoles j'espère, ce gars a peur de sa propre ombre. Objecta Yedei.

— Tu as aussi un don pour lire les émotions ? Demanda Eveneye à Yedei.

— Non pourquoi ?

— Parce que c'est toi qui parles le plus. Tu parles comme si tu savais tout.

— Non pas du tout, je ...

— Bezia, je te verrais ce soir comme prévu. Ton ami m'a fatigué avec ses commentaires ! L'interrompit-elle.

Bezia étouffa un rire avant de répondre.

— À ce soir.

— Elle est vraiment sauvage ton amie ! remarqua Yedei après qu'Eveneye soit parti.

— Enfin une fille qui ose te dire de la fermer. Je sens que je vais bien l'aimer.

— Pff

***

Le soir vint, Bezia l'avait attendu avec beaucoup d'impatience. Non pas seulement parce qu'il allait voir Eveneye, il se demandait également ce qu'il allait encore apprendre sur ce lourd secret qui tournait autour de sa famille. Il était plus aveuglé par les origines de son pouvoir que par la vengeance de Zaza, car d'une certaine manière il savait que l'un lui emmènera à l'autre. Une partie de lui se laissait convaincre par l'hypothèse qu'un animal se cachait derrière le massacre, pour lui qui savait lire mieux que quiconque dans les yeux, il savait que l'Homme pouvait être pire que n'importe quel animal.

L'heure du rendez-vous était proche et Bezia se rendit sur les lieux en avance. Il attendait Eveneye sur le chemin qui menait au centre du village. La jeune femme était en retard, et Bezia repensait à leur conversation pour s'assurer qu'il n'y avait pas eu de mal entendu sur l'heure et le lieu. De là où il l'attendait, il n'était pas très loin de la case d'Eveneye et l'idée lui traversa l'esprit d'aller la chercher.

Dans l'éducation que les parents donnaient à leurs filles à Olubumi, les garçons n'avaient pas le droit d'aller chercher les filles chez elles. Le jeune homme renonça vite à cette idée quand il pensa à la situation embarrassante dans laquelle il pourrait se retrouver s'il le faisait. Bezia se rappela qu'il lui était arrivé à quelques reprises d'entendre Yedei donner des astuces sur comment arriver à faire sortir une fille de chez elle sans pour autant croiser ses parents. Il n'avait pas fini de chercher des solutions quand il vit Eveneye arriver.

— Ça fait longtemps que tu m'attends ?

— Pas suffisamment longtemps pour que j'aille te chercher.

— Tu aurais fait ça ?

— Non, je ne voulais pas me retrouver à chercher des moyens de te faire savoir que j'étais là sans que tes parents ne me voient.

— C'est dommage, ça m'aurait prouvé à quel point tu es courageux.

— ...

— Essaye d'être plus courageux, la prochaine fois.

— Tu n'as pas peur de la réaction de tes parents si un garçon va te chercher ?

— Ça aurait été le diable en personne, ça n'aurait pas fait de différence pour moi.

Ils sourirent tous deux avant de se mettre en route vers le terrain.

Après quelques minutes de marche, ils arrivèrent finalement au centre du village. Il n'y avait que dans cette partie d'Olubumi où l'on pouvait rencontrer du monde le soir, comme si toutes les activités nocturnes y étaient concentrées.

Bandiougou le sage était assis sous un grand baobab entouré de beaucoup de jeunes garçons et filles. Il avait un don pour le récit d'histoire, sa voix grave et calme était accompagnée par le son de sa cora, traditionnellement appelée le n'goni. Les griots étaient les plus grands historiens, les histoires leur étaient transmises de pères en fils. Ils racontaient celles qui pouvaient être entendues de tous mais se gardaient de communiquer celles qui étaient taboues ou qui relevaient du surnaturel.

<<Soundiata Keita arriva ainsi à vaincre Soumaoro Kanté son ennemi juré puis devint le nouveau roi du Mali !>> sur ces mots se termina la séance de cette soirée.

Les villageois se levèrent et commencèrent à vaquer à leurs occupations quand Bandiougou aperçu Bezia et Eveneye. Il avait fini son récit d'histoires pour la soirée et commença à ranger ses affaires. Il passa la sangle de sa Cora sur son épaule gauche et pressa sa natte enroulée contre son flanc droit.

— Attends Bandiougou ! appela Eveneye.

Elle et Bezia quittèrent l'ombre et s'avancèrent vers le griot.

— Qu'est-ce que vous voulez les enfants ? Je n'ai plus d'histoire à raconter pour aujourd'hui.

277

— Ce ne sont pas toutes les histoires qui nous intéressent, mais une en particulier. Rétorqua Bezia.

— Comme je vous l'ai dit, revenez demain. Je suis fatigué.

— Allons-nous-en Eveneye ! on perd notre temps avec lui.

— Pas si vite Bezia ! retint-elle son ami par son avant bras droit alors que celui-ci s'était déjà résigné à faire demi-tour.

Bandiougou ? Appela-t-elle.

Le griot s'arrêta dans sa démarche et se retourna.

— Quel griot refuserait d'entendre une nouvelle histoire. Tu peux également apprendre de nous.

— J'ai bien peur que je ne sache déjà ce que vous voulez me raconter.

— Tu ne peux pas tout connaître vieil homme ! Intervint Bezia.

— J'en sais assez ! répliqua Bandiougou.

— Tu n'en sauras jamais assez ! ajouta Bezia.

— Arrêtez de vous chamailler ! ordonna Eveneye.

Les deux hommes se turent un instant et la regardèrent avant qu'elle ne rajoute.

— Accorde nous cinq petites minutes. Si ce que nous te racontons ne t'intéresse toujours pas, on n'insistera pas.

Nonchalamment et en poussant un grand sourire agacé, Bandiougou revint sur ses pas. Il déposa sa Cora contre le grand baobab sous lequel il faisait son récit d'histoire quelques minutes plus tôt. Il déroula ensuite sa natte sur l'immense tronc d'arbre qu'avaient fait installer ses ancêtres avant lui à cet endroit pour être assis en hauteur de ceux qui se déplaçaient pour les écouter.

Même si les préparatifs de Bandiougou semblèrent interminables aux yeux de Bezia, lui et Eveneye restèrent patiemment debout en attendant que le griot s'installe.

— Je vous écoute jeunes gens !

Agacé par l'attitude hautaine du griot, Bezia poussa un long soupir. Eveneye quant à elle ne perdit pas de vue son objectif. Si le prix à payer était de se rabaisser devant une personne à l'égo surdimensionné, qui pensait ne rien pouvoir apprendre des autres, soi-disant que tout ce qu'il y avait à savoir lui avait été dite par ses ancêtres ; elle était prête à payer le prix.

— Je m'appelle Eveneye …

— Va droit au but Eveneye ! Interrompit Bandiougou.

— Oui je disais que depuis à peu près un mois, des choses étranges commencent à se passer dans ma vie.

— Mais encore ?

— J'ai d'abord commencé à me sentir suivi par un oiseau quasiment tout le temps.

— Un oiseau ?

— Un faucon plus précisément.

— Il nous arrive à tous de voir des oiseaux planer au dessus de nos têtes.

— Avant d'aller plus loin ! Intervint Bezia. As-tu des enfants Bandiougou ?

— Oui j'en ai sept. Je ne vois pas en quoi cette question peut nous aider à avancer.

— Si vous, les griots connaissez autant de choses sur le passé ; c'est parce que vos parents avant vous s'intéressaient aux histoires de leurs époques. Vu ton attitude de l'homme qui sait tout sur le passé, le jour où tu devras raconter ta propre histoire à tes enfants tu regretteras d'avoir été aussi borné. À présent arrête de couper Eveneye et écoute ce qu'elle a à te dire.

Ne pouvant contredire les arguments de Bezia, Bandiougou fixa Eveneye et l'écouta cette fois-ci de manière attentive.

— Des fois, je le voyais planer dans le ciel ou percher sur un arbre, et il ne me quittait jamais des yeux à chaque fois.

— Intéressant ! Remarqua le griot.

— Puis vinrent des rêves.

— De quel genre ?

— La première fois, je me suis retrouvé dans la forêt où je vis clairement Bezia ici présent et son meilleur ami à la poursuite d'une gazelle. Il s'agissait certainement d'une séance de chasse habituelle, sauf qu'ils se sont fait piquer leur proie cette fois par un garçon qui m'a immédiatement fichu la chair de poule.

— C'était donc toi ? S'étonna Bezia.

— Tu m'as vu ?

— Je me souviens avoir aperçu un faucon noir qui nous regardait avec insistance. Il s'est volatilisé comme par enchantement quand il s'est aperçu que je l'avais découvert.

— J'étais sous forme d'un faucon ? S'étonna-t-elle.

— Oui.

— Attendez une seconde les enfants. Dit Bandiougou. Si je comprends bien, Eveneye était à un autre endroit, mais son esprit a rejoint un faucon pour vous voir en train de chasser ?

— C'est bien cela ! répondit Eveneye.

Le griot baissa brusquement d'un ton, leur demandant également de le suivre dans sa démarche.

— Ensuite, après une journée très chargée, juste après m'être écroulée dans mon lit, je me suis réveillée dans ce même village mais cette fois dans le passé où j'ai assisté à la mort d'un certain Munjiga, puis au combat qui opposa l'arrière-grand-père de Bezia à un autre monstre.

Le visage de Bandiougou se marqua d'une expression de terreur. Avant qu'il n'ouvre la bouche, Bezia et Eveneye se doutaient déjà, qu'il en savait énormément sur la question.

— Jeune fille, avant de vous raconter quoi que ce soit, j'ai besoin de savoir exactement et en détail ce que tu as vu ce soir-là.

Eveneye se mit à lui raconter exactement ce quel avait raconté à Bezia la veille. Les yeux du griot s'écarquillèrent et se remplirent de larmes. Quelque chose dans le récit l'avait profondément touché.

— Ce n'était pas un simple rêve mais plutôt un retour dans le passé. Le griot dont tu as parlé était mon père. Dit-il.

— Que lui est-il arrivé ? Demanda Eveneye.

— Peu après cet évènement, il a perdu la tête. J'ai grandi en le voyant ne plus faire la différence entre le jour et la nuit.

Bezia et Eveneye ressentirent beaucoup de compassion pour Bandiougou.

— Le village d'Olubumi n'est plus ce qu'il a été. Beaucoup de personnes, ayant assisté à ce terrible affrontement, ont préféré quitter le village car ils craignaient que leurs enfants aient à subir un jour cette même vision effroyable et qu'ils soient hanté toutes leurs vies par elle. Les témoins principaux ayant disparu, on ne pouvait plus garantir la véracité de cette histoire, qui est devenu désormais un mythe que tout le monde raconte. Les plus anciens restent discrets sur la question. Les totems ont bien existé. Toutes les deux générations, Olubumi voyait un enfant naitre. Un enfant qui représentait le symbole de son clan. Pour être plus précis il renfermait une force démoniaque et un instinct animal exactement comme celui de son totem. Le père de Zaza était l'élu des crocodiles, tu sais maintenant d'où vient ton nom de famille « Bamba ».

Le vieil homme observa la réaction de Bezia qui ne fut pas un seul instant surpris par cette déclaration. Il s'était contenté d'écouter l'histoire de Bandiougou à la manière du plus discipliner des écoliers.

— Bezia tu n'as pas eu l'air surpris quand t'as appris l'invocation des monstres, j'imagine que t'en as déjà fait ta propre expérience ! En déduit le griot.

Toujours dans le plus grand silence, le jeune homme acquiesça d'un signe de la tête. Il n'eut pas besoin de prononcer de mot pour faire comprendre à Bandiougou qu'il attendait la suite.

— Dieu en créant le monde, a mis sur place un system de survie équilibré que l'on appelle la loi de la jungle. Les plus forts, se nourrissent des plus faibles, et servent à leurs tours de nourriture à leur mort avant que les restes ne se transforment en engrais pour alimenter les arbres. Aucun être vivant n'échappe à ce system qui est perçu comme une chance par certains animaux, et une fatalité par d'autres. Hélas le monde continuait à exister ainsi.

Puis vint l'être ultime, qui même s'il n'en a pas l'air, est le plus fort de cette fameuse loi divine ; Il s'agit de « L'Homme ». Les Hommes ont commencé à avoir des gouts prononcés pour la chair de certains animaux et pour leurs peaux. Ils les tuaient sans retenue, ce qui menaça fortement l'existence des espèces les plus appréciées. Ce procédé dura pendant des millions et des millions d'années, depuis que l'homme marchait encore à quatre pattes jusqu'à ce qu'il arrive enfin à se tenir debout sur deux pieds. À travers les années, les Hommes ont également gagné en maturité et ont appris à créer des sociétés dans le but de pouvoir coexister, et combiner leur intelligence en vue d'étendre leur domination sur toutes les autres espèces. C'est pour mettre un frein à cette domination que, Wandja lança sur les hommes le sort des totems.

— Tu as raison, j'en ai déjà fait ma propre expérience. Mais à la différence de mon arrière-grand-père, je me suis transformé en monstre, je n'en ai pas libéré.

— Tes ancêtres connaissaient le pouvoir depuis fort longtemps, par conséquent ils avaient appris à l'invoquer sous différentes formes.

— Le calcul n'est pas exact, s'il devait y avoir un élu toutes les deux générations, et que mon arrière-grand-père en était un. Je n'aurai pas dû en être un.

— Un détail échappe à tous les griots du village. Un événement a changé le cours normal des choses.

— Qu'est-ce que cela peut bien être ? Demanda Bezia.

— J'aimerais bien le savoir.

— Qu'est-ce que vous savez d'autres ? Demanda Eveneye à son tour.

— Munjiga n'ayant jamais été marié et ne connaissant pas de fils connu de lui, nous ne pouvions affirmer qu'il avait eu une descendance, et ainsi on ne s'attendait pas à ce que vos totems se ré-manifestent car le sort aurait dû être rompu. Si vous êtes là aujourd'hui, cela veut dire qu'aucune lignée ne s'est éteinte. Si ton pouvoir s'est manifesté, c'est parce que la hyène a réapparu. J'ai bien peur que l'accident de Zaza ne soit pas l'œuvre d'un animal normal, mais la personne qui l'a tué pensait très certainement qu'elle était l'élu.

— Pourquoi mon arrière-grand-père et la panthère se combattaient-ils ?

— Le totem du lion était le plus fort, mais son élu avait disparu un jour sans laisser de trace. La panthère et le crocodile se sont mutuellement accusés de l'avoir assassiné, de ce fait chacun sentait sa vie menacée lorsqu'il se retrouvait en présence de l'autre.

— Ce qui explique certainement la tournure de ma rencontre avec Acyl.

— Vous restez les deux élus les plus forts, mais une confrontation pourrait vous tuer tous les deux à cause de l'équivalence de vos forces, ou sinon le vainqueur sera trop amoché pour résister à n'importe quel autre danger. C'est ce qui avait d'ailleurs poussé vos arrières-grands-pères à s'affronter à la mort de Munjiga car, ils ne redoutaient l'attaque de personne d'autre.

— Je me demande bien ce que l'assassin de Zaza recherche en tuant les élus. Lança Eveneye.

— Certainement ce que recherche tous les Hommes. Le respect, la reconnaissance, le pouvoir.

— Bezia serait-il en danger ? S'inquiéta Eveneye

— Je le crains ! Répondit Bandiougou.

Eveneye regarda Bezia pendant un instant, compatissant à ce qu'il était en train d'endurer. Une destinée dévoilée, sa vie prenait une tournure complètement différente du jour au lendemain. Bezia quant à lui était heureux, certains évènements lui paraissaient finalement justifiés et très clairs.

— Bezia je comprends qu'une telle responsabilité est dure à encaisser, surtout que tu n'as rien demandé. J'imagine que tu dois avoir peur ! Lança Eveneye.

— C'est flippant en effet, mais la peur n'est pas ce que je ressens à ce moment.

— Bezia ? Appela Bandiougou. Si t'es vaincu, nous ne serons plus en sécurité dans ce village.

— Je m'en doute.

— Mais tu es l'élu des crocodiles, ce qui signifie que tu as une force extraordinaire, et tu disposes d'un sixième sens que les autres n'ont pas.

— Qu'est-ce tu veux dire ?

— Apprends à maitriser ta force, approche les crocodiles afin d'étudier leur technique de chasse. Comme on dit « sans maitrise, la puissance n'est rien ». Les réponses à tes questions se trouvent en toi mais tu dois les découvrir par toi-même.

Bezia comprenait mieux ce qui lui était arrivé dans le champ de Khalil.

— Eveneye, jusqu'à présent je n'avais entendu aucune histoire sur les faucons, mais le conseil s'applique également à toi. Si tes pouvoirs se sont manifestés, c'est que tu devras forcément jouer un rôle dans cette histoire. L'avenir de ce village est entre vos mains. Il ne faudrait pas quelqu'un puisse entendre cette conversation, cela devra rester secret pour le bien de tout le monde. N'hésitez pas à revenir à chaque fois que vous aurez besoin de mes lumières.

— Attendez ! Si nous existons c'est que le lion n'a donc pas disparu. Remarqua Bezia.

— La sorcière était encore vivante quand l'élu du lion a disparu, du coup une autre personne s'est peut-être vu assigné ce titre.

— Et qu'est-ce qui se passe si deux élus tombent amoureux ? Demanda-Bezia en jetant un coup d'œil rapide à Eveneye.

— N'y pense même pas. Répondit Bandiougou

Bezia ne put s'empêcher de montrer sa déception. Même s'il savait qu'il y avait un obstacle entre deux personnes de tribus différentes, cette révélation le rendait plus réel.

— Qu'est-ce que vous savez sur l'élu des lions ? Pourquoi ne connaît-on pas son identité ?

— Partez maintenant les enfants, j'ai d'autres choses à faire ! Répondit Bandiougou apparemment pas désireux d'en dire plus.

Bezia se demanda pourquoi donc, Bandiougou n'avait-il pas voulu parler du totem du lion, néanmoins il ne pouvait lui en vouloir. Bandiougou en avait déjà dit plus qu'il ne l'espérait. Il se devait d'être prudent à l'avenir et surtout maitriser ce pouvoir si mystérieux

— Bezia je dois y aller. Lança Eveneye dès qu'ils ne furent plus en compagnie du griot.

— Mais vous avez quoi à être tous occupé tout d'un coup ?

— La dernière fois que j'ai questionné mes parents sur l'histoire des totems, mon père m'a affirmé ne rien savoir sur cette histoire, ma mère par contre avait gardé le silence. Je viens de m'apercevoir que je m'étais adressé à la mauvaise personne.

— Peut-être qu'elle n'a simplement voulu rien te dire.

— Elle n'est tellement pas douée pour mentir que je m'en serais aperçu tout de suite. De ton côté, essaye d'aller à l'endroit où ton arrière-grand-père jouait avec les crocodiles, tu risques d'y avoir des réponses.

— Eveneye attend !

— Oui ?

— N'as-tu pas peur de l'éventuelle étendue de nos pouvoirs ?

— Bezia, si une chose est sure, c'est que quand Dieu te donne une force, il te donne aussi le moyen de la maitriser. N'oublie jamais ça !

Pendant qu'Eveneye disparaissait dans la nuit, sa dernière phrase résonnait encore dans la tête de Bezia. C'était exactement ce qu'il avait besoin d'entendre. Elle venait de lui dire l'une des pensées les plus sages qu'il avait entendu de sa vie.

***

Bezia se tenait debout tout seul, après qu'Eveneye et le griot soient partis. Debout dans l'obscurité, il se demanda ce qu'il voulait faire à cet instant précis. La première idée qui lui vint en tête, fut de retourner dans sa case, s'avancer vers son hamac sur lequel il s'écroulerait. Puis il se remémorera avant de dormir tout ce que Bandiougou et Eveneye lui avaient appris sur ses origines. Le lendemain, il ira certainement voir ses amis chiens, puis s'attaquera probablement à un phacochère pour se prouver qu'il était un peu plus fort que la moyenne et se délectera de ce petit sentiment de puissance.

Cependant, tout ce qu'il venait d'apprendre avait changé quelque chose au plus profond du jeune chasseur. Un brin d'émotion s'était formé en lui. L'étincelle d'une grande force s'alluma au niveau de son cœur qui le fit battre à un rythme frénétique. Il repensa à sa grand-mère et essaya d'imaginer ce qu'elle avait ressenti durant les dernières secondes de sa vie. Il repensa à sa dernière phrase, puis une flopée d'images défila devant ses yeux. Parmi ces images il distingua clairement le visage de l'homme sévère dans son rêve ainsi que de la femme qui le berçait. N'ayant pas été capable de déchiffrer leurs regards durant son rêve, il réalisa que dans leurs moindres petits mouvements, ils tentaient de lui transmettre ce qu'ils avaient de mieux à offrir.

Cette fois-là, il perçut si clairement le message qu'il le ressentit. L'étincelle au niveau de son cœur s'enflamma. Le feu brulant se propagea lentement dans tout son corps, allant jusqu'à modifier sa façon de penser. Bezia se reposa la question de ce qu'il devait faire à présent. Cette fois, la réponse fut différente.

Comme si ses pensées commandaient directement ses jambes, il se mit à courir vers le lieu que lui avait décrit Eveneye. Si son arrière-grand-père restait avec les crocodiles, seul eux pouvait l'aider à ne plus rester dans son confort quotidien. Esquivant tour à tour les arbres qui se dressaient devant lui et sautant par-dessus les rochers, Bezia courait sans se soucier de l'essoufflement de ses poumons ou de la brulure de ses jambes que chaque pas intensifiait.

Comme lui avait conseillé Saulo, l'ainé de la meute des « Woulou » : « entraine ton esprit, ton corps suivra ». L'esprit de Bezia était désormais solide et chaque faiblesse de son corps lui paraissait désormais futile. Il arriva aux portes de la savane où il aperçut de loin le long fleuve qui la séparait en deux.

Arrivé au bord du fleuve, Bezia s'arrêta un instant pour contempler le décor autour de lui. Le bruit continu de l'eau, sa couleur foncée par l'obscurité, et les mouvements harmonieux des feuilles lui donnaient une sensation de déjà vécu, comme si le souvenir de cet endroit lui avait été transmis de son arrière-grand-père.

Il se baissa, prit du sable dans ses mains, puis le revida lentement sur le sol, puis se leva et caressa légèrement du bout des doigts les arbres qui bordaient le fleuve. De la vue au toucher, les moindres petits détails des lieux lui étaient familiers. Il se dirigea vers l'eau, s'accroupit et y plongea ses deux mains. La froideur de l'eau le démotiva à plonger davantage de parties de son corps. Il s'éloigna de la surface de l'eau puis alla se poser contre un arbre, où il resta à admirer ce coin perdu jusqu'à ce que le sommeil s'empare de lui.

Plusieurs heures s'étaient écoulées. Le soleil était bien haut dans le ciel, quand Bezia senti un coup de pied sur sa jambe pour le réveiller. Pendant que ses paupières se décollaient lentement, sa vision resta floue jusqu'à ce qu'il aperçoive une silhouette debout à côté de lui. Brusquement le sommeil le quitta. Il se mit aussitôt debout et tituba sur le côté pour s'éloigner de celui qui l'avait réveillé.

— Qu'est-ce que tu fais là Naghen ? S'étonna-t-il.

— Disons que je savais que je t'y trouverais ! Répondit Naghen en tournoyant autour de lui.

— Tu me cherchais ?

Naghen ne répondit pas à la question et continua à se balader au bord de la petite rive, tout en commentant les lieux à haute voix :

— Ce n'est pas mal, ce petit coin. J'y construirais peut être une petite case quand j'en aurais finis avec vous tous. Décréta-t-il.

Bezia complètement incrédule, suivait des yeux la démarche de Sourouk.

— Et si tu me disais ce que tu fais là ! Relança Bezia.

Naghen se retourna puis répondit d'une voix nerveuse.

— Je viens de te dire que je savais que je t'y trouverais !

Bezia, en croisant ses yeux, eut instantanément la chair de poule. Contrairement à la première fois qu'il l'avait vue, les yeux de Naghen trahirent sa personnalité. Il vit dans le regard de Sourouk, un être rusé, pervers, aigrit, machiavélique et capable de toutes les abominations.

— Qu'est-ce que tu me veux ? lança Bezia en tournoyant également.

S'il ne prit pas une posture défensive, il se prépara quand même psychologiquement à toutes les éventualités.

— Ça n'a pas été une tâche facile de deviner que tu étais l'élu des crocodiles. J'ai piétiné un totem Bamba sous tes yeux, tu n'as eu aucune réaction, j'ai tué ta grand-mère et tu ne donnes même pas l'impression de chercher l'assassin. Tu es faible !

Face à la déclaration de Naghen, Bezia prit une seconde pour réaliser tout ce qu'il venait d'entendre. Les événements s'enchainèrent rapidement dans son esprit, tout était désormais clairs. Cela devenait de plus en plus dur pour lui de réfléchir, il sentait la rage monter en lui. Ses pupilles disparurent de ses yeux, faisant place à un blanc immaculé. Ses veines se gonflèrent sous sa peau. Son esprit qui jusque-là, s'était laissé distraire par la quête de pouvoir, et avait légèrement négligé son désir de vengeance, ne pensait plus qu'a une seule chose : Tuer Naghen.

Pendant ce temps Naghen, exalté à l'idée d'avoir enfin l'opportunité de se retrouver seul à seul avec Bezia, ne se pressait pas. Comptant sur l'extraordinaire don de sa mère qui est la seconde d'anticipation des attaques de ses ennemis, il se disait que rien ne pouvait permettre à Bezia d'échapper à cette rencontre.

Et voila que sans le voir une seconde en avance, il fut surpris par Bezia qui avait bondi avec une puissance extraordinaire sur lui. Une fois Naghen à portée de main, Bezia tendit ses deux longs bras et attrapa son adversaire par le cou. Il recula sa tête aussi loin que l'extension de son corps le lui permettait, puis lança un coup de tête ahurissant à Naghen, qui fit voler ce dernier de plusieurs mètres.

Pendant que Naghen roulait encore sur le sol, Bezia le poursuivit puis se propulsa dans les airs. Il planait encore quand, il écarta ses deux bras et ses jambes à la manière d'un grand reptile, afin de border son adversaire à son atterrissage. L'assassin de sa grand-mère désormais emprisonné par ses membres, Bezia s'attela à lui balancer des rafales de coups de tête les uns à la suite des autres, enfonçant Naghen de plus en plus dans le sable à chaque coup porté.

Après plusieurs coups encaissés, Sourouk concentra toute sa puissance dans ses deux poings et les lança sur le torse de Bezia qui fut propulsé dans les airs avant d'atterrir sur ses jambes avec un sourire enthousiaste et légèrement satisfait sur les lèvres. Sourouk se releva nonchalamment du trou que son corps avait creusé dans le sol sous l'emprise des rafales de Bezia. Il dévoila également ses yeux tout blancs parsemés de veines rouges les rendant encore plus terrifiants.

— Ta grand-mère n'avait pas menti, tu n'es pas un adversaire comme les autres. L'histoire retiendra que tu as été celui qui a le plus résisté au grand Naghen Sourouk !

— Ha ha ha. Hélas tu ne vivras pas assez longtemps pour raconter quoi que ce soit à quiconque. Répondit Bezia un peu moins aveuglé par son instinct animal.

Bezia percevait l'affrontement de manière plus lucide, il se mit sur sa position de défense. Naghen lança un ricanement perçant, qui enclencha son processus de métamorphose.

Sa tête grossit, sa bouche se transforma progressivement en une gueule noire remplie de dents aiguisées, puis son corps se recouvrit d'un pelage de couleur grise avec des taches noires, sa taille avait également augmenté mais restait plus petite que celle

295

de la version monstrueuse d'Acyl. Une fois sa métamorphose terminée, ses pupilles noires réapparurent dans ses yeux et il effectua un cri perçant laissant entrevoir ses crocs pointus.

Bezia pinça ses narines pour s'empêcher de humer l'air frais provenant de la rivière polluée par l'odeur nauséabonde du mi-homme mi-hyène. Il baissa la tête sur son corps pour voir s'il se transformait également, mais cela ne vint pas. Malgré sa forme humaine, Bezia sentait dans ses bras une force surhumaine, sa vision était plus nette et sa peau plus dure. Naghen avait une seconde d'avance sur lui, et tout ce qu'il planifiait dans sa tête changeait l'avenir de la prochaine seconde. Ce qui donnait à l'homme hyène du fait de sa vitesse extraordinaire le temps de l'anticiper.

Naghen vit Bezia courir vers la gauche, avant que celui-ci ne le fasse. Puis il le vit accroché à un arbre. Bezia reproduisait à l'identique une seconde après, les moindres petits détails de ses visions. Naghen le vit ensuite arracher de ses mains nues le tronc d'arbre, et s'en servit comme un vulgaire petit bâton pour le frapper. Si dans sa vision Bezia réussit à l'atteindre, dans la réalité par contre Sourouk attrapa de ses deux mains géantes l'arbre dans son trajet. Du côté des racines se tenait le petit-fils de Zaza et de celui des feuilles le fils de Kajia. Deux ennemis de longue date qui s'affrontaient à travers leurs descendances.

Le rapport de forces s'installa, Bezia lutta quelques instants avant que ses pieds ne décollent du sol sous la puissance supérieure de Naghen qui souleva le tronc d'arbre. Le monstre poussait des ricanements pendant qu'il secouait l'arbre dans tous les sens, secouant par la même occasion Bezia comme une simple petite feuille. Le ricanement de l'assassin de sa grand-mère, renouvela le sentiment de rage déjà présent chez l'élu du crocodile. Pendant que Naghen le croyait encore accrocher à l'arbre, Bezia lâcha prise et se laissa retomber sur le sol. Dès que ses pieds touchèrent le sable, il bondit sur son adversaire qui, cette fois-là, n'avait rien senti venir.

L'ayant vu à la dernière fraction de seconde, Naghen ne put esquiver l'attaque, Bezia lui porta un coup de point sensationnel à la gueule et lui fit ravaler son rire agaçant. Sonné par le violent coup, il laissa tomber le tronc d'arbre, et essaya de comprendre pourquoi l'attaque de Bezia avait bien pu le prendre par surprise. Sa colère l'avait poussé à agir instinctivement sans réfléchir à l'avance à ce qu'il allait faire. Un sourire se dessina sur les lèvres de Bezia, plus que jamais il était fier de ce qu'il venait d'accomplir. Il commença alors à faire confiance à sa forme humaine et à prétendre à l'issue du combat en sa faveur.

— Je reconnais t'avoir sous-estimé, c'est une erreur que je ne referais pas ! lui confia l'homme hyène venant de prendre le combat au sérieux.

Le monstre à deux pattes lança sa tête vers son adversaire tout en ouvrant grand sa gueule afin de le broyer, Bezia se déplaça rapidement sur le côté et accompagna son geste d'un coup sec et violent. Naghen enchaina avec plusieurs coups de dents, tous esquivés. Ayant reçu plusieurs coups, l'élu des hyènes recula. Il n'anticipait plus les attaques de Bezia car contrairement à son adversaire, se laisser emporter par la colère était contraignant pour lui, cela lui faisait voir l'avenir comme un reflet dans l'eau trouble.

Bezia croyant le combat gagné, décida d'en finir. Il courut vers Naghen, puis sauta le plus haut possible dans sa direction dans le but de lui enfoncer son point dans sa figure, quand brusquement celui-ci tendit le bras. Le visage de Bezia s'écrasa dans la paume de sa main, puis Naghen resserra cruellement ses doigts sur sa tête en le tenant suspendu. À travers les trous entre les doigts de Naghen, de ses pupilles Bezia chercha à croiser ceux de Naghen. Il y vit le sentiment jubilatoire que celui-ci avait en ce moment.

Naghen repensait au moment où il avait effectué la même prise au cou de Zaza. Bezia captait si lucidement ses émotions qu'il avait l'impression de vivre la scène dans le corps de l'assassin. À un tel point qu'il eut l'impression que c'était sa propre main qui étranglait sa grand-mère. En parfaite symbiose avec son esprit, ses mains s'ouvrirent au maximum comme si elles essayaient de lâcher prise. N'arrivant pas à se défaire de cette sensation, il referma violemment ses poings, au point d'en faire saigner ses paumes.

Il avait accumulé toute sa rage dans ses poings et les lançait comme une pluie de rafales sur son ennemi. Cependant, ni ses bras ni ses jambes n'avaient une portée assez longue pour atteindre leur cible. Naghen le laissa se débattre quelques secondes, jusqu'à ce qu'il s'en lasse puis il écrasât la tête de Bezia sur le sol. Il l'avait écrasé tellement fort que toute sa main s'enfonça avec lui dans le sable. Bezia eut juste le temps de réaliser qu'il était toujours vivant, avant que Naghen ne le résoulève pour le jeter cette fois-ci dans la rivière.

Avant de toucher la surface de l'eau, Bezia se battit pour ne pas perdre connaissance. Malgré sa vision trouble, il distingua une horde de crocodiles sortir au bord de la rivière pour former un rempart entre lui et son agresseur avant de s'évanouir. Naghen face à autant de crocodiles prêts à protéger Bezia, n'eut d'autres choix que de se retirer.

***

Malchanceux, étaient les rochers et quelques arbres qui se trouvaient sur le chemin du retour de Naghen. Il était frustré et complètement énervé, d'un parce qu'il n'était pas sûr de l'état de Bezia et de deux parce que quelques-unes de ses attaques avaient échappé à son don de prévoyance. Comme l'exigeait toujours Kajia, personne n'avait le droit de pénétrer dans sa case avec des chaussures. Pour exprimer son mécontentement, Naghen ne prit pas la peine ni de frapper, ni de se déchausser. D'un seul et violent coup, il ouvrit la porte et interrompit sa mère entrain de faire des louanges à ses statues.

— Tu m'avais dit que je verrais toutes les attaques arriver à l'avance. Se plaignit-il.

— Comment oses-tu m'interrompre de la sorte ? Ai-je besoin de te redire de ne jamais entrer dans cette case avec des chaussures.

Malgré son constat du mécontentement de Kajia à travers le ton de sa voix, Naghen continua sur sa lancée.

— Mes chaussures ne vont rien gâcher du tout. De toute manière tes sors ne marchent pas.

Offensée par les propos et le manque de respect de son fils, Kajia leva les bras, et commença à réciter des incantations sous le regard amusé de Naghen, qui, prenait moyennement ses sorts au sérieux depuis le disfonctionnement de son amulette.

Soudain son nez huma une légère odeur de fumée. Il regarda de gauche à droite, il ne vit aucun feu. En baissant la tête, il vit que la fumée provenait de ses chaussures, plus précisément de ses pieds. Ce n'est qu'en ce moment qu'il commença à ressentir la brulure comme s'il marchait sur de la braise. Il se baissa pour retirer ses chaussures, mais celles-ci donnaient l'impression d'être collées à ses pieds. Pendant qu'il se tordait de douleur, des excuses commencèrent à se faire entendre.

— Va enlever tes chaussures dehors et ne reviens que quand tu auras compris que tu me dois le respect.

Sans perdre une seconde, Naghen couru en dehors de la case. Comme par enchantement les chaussures n'étaient plus brulantes, et aucune trace de brulure ne se trouvait sur ses pieds.

Après quelques minutes qu'il passa à rester assis le dos collé contre la porte, Naghen était calme et se sentait prêt à écouter la faille dans son pouvoir. Il se leva alors et retourna voir sa génitrice.

— Tu as enfin décidé d'être moins insolent ?

Il ne répondit pas, et resta debout à attendre l'explication qu'il était venu chercher. Kajia finit ce qu'elle était de faire avant de lui répondre.

— Bezia représente plus un danger pour toi que n'importe quel autre élu. Mais sa plus grande force est également sa plus grande faiblesse.

— Et c'est quoi ?

— Son humanité. Du fait de son humanité il y a beaucoup de doute dans son esprit ce qui se voit sur ses gestes. Tant qu'il continuera à se poser plein de questions avant d'agir. Tu auras le temps d'anticiper tous ses moindres faits et gestes.

— S'il n'a pas encore appris à gérer ce problème, comment se fait-il qu'il ait réussi à m'atteindre.

— Quand il arrive à ne faire qu'un avec l'animal qui est en lui. Il ne réfléchit pas vraiment avant d'attaquer. De ce fait, tu ne peux pas anticiper ce qu'il va faire vu qu'il ne le sait pas lui-même.

— Je comprends mieux.

— Mais ne t'inquiète pas, ce n'est pas toujours très facile de ne pas préméditer ses actes, il ne pourra pas le faire très longtemps. Et puis une seconde n'est pas beaucoup, pour même avoir le temps d'esquiver une attaque, il te faudra être très rapide.

— Je m'entraînerai.

— Naghen ?

— Quoi encore ?

— Ne laisse pas Bezia rencontrer le vieil Itaï.

— C'est qui Itaï ?

— Le grand-père de l'élu des panthères.

— Ça nous arrange qu'il croise l'élu des panthères, ils s'anéantiront et je n'aurais qu'à me débarrasser du reste.

— Ce n'est pas ce que me conseillent les esprits. Si Bezia rencontrent Itaï, il apprendra quelque chose qui va te mener à ta perte.

— Dans ce cas, je vais me débarrasser sur le champ de ce vieil homme.

— Les esprits nous déconseillent aussi de tuer Itaï ou Acyl avant d'en avoir fini avec Bezia.

— Acyl ne me laissera jamais m'approcher de son grand-père.

— Une confrontation est en effet inévitable.

— Si je l'affronte, il n'y aura qu'un seul vainqueur.

— Je le sais bien, c'est pourquoi je te donne ceci.

— Qu'est-ce que c'est ?

— Une potion, bois-la jusqu'à la dernière goutte. Si tu arrives à le mordre une seule fois sous ta forme humaine, il t'obéira aveuglement et fera tout ce que tu lui demanderas de faire. Dès qu'il t'aura aidé à te débarrasser de Bezia, tu n'auras qu'à lui demander de se donner la mort.

Naghen s'empressa de tenir le bol et le porta à sa bouche. Il but la potion jusqu'à la dernière goutte.

— Ce sort a-t-il lui aussi une faille ?

— Il ne sera rompu que s'il arrive à ressentir une grande émotion mais, d'après ce que je sais de lui, Acyl n'est pas un grand sentimental. La seule personne à qui il tient vraiment est son grand-père, donc si tu le tues, le sort sera rompu.

***

303

Ayant toujours vécu de la sorte, Acyl vivait à la manière d'un animal solitaire. Depuis qu'il avait appris à se changer en panthère, il avait tendance à passer plus de temps sous cette forme que sous sa forme humaine. Le soleil était au zénith, la chaleur était telle que le sol était brulant. Voulant avoir un moment de répit, Acyl arriva devant sa case et reprit sa forme humaine. Il était sur le point de rentrer chez lui quand, son nez décela une odeur d'homme. Brusquement il s'arrêta puis regarda autour de lui.

— Qui est là ? cria-t-il.

Aucune réponse ne se fit entendre. Après avoir entendu la voix de son petit-fils, Itaï sortit de la case.

— Que se passe-t-il Acyl ?

— Je sens comme une odeur d'homme.

— Tu sais bien que jamais personne ne s'aventure ici.

— C'est pourquoi cela est étrange !

— Elle vient certainement de moi ! Lança une voix.

Acyl et Itaï aperçurent en même temps une hyène.

— Ça vient de l'hyène. Dit Itaï.

— Impossible ! S'étonna Acyl. Les hyènes ne parlent pas !

— Si les panthères peuvent parler, j'imagine que les hyènes aussi ! Rétorqua Naghen tout en prenant sa forme humaine.

304

— Qui es-tu ? Qu'est-ce que tu fais là ? Demanda aussitôt Itaï.

— Je ne vais pas y aller par mille chemins. Je suis Naghen Sourouk, l'élu des hyènes et je veux que tous les autres élus soient mes esclaves ou je me chargerais de les tuer un à un.

Acyl changea brusquement l'expression de son visage et fixa Naghen droit dans les yeux. Le cœur de ce dernier se mit immédiatement à battre plus fort au point d'avoir une envie presqu'incontrôlable de se pisser dessus. Il ressentit de la peur à l'état pur.

— Impressionnant ! Dit Naghen. On m'avait prévenu que tu avais le don de flanquer la frousse à tes ennemies, mais ce n'est pas avec ça que tu arriveras à me faire fuir. Autant te prévenir tout de suite.

— Non, ceci n'est qu'un avant gout de ce qui t'attend si dans les secondes qui suivent je te vois encore sur mon territoire. Souffla Acyl d'un ton menaçant.

— Je veux bien m'en aller mais pas avant de prendre ce que je suis venu chercher.

— Qu'est-ce que tu es venu chercher ? Intervint Itaï.

— Je suis venu te capturer Itaï !

Les yeux d'Acyl se changèrent aussitôt en ceux d'une panthère. Un cri félin s'échappa de sa gorge. Naghen se décolla à son tour du rocher sur lequel il s'appuyait. Il prit une position de combat incitant Acyl à l'attaquer. L'élu de la panthère bondit immédiatement sur l'étranger.

Naghen réussit à le voir arriver, son sort d'anticipation marcha à la perfection vu qu'il savait une seconde à l'avance comment Acyl s'y prendre. À sa plus grande surprise, il vit l'attaque d'Acyl mais fut trop lent pour l'esquiver. La violence du coup le fit fendre en deux le rocher contre lequel il était appuyé. Il roulait encore sur le sol quand son amulette le prévint qu'Acyl était toujours à l'affut. Encore trop lent pour l'esquiver, il fut martelé de coups par Acyl.

Sachant que son adversaire était désormais à bout de force, Acyl s'approcha lentement de lui. Il attrapa Naghen par le col de sa chemise de chasseur puis le souleva à sa hauteur.

— Tu vas regretter d'être venu ici ! Gronda le petit-fils d'Itaï.

Un sourire fendit les lèvres de Naghen avant de répondre.

— Je me sentais d'humeur à encaisser quelques coups aujourd'hui. Par la même occasion je voulais évaluer la force de mon nouvel esclave.

— Quoi … ? S'étonna Acyl.

Avec une vitesse époustouflante, Naghen lança sa tête vers le jeune élu-panthère et planta ses dents dans son épaule. Le regard d'Acyl se perdit au loin comme si son esprit s'était absenté de son corps. Naghen se redressa et commença à dépoussiérer ses vêtements sous le regard étonné d'Itaï.

— Qu'est-ce que tu as fait à mon petit-fils ? Cria le vieil homme.

— Rien de bien grave Itaï, je n'ai fait que prendre le contrôle de son esprit. Il est mon esclave désormais.

Itaï regarda son petit-fils et des larmes mouillèrent ses yeux. La peine d'Itaï ne généra aucune réaction d'Acyl.

— Cours, vieil homme. Ce n'est pas moi qui vais te capturer, c'est Acyl qui s'en chargera. Ricana Naghen.

Itaï ne bougea pas d'un poil, il ne put pas concevoir l'idée de vouloir échapper à son propre petit-fils.

— Acyl, on n'a pas que ça à faire. Attrape-le, nous partons ! Ordonna Naghen.

CHAPITRE 10 : Odyssée

Les yeux fermés, Bezia se sentit dans un environnement calme et reposant. L'odeur boisée des arbres caressait son odorat, le vent frais provenant d'un point d'eau rafraichissait son corps. Il ouvrit ses yeux pour découvrir le milieu dans lequel il se trouvait. Ce fut avec un grand étonnement qu'il se vit couché à plat ventre sur du sable gris et légèrement humide. Très vite, il jeta un coup d'œil à ses mains pour découvrir avec une satisfaction d'une part, qu'il n'occupait pas un corps de bébé, et une déception d'autre part de ne pas être bercé par la femme aux mains d'ange et au regard inhumainement chaleureux.

En levant la tête, il découvrit une grande étendue d'eau à la couleur bleue azur et un palmier au dessus de sa tête. N'ayant jamais vu un environnement pareil, Bezia se convainquit qu'il n'était pas cette fois-là dans un rêve mais au paradis, car son esprit ne pouvait en aucun cas créer un environnement qu'il ne connaissait pas. Il se crut mort, et cette fois-ci, il se souvenait avoir été vaincu par Naghen et jeté dans la rivière où il avait dû soit se noyer, soit se faire manger par les énormes crocodiles qu'il avait aperçus peu avant de perdre connaissance.

— *Comment mon âme peut-il reposer en paix, alors que je n'ai pas été capable de venger la mort de Zaza?* se demanda-t-il d'un ton révolté.

Il prit appui sur ses deux bras pour tenter de se mettre sur ses jambes, mais n'y parvint pas comme si, une grande force invisible le clouait au sol. Les seuls mouvements qu'il arrivait à faire étaient de soulever son menton, et décoller légèrement son ventre du sol.

Agacé par cette contrainte, il ouvrit grand la bouche pour laisser échapper un cri de colère. Le cri prit une intonation bizarre et sa bouche refusa de se refermer. Contre toute attente, il fut agréablement surpris du confort que cette nouvelle contrainte lui procurait. Il se délecta de la fraicheur qui circulait dans son corps tant que sa bouche restait ouverte, jusqu'au moment où il ressentit la sensation désagréable qu'un insecte se baladait sur ses dents, sans qu'il ne puisse ni refermer sa bouche pour l'écraser, ni plonger ses mains pour s'en défaire, Bezia s'irrita.

Quelques instants après, des cris du même genre que le sien parvinrent à ses oreilles. Il les entendait comme l'écho de son propre cri qu'il avait lancé quelques instants plus tôt.

En rassemblant toutes ses forces pour écraser ce qui lui dérangeait tant dans sa bouche, il cligna des yeux avant de refermer avec une grande puissance ses mâchoires. Surpris par la force de son coup de dent, Bezia ouvrit brusquement les yeux où il vit à travers des yeux verts émeraude de crocodile, un oiseau s'échapper d'une grande gueule de crocodile. Il s'agissait de ses propres yeux et de sa propre gueule. Dans la même direction, il vit face à lui quatre énormes crocodiles. Son instinct de défense lui fit prendre un pas dans leur direction tout en claquant la gueule deux fois. Prudents, les crocodiles reculèrent également d'un pas.

— Bezia entendit alors comme une voix dans sa tête lui disant.

— Calmes-toi Bezia, nous ne sommes pas tes ennemis !

En regardant le plus gros de la bande, il comprit que la voix provenait de lui.

— Comment suis-je arrivé là ? Comment puis-je être moi aussi un crocodile ?

— Si tu es là, c'est pour enfin avoir des réponses à tes interrogations, cela fait de longues années qu'on attend impatiemment ta visite.

— Dites-moi tout !

— Chaque chose en son temps ! Pour l'heure, viens avec nous.

— Mais je n'avance pas aussi vite que vous dans l'eau.

— Ne t'inquiète pas mon garçon, t'es venu au monde en sachant le faire mieux que nous tous.

Pas après pas, Bezia soulevait puis rabattait ses pattes énormes sur le sable marron, qui donnait comme l'impression de fuir sous leurs poids. Au contact avec l'eau de la rivière, une agréable sensation envahit tous ses sens. Progressivement son immense corps de reptiles s'enfouissait dans l'eau. Délicatement il ferma sa première paupière, puis sa deuxième avant d'immerger complètement.

***

Cela faisait déjà quelques jours que Bezia s'était retrouvé parmi les crocodiles. Il connaissait leurs habitudes, et commençait même à avoir leur patience légendaire et leur sagesse. Ce jour-là, il allait savoir qu'elle rôle Kôlo et ses semblables jouaient dans l'équilibre de ce monde organisé qu'était la savane.

Bezia les suivirent pour une visite guidée. La grande savane était divisée en deux. De chaque côté se trouvait un royaume, et à sa tête un roi qui de par ses acquis naturels, était prédestiné à régner jusqu'à ce qu'un de ses semblables arrive à le détrôner. Il s'agissait des lions !

— Bezia, vois-tu ? Nous sommes les maitres de ces eaux !
Dit Kôlo. En dehors, nous ne sommes pas forcément les plus forts mais ici personne ne peut se permettre de nous défier. Notre présence empêche qu'aucun des deux rois

n'envahisse l'autre ou du moins, à ses risques et périls. Il leur arrive de venir jusqu'à la rive, avec l'intention de traverser mais ils savent que dans les eaux profondes se trouvent des dragons. Les troupeaux traversent également en acceptant de faire des sacrifices aux juges que nous sommes. Un équilibre est ainsi formé de cette manière. Au cours de chaque migration sur un autre territoire chaque animal prend le risque de nous servir de repas.

— J'imagine que vous vous servez à chaque traversée !

— Tout leader doit apprendre à être responsable. Contrairement aux Hommes, on ne chasse pas pour le plaisir de chasser mais par nécessité, il ne nous en faut pas énormément pour avoir l'estomac remplit.

Bezia loin de se douter qu'une telle organisation puisse exister chez les animaux, en tira beaucoup de leçons.

Malgré son apparence de crocodiles, il n'en restait pas moins humain pour autant. La notion de maison existait toujours en lui. Il avait développé un attachement particulier à la rive où toute cette aventure avait commencé.

Dans sa culture, un des fondements de son éducation lui sommait de toujours rentrer chez lui avant le crépuscule. C'était une habitude que Bezia n'avait pas perdu. À la fin de la journée, sous sa forme de reptile, il regagna le bord de l'eau où tout avait commencé et y posa paresseusement son grand corps.

Pendant ce temps, Eveneye qui commençait à connaitre parfaitement Bezia, était cachée derrière un arbre en attendant sa visite. En voyant l'énorme crocodile, il n'y avait aucun doute à ses yeux qu'il s'agissait du petit-fils de Zaza. Cependant par prudence elle resta à couvert, voulant vérifier par la même occasion, l'évolution qu'avait engendrée l'entrainement de ce dernier.

Comme si un sens caché s'était développé en lui, des ondes parvinrent à Bezia. Des ondes qu'il déchiffra parfaitement. Il sentit une présence, la chaleur qui se dégageait de son corps et la cadence de sa respiration ne pouvaient le tromper car, il développait une attirance pour ses petits détails. Il ouvrit sa grande gueule et laissa échapper un son ou plutôt une voix. Elle était lourde et terrifiante.

— Eveneye je sais que tu es là ! Lança le gros animal.

Hésitante, elle ne répondit pas. Bezia était accompagné par deux autres crocodiles qui comprirent que leur présence effrayait la jeune fille. Ils se levèrent et s'enfouirent dans l'eau. Progressivement, Bezia couché à plat ventre reprit sa forme initiale. Il était aussi nu qu'il l'était le jour de sa venue au monde. Il se mit alors sur ses deux jambes. Eveneye était ainsi face à lui, quoiqu'elle fût profondément gênée, elle fut incapable de détacher ses yeux de son grand corps parfait. Ils se toisèrent un instant avant qu'Eveneye ne reprenne ses esprits.

314

— Heureusement que j'ai pensé à t'emmener des vêtements, je me doutais bien que je trouverais dans cet état ! Dit-elle.

— T'avais peur pour ton innocence ? Plaisanta-t-il.

— C'est à peu près ça.

Elle lui lança les vêtements et se retourna le temps qu'il les enfile.

— C'est bon, tu peux te retourner ! Comment tu me trouves ?

Après l'avoir vu dénudé, aux yeux d'Eveneye aucun vêtement ne sera plus jamais assez bien pour le vêtir. Cependant elle répondit, ou du moins elle lui mentit.

— Je ne t'ai jamais vu aussi beau. Tu portes quand même les habits de mon père, ce n'est pas rien.

Même malgré ce petit détail gênant, Bezia lu clairement dans ses yeux son attirance pour lui. Peu de temps après, l'expression du visage de la jeune femme changea. Un détail qui ne saurait échapper aux yeux spéciaux de l'élu des crocodiles.

— Qu'est-ce que tu ne me dis pas ? Demanda-t-il.

Après quelques secondes d'hésitation, Eveneye lança :

— Je suis venue te voir parce qu'il y a des événements dans le village qui risquent de te déplaire.

En une fraction de seconde, une vague de scénarios défilèrent dans la tête du jeune homme. Il imagina toute sorte d'événement, mais se sentant plus sage et plus fort, il arriva à la conclusion qu'aucun obstacle ne saurait être insurmontable. Pour relativiser le problème avant de l'entendre, il dit :

— Laisse-moi deviner !

— Ce n'est pas le moment de plaisanter. Répondit la jeune femme apparemment moins sereine que lui.

Bezia se fit sa petite idée de l'ampleur de la situation en lisant sur les yeux d'Eveneye.

— Qu'est-ce qui se passe ? Lança-t-il, cette fois bien plus sérieusement.

— Tu devrais voir ça de tes propres yeux !

— Dans ce cas ne tardons pas ! Acquiesça-t-il sans insister.

Même s'ils étaient enfouis dans l'eau, les crocodiles entendirent avec beaucoup de plaisir que Bezia accepte de suivre Eveneye avant qu'elle lui en dise plus. Ils se dirent que leurs leçons avaient servi. Sans qu'il s'en rende compte, Bezia n'était plus dominé par son impulsivité et son manque de patience. Eveneye prit le devant. D'une marche rapide et suivie de Bezia, elle pénétra dans la forêt. Quoiqu'elle fût rapide, la cadence de la marche paraissait encore trop lente pour le jeune homme.

— Eveneye, où m'emmènes-tu ?

— D'abord chez toi, c'est là-bas que tu trouveras toutes les réponses.

— J'ai hâte !

— Dans ce cas tu devrais marcher plus rapidement, le chemin est encore long jusqu'à ta case.

— Il attrapa une main de la jeune femme et la poussa à s'arrêter.

— Bezia, soit un peu sérieux ! Nous ne devons pas perdre de temps ! Dit-elle.

— Laisse-moi t'y emmener sur mon dos, nous y serons en un rien de temps.

Il parut tellement sûr de lui, qu'Eveneye ne broncha pas. Elle se plaça derrière, passa ses bras autour de son cou comme pour l'étrangler, puis d'un geste habile et légèrement aidée par Bezia, elle croisa ses magnifiques jambes autour de sa taille.

— Attend Bezia !

— Je pensais que tu étais pressée !

— Je pensais qu'on aurait eu le temps de discuter avant d'y être, si tu es aussi rapide que tu le prétends, ce ne sera peut-être pas le cas.

Bezia resta immobile et lui prêta une oreille attentive.

— Depuis ta disparition, des séries de meurtres ont eu lieu dans le village ! Lâcha-t-elle d'une voix tremblante.

Bezia resta figé et serra les poings. Il comprit immédiatement qui s'y cachait derrière.

— Tous les villageois pensent que c'est toi qui en es l'auteur. Renchérit-elle.

Un grondement sourd fit trembler la gorge du jeune homme, la réalité le rattrapait. Une grande déception attrista son cœur mais il n'était point surpris de cette réaction de ses semblables. D'une voix basse, limite inaudible il demanda :

— Comment peuvent-ils penser cela ?

— Ils t'ont entendu proférer des menaces à leur encontre à la mort de Zaza et un jeune homme à déclarer t'avoir vu avec trois bûcherons qui sont introuvables. Ta disparition coïncide avec tous ces évènements, ce qui fait de toi le parfait suspect.

— Naghen ! Gronda-t-il !

— Tu sais qui c'est ?

— On n'a plus de temps à perdre, dit-il. Accroches-toi !

Bezia entama sa course avec la force d'un ours, il filait à une vitesse féline et avait l'endurance d'un étalon. Eveneye bien en selle sur son dos puissant, ne pouvait qu'être séduite par cette puissance hors du commun qui se dégageait de lui. Bezia ne possédait pas que des vertus de crocodiles, le corps et l'âme de ce jeune homme étaient complexes. Il était impossible pour la jeune femme d'imaginer l'étendue de son pouvoir. Devant eux, des arbres se dressaient et se retiraient tout aussi rapidement grâce à ses feintes. Bezia traversa la forêt en un rien de temps comme il l'avait promis. Du fait de sa vitesse, il dut glisser sur plusieurs mètres pour freiner quand ils aperçurent le dernier arbre de la forêt. De sa position, il vit sa demeure et cette vue l'anéantit.

Les villageois avaient mis en ruine la case de ses ancêtres, la case de sa grand-mère, l'endroit qui l'avait vu naitre et grandir, sa case. Anticipant sa réaction, Eveneye le tint par le bras.

Se sentant banni et comme un étranger dans son propre village, Bezia prit quelques instants, puis avança vers sa case ou du moins ce qui en restait. Une boule de colère, de tristesse et de déception se forma dans sa gorge. Il luttait pour retenir ses émotions pendant qu'il fouillait sous les décombres, à la recherche de Bamba, le seul objet qui le rattachait encore à sa culture et à sa grand-mère. Il ne le retrouvait pas et petit à petit il perdait patience. Il commença à soulever les débris de manière de plus en plus brouillonne, puis il donna un grand coup de pied dans le tas.

Il aperçut enfin intact, le totem en bois. Cependant le coup qu'il avait donné avait fait un grand bruit, un bruit qui ne passa pas inaperçu aux oreilles des gens qui montaient la garde.

— Il est là ! Retentit soudain de nulle part.

Provenant d'ici et là, les villageois armés de haches et de bâtons formèrent très rapidement une petite armée. Bezia hors de lui, se dressa devant eux, il les attendait de pieds et poings fermes au lieu de se sauver. La colère était en lui telle qu'il ne pouvait la contrôler. Il savait qu'en se transformant, il disloquerait la petite armée en un rien de temps. Le totem Bamba, posé à quelques centimètres, lui transmit une pensée !

« Bezia, les informations sur les totems sont une vérité cachée au grand public. Tu serais irresponsable de la leur dévoiler.

— Cela n'a aucune importance, ils ne seront pas vivants pour la raconter ! Rétorqua-t-il.

« Ton entrainement avait pour but d'apprendre à te contrôler, donc contrôle toi !

Bezia ferma si fort ses points que d'immenses veines apparurent sur tout son avant-bras. Il écarta ses jambes et s'apprêta à aller à la rencontre des villageois quand, comme sortie de nulle part, Sanou bras écartés s'interposa entre lui et la petite armée en furie.

— Écartes-toi Sanou ! Crièrent les villageois. Il ne mérite pas de vivre après cela.

Sanou était assez respectée dans le village pour que tout le monde l'écoute. Hélas bien qu'étant au courant que Bezia n'y était pour rien, elle n'avait plus l'usage de la parole pour le crier haut et fort. Elle savait que seul son corps empêchait la foule de se ruer sur le jeune homme. Elle se retourna pour croiser les yeux de Bezia. Il lut très clairement sa requête. Sanou voulait que Bezia se sauve, il ne devrait pas gaspiller son énergie contre les villageois car ce n'était pas eux ses ennemis dans l'histoire. Ils étaient juste des hommes et des femmes qui avaient perdu des proches, exactement comme avait été le cas de Bezia quelques semaines plus tôt. Il devait les comprendre car eux tous cherchait un coupable.

Bezia comprit qu'il avait une raison de plus à retrouver Naghen. Maintenant, il n'était plus question que de sa propre vengeance, trop de détails entraient en compte. D'une seule main, le jeune chasseur pomma la tête de son totem en bois et courut avec dans les bois. N'étant plus sous la protection de Sanou, il fut très vite suivi par les villageois mécontents. Ils n'avaient aucune chance de le trouver, Bezia avait déjà distancé la troupe de quelques kilomètres.

***

Même s'il savait qu'il n'était plus suivi par les villageois, Bezia continuait à courir sans se retourner, cela l'apaisait. Bamba en main, il alla jusqu'à la demeure de Yedei. Il se tapit dans l'ombre pour guetter les moindres faits et gestes devant la case car, Il ne tenait pas à ce que quelqu'un le voit chez son ami d'enfance. Bezia savait que Yedei vivait avec ses parents, il ne voulait point les rendre complices de l'avoir soutenu pour leur éviter des problèmes avec le reste des villageois.

Après une minutieuse inspection des alentours de la case, l'élu des crocodiles frappa à la porte de Yedei avec l'espoir que ce serait lui, qui allait ouvrir. La porte s'ouvrit brusquement, Bezia tomba nez à nez avec la mère de son meilleur ami. Surprise, elle plaça ses deux mains sur sa bouche pour ne pas laisser échapper un cri. Avait-elle peur ? Allait-elle crier au secours ? Bezia n'en savait rien. Il savait seulement que des meurtres avaient été commis et qu'il en était tenu comme responsable. À sa plus grande surprise, la mère de Yedei lui dit.

— Dieu soit loué, tu es sain et sauf. Sais-tu que tout le monde dans le village te cherche ? Pourquoi pensent-ils tous que tu y es pour quelque chose ?

— Je n'en ai aucune idée mais je ne te tarderais pas à me blanchir de cette situation, ne t'inquiète pas.

— Comment aurait réagi ta vieille grand-mère si elle était encore vivante ? Bezia je ne connais pas la vérité et je ne vais pas te demander si tu y es pour quelque chose ; mais je sais qu'il n'y a pas de fumée sans feu. Peu importe dans quoi tu es impliqué, tu as intérêt à vite arrêter.

— Je le promets !

— Yedei est parti faire une commission, il va revenir d'un moment à un autre !

— Je vais l'attendre dehors !

— Il en est hors de question, je ne tiens pas à ce que les villageois te tombent dessus. Tu peux rester chez moi le temps que tu voudras. Tu es comme mon fils, je t'ai vu naitre et grandir, il m'est même arrivé de te laver quand tu étais petit.

— Arrête maman, il va se sentir mal à l'aise ! Lança Yedei qui venait de rentrer.

Bezia lança un soupir silencieux. Ne l'ayant pas vu depuis longtemps, il avait oublié à quel point la mère de Yedei parlait beaucoup.

— Je vous laisse mais, surtout n'oublie pas tout ce que je t'ai dit Bezia ! Conclut-elle en retournant dans sa chambre.

Pendant ce temps, Yedei et Bezia se retinrent pour ne pas s'enlacer. Le plaisir que ça leur faisait de se revoir était immense. Sur les yeux de Yedei, Bezia vit une immense affection envers sa propre personne, une confiance à toute épreuve, et le vide qu'il avait installé dans sa vie en ne lui donnant pas de nouvelles pendant aussi longtemps.

— Je vois que tu t'es encore entrainé ! Remarqua Yedei.

— À quoi le vois-tu ?

— C'est la seule raison que j'accepterai de ta part, pour avoir disparu pendant aussi longtemps sans me donner de nouvelles.

— Tu as vu juste !

— Quelque chose a changé en toi !

— Non je suis toujours le même.

— Non je suis sérieux, quelque chose a vraiment changé en toi, ton regard, ta posture, sans parler de tes muscles. Il y a une nouvelle étincelle dans tes yeux.

— J'ai appris beaucoup de choses pendant le moment où je ne t'ai pas vu. J'ai enfin rencontré l'assassin de Zaza, je l'ai affronté et j'ai perdu.

— Comment est-ce possible ? Comment s'appelle-t-il ?

— T'avais raison sur lui depuis le début. C'est Naghen !

— Je le savais ! lança Yedei en infligeant un coup de poing au mur. Ceci dit, ça m'étonne qu'il soit assez fort pour te battre.

— C'est bien ce qui s'est passé pourtant.

— Bezia, tu l'as cherché pendant tellement de temps, comment peux-tu rester calme de la sorte. Maintenant que ton entrainement est fini, pourquoi ne vas-tu pas le retrouver ? Je viendrais avec toi s'il le faut, à deux on en viendra à bout.

— Je ne veux pas t'exposer à un tel danger mon ami. Ne t'inquiète pas, la prochaine fois que je le croiserais, il n'y survivra pas. Il a une certaine assurance et esquive assez facilement les coups comme s'il les voyait venir. J'ai ma petite idée de comment surmonter ce problème mais je ne maitrise pas encore la technique.

— Et tu penses que cela va prendre combien de temps.

— Yedei, même par désir de vengeance je ne saurais me lancer dans un affrontement sans avoir la certitude d'avoir une chance de vaincre. Il ne s'agit pas que de ma vengeance. Si je suis vaincu, beaucoup d'innocents mourront après moi et je serais mort sans avoir vengé Zaza. Je n'attends pas de toi que tu me comprennes.

— Tu as raison, je ne te comprends pas.

Sur ce malentendu, Bezia se leva.

— J'étais venu te dire que j'allais bien, maintenant c'est fait.

— Où vas-tu ? Tout le village te recherche !

— Je n'ai pas l'intention de vivre caché dans le village qui m'a vu naitre.

— Quand ma mère t'a dit que tu étais comme son fils, elle insinuait que tu pouvais rester ici si tu le désirais.

— Je ne veux pas la mettre en danger. Ne t'inquiète pas Yedei, ces deux dernières semaines, j'ai vécu sous une forme sous laquelle même toi tu ne m'aurais pas reconnu. Je préfère encore cette solution plutôt que d'exposer encore une fois ceux que j'aime. On se reverra plus vite que tu ne le penses quand toute cette histoire sera terminée.

Le but de sa visite était peut-être un adieu, au cas où il ne sortirait pas victorieux de son combat contre Naghen. Son retour dans le village avait un but : trouver la faiblesse de Naghen. Les crocodiles lui avaient interdit tout affrontement

325

avec l'élu des hyènes, peu importe son désir de vengeance tant qu'il n'aura pas parlé avec Itaï. Il n'avait aucune idée d'où trouver Itaï mais il comptait sur Eveneye pour le découvrir. En attendant Bezia avait une autre personne à aller voir. Pendant tout le temps où il était dans un corps d'animal, il n'avait pas pensé à elle mais depuis qu'il était redevenu humain, elle ne quittait pas son esprit un seul instant.

À Olubumi, la nuit n'était pas calme comme à son habitude. Tous les hommes et les femmes formaient des patrouilles à la recherche de Bezia. Il était passé du garçon ordinaire qu'ils avaient toujours connu, au garçon qui était à leurs yeux à l'origine de la disparition de beaucoup trop de monde.

— Attend Bezia !

— Non, je dois aller voir Maïssa.

— En gage d'amitié, laisse-moi au moins t'accompagner jusqu'à elle. Proposa Yedei.

— Les villageois ne t'épargneront pas, s'ils me voient en ta compagnie !

— Laisse-moi gérer ça, j'ai une idée !

Les deux amis sortirent discrètement de la case. Yedei alla chercher sa charrette, et l'âne qui servait à la tirer tous les jours pour ramener les marchandises de sa mère au marché. Bezia se coucha dans la charrette, avant que son ami ne le recouvre d'un drap. Comme un bon chauffeur, Yedei prit les rênes de la charrue et se mit en route vers le domicile de Maïssa. Il avait fait plus de la moitié du chemin sans encombre, au point que les deux jeunes hommes commencèrent à nourrir l'espoir que personne ne se douterait de rien jusqu'à leur arrivée. Un espoir vite balayé quand il tomba sur une patrouille.

— Arrêtes-toi Yedei ! Ordonnèrent-ils.

— Qu'est-ce que vous voulez ?

— Qu'est-ce que tu transportes à une heure aussi tardive ?

— Un animal s'est égaré, je me charge de le ramener là où il doit être.

— Tu n'aurais pas croisé Bezia par hasard ?

— La dernière fois remonte à plus de deux semaines.

— Tu nous le dirais au cas où tu le verrais n'est ce pas ?

— Bien sur que oui, à votre avis ?

Un moment de silence régna, comme s'ils réfléchissaient à s'ils devaient le laisser passer en ne faisant confiance qu'en sa parole.

— Nous voulons bien te croire !

— Vous faîtes bien !

— Mais étant donné que tu nous dis la vérité, ça ne te dérangerait pas qu'on jette un coup d'œil au bel animal que tu as capturé !

— Faites-le donc, mais je vous préviens qu'il est dangereux.

— Mon cher ami, si tu l'as attrapé tout seul, je ne pense pas qu'il puisse être bien féroce.

Toute la foule éclata d'un rire sonore, le chef de la troupe se déplaça à l'arrière de la charrue où il aperçut une grande silhouette recouverte d'un grand drap.

— Bezia pourrait passer inaperçu, avec un foulard sur la tête, il arriverait très certainement à cacher son visage mais sa taille qui est unique dans le village ne peut être camouflée par aucun vêtement. Je ne connais aucun animal ayant cette taille, vous en dites quoi mes amis ? Demanda le chef alors hésitant à la vue de la taille de la silhouette.

— Aurais-tu peur de ce que tu pourrais découvrir sous ce drap ? Demanda Yedei en espérant que son coup de bluff les dissuaderait.

— Bien sûr que non ! Répondit le chef de la patrouille avant de tirer d'un coup sec le drap.

Yedei s'apprêtait à crier à Bezia de fuir, quand il assista tout aussi étonné à ce qui avait effrayé le patrouilleur, au point de le faire tomber sur les fesses avant de fuir en rampant. Un énorme crocodile aux dents aiguisées et à la queue agitée, se dandinait à l'arrière de la charrette en poussant des cris menaçants.

Les villageois en restèrent bouches bées. Yedei descendit de la place du conducteur et se dirigea vers l'arrière tout en criant.

— Je vous avais dit que je n'étais pas un chasseur comme les autres. Vous ne vouliez pas me croire. Celui qui veut mettre sa main dans sa gueule pour vérifier que c'est un vrai, a ma permission et ma bénédiction.

Personne ne plaça point mot, Yedei ramassa le drap étendu par terre. Il murmura au crocodile avant de le recouvrir « t'aurais pu me dire que tu étais capable de faire ceci ». Les patrouilleurs cédèrent le passage et les deux amis continuèrent à suivre leur chemin jusqu'à la demeure de Maïssa.

***

Après la transformation qui l'avait poussé à se mettre tout nu, Bezia renfila ses vêtements et couvrit sa tête à l'aide d'une capuche. Yedei n'étant pas encore parti, décida de donner un autre coup de main, attirer Maïssa jusqu'à Bezia sans que personne d'autre ne puisse le voir. Devant sa case, Maïssa et ses cousines étaient assises autour d'un feu. Elles riaient fort aux histoires qu'elles se racontaient entre elles. Pendant que Bezia resta tapi dans l'ombre, Yedei se dirigea vers le petit groupe. Un silence régna dès qu'elles l'aperçurent. Comme à son habitude, l'homme-singe dépourvu de tout complexe détendit l'atmosphère.

— Qu'est-ce qui se passe ici ? Vous ne voulez pas me faire partager vos contes.

— Qu'est-ce que tu fais là Yedei ? demanda Maïssa.

— Le puits à côté de chez moi est fermé, encore quelqu'un qui a témoigné avoir vu un diable dedans. Je suis venu me servir dans le vôtre. Etant donné que ma très chère Maïssa habite dans les parages, j'en profite pour passer dire bonjour.

— On ne te laissera puiser dans le puits que si tu nous racontes une histoire.

— Avec joie mesdemoiselles, il suffisait juste de demander. Mais si j'arrive à vous faire rire, j'en choisirais une qui devra venir avec moi et puiser de l'eau à ma place.

— Nous sommes d'accord.

Yedei, s'avança vers la petite bande, qui lui fit de la place autour du feu. Il ne put pas s'asseoir à côté de Maïssa.

— Il était une fois, un cultivateur. Il avait planté des graines dans tout son champ et ne les avait arrosé qu'une seule fois. Il n'était pas retourné suivre l'évolution de ses plantes pendant de longs mois. Puis un jour, il s'attacha un petit bidon d'eau à la ceinture et décida d'aller voir son champ. Une fois arrivé, la plantation avait prospéré, tous les arbres avaient fait des fruits. Très heureux le cultivateur commenta « mais dis-donc, que mon champ est beau ». Ne s'y attendant, tous les arbres lui répondirent à l'unisson « depuis que tu nous as plantés, es-tu revenu nous voir ? ». Choqué par le phénomène, le

330

cultivateur prit ses jambes à son cou. Il courait encore quand le bidon à sa ceinture lui dit « attache moi bien pour que je ne tombe pas ». Apeuré, le cultivateur détacha le bidon et s'en débarrassa. Arrivé un peu plus loin, le ventre de notre cher cultivateur était complètement retourné par la peur, au point qu'il fut frappé par une diarrhée soudaine. Le cultivateur, baissa son pantalon et décida de se soulager sur place. Un homme passait par là comme par hasard, il s'arrêta et dit au cultivateur « N'avez-vous pas honte de faire ceci sur le chemin ? ». Le cultivateur lui répondit « des arbres m'ont parlé, j'en étais si effrayé que j'ai eu la diarrhée ». « Et c'est pour cela que vous fuyez ? ». Avant que le cultivateur ne réponde, sa crotte prit la parole « et si c'était toi tu n'allais pas fuir ? ». À son tour choqué, le passant prit la fuite. Le cultivateur voulu se lever pour courir également quand ses parties intimes lui dirent « Ne nous montre pas au monde ! », il voulut remonter son pantalon quand celui-ci luit dit « Je refuse de remonter sur tes fesses sales ! ». Le cultivateur fut frappé d'une crise cardiaque et tomba raid mort.

Les filles applaudirent Yedei pour son histoire.

— Qui veut bien aller au puits avec moi ? Demanda-t-il alors.

Yedei s'attendait à ce que ce soit juste Maïssa qui se désigne mais, à sa grande surprise toutes les filles levèrent la main. Pendant ce temps en suivant la scène de loin, Bezia était amusé par la situation. Maïssa comprit la véritable raison de la visite de Yedei et décida finalement de le laisser aller avec toutes ses autres cousines.

Pendant que Yedei très bien accompagné s'éloignait, Maïssa resta sur place. Elle regardait à gauche et à droite avec l'espoir qu'il s'agissait bien de ce qu'elle espérait. Brusquement elle vit une grande silhouette sortir de l'obscurité et s'avancer vers elle. En baissant sa capuche, le doute fut balayé. Maïssa d'habitude réservée, ne put contenir sa joie de revoir Bezia. Elle courut vers lui, puis enroula ses bras autour de son cou pour l'enlacer. À son tour, Bezia la tint par la taille et l'appuya encore plus fort contre lui. Il enfouit son visage dans le cou de sa fiancée, afin de respirer à plein nez sa douce odeur particulière. Ils restèrent ainsi pendant une bonne minute avant de se séparer.

— Bezia, où étais tu donc passé ?

— Voir une famille éloignée.

— Tu pouvais au moins me dire au revoir !

— Je te promets que je n'avais pas prévu d'y rester aussi longtemps.

— Dis-moi que tu n'y es pour rien dans tous les meurtres dont on t'accuse.

— Ai-je vraiment besoin de te le dire ?

— Je sais que tu n'y es pour rien, mais j'ai quand même besoin de l'entendre de ta bouche.

— Je vais régler tout ça, je te le promets mais pour l'heure j'ai envie de profiter du petit moment où je te vois. Tes cousines ne vont pas tarder à revenir ! Dis Bezia en tendant sa main à Maïssa.

Maïssa s'en saisit de ses deux mains douces, et y enfouit son visage. Celui-ci lui caressa lentement sa joue, puis de ses doigts, il suivit délicatement la courbe de sa mâchoire, avant de caresser ses lèvres. Au contact de Bezia, des frissons traversaient tout le corps de la jeune femme. Sa raison lui ordonnait de se comporter en fille descente et d'ignorer la colossale envie d'embrasser le grand jeune homme qui était son fiancé. Maïssa à son tour toucha le visage de Bezia.

Sous la douceur de ses mains, il ferma les yeux afin de savourer au maximum la chaleur qui s'y dégageait. Faible face à Bezia, Maïssa oublia tous les codes de conduite qu'on lui imposait, elle ne savait pas quand elle allait le revoir et elle voulait se rappeler de ce moment. Elle sauta sur lui, enroula ses bras autour de son cou, et croisa ses jambes autour de sa taille. Les mains de Bezia l'accueillirent, comme s'ils avaient été façonnés pour lui offrir le meilleur réceptacle qui soit. Ils collèrent leurs fronts l'un contre l'autre. Dans les deux sens, leurs respirations accélérées par l'attirance insoutenable s'écrasaient harmonieusement l'une contre l'autre.

Les deux amoureux fermèrent leurs yeux, leurs lèvres se cherchèrent, puis se trouvèrent comme s'ils étaient guidés par une force invisible plus puissante que n'importe quel aimant. Ils s'embrassèrent d'un baiser tendre et langoureux, tout en se serrant le plus fort que possible dans les bras. Figer le temps pour profiter éternellement de ce moment, était ce qu'ils voulaient tous les deux mais hélas, trop de minutes s'étaient écoulées depuis que Yedei était parti. Les filles n'allaient pas tarder à revenir. Maïssa posa ses mains sur le torse de Bezia et d'une douce pression l'éloigna d'elle.

— Il faut que tu te sauves maintenant !

— Oui mais je reviendrais très vite.

— Je t'attendrais !

CHAPITRE 11 : La goutte de trop

Bien plus tard dans la nuit, alors que les villageois avaient perdu l'espoir de le capturer, Bezia était retourné chez sa voisine Sanou. Quelques heures plus tôt, alors qu'il venait de découvrir sa case en ruine, il avait lu très lucidement sur les yeux de Sanou, son invitation à habiter chez elle le temps d'éclaircir sa situation.

Sanou n'étant plus dotée de tous ses sens, ne restait plus éveillée toute la nuit. Le village était calme et la plupart de ses habitants devaient alors être couchés quand quelqu'un frappa à la porte de la case. Bezia était à moitié endormi quand le bruit le fit sursauter. Il savait que sa voisine ne pouvait entendre le bruit, et la personne qui avait frappé le savait très certainement aussi. Alors il se leva, prit sa lampe à pétrole dans ses mains, puis se pressa d'aller voir qui venait à cette heure-ci. Une fois à l'entrée, seule la porte le séparait de celui qui avait frappé.

Ne sachant pas si c'était les villageois qui venaient vérifier s'il ne s'y cachait pas, il colla ses oreilles à la porte afin d'entendre un bruit. Un bruit qui le renseignerait sur l'identité du visiteur. Du fait de son extraordinaire audition, il entendit parfaitement un battement de cœur, un cœur qui battait fort rapidement. Il battait plus rapidement que d'ordinaire mais

Bezia n'eut aucun mal à identifier clairement, à qui appartenaient ces battements si particuliers.

Il ouvrit alors la porte, tout en faignant d'être étonné par la vue du visage qu'il avait en face de lui.

— Ah Eveneye, comment as-tu su que tu me trouverais là ?

— Je n'ai cessé de te suivre depuis que tu as disparu dans les bois tout à l'heure.

Étonné, Bezia fixa les yeux d'Eveneye, essayant de comprendre pourquoi autant d'intérêt à son égard. Il ne pouvait se décrire la sensation que cela lui faisait, de voir tant de tendresse dans les yeux d'une fille qui se battait sans cesse pour ne pas enlever son masque.

— C'est simple Bezia, je m'inquiétais pour toi !

Il afficha un sourire et se détendit. Il sortit complètement de la case et ferma la porte derrière lui.

— On devrait rester à l'intérieur ! Suggéra Eveneye.

— Sanou est déjà très généreuse de me laisser rester chez elle. Je ne pense pas qu'elle appréciera que j'aie de la compagnie à une heure aussi tardive.

— Je ne suis pas sure qu'elle tienne non plus à ce que quelqu'un t'aperçoive devant sa case. Ne t'inquiète pas, elle ne saura même pas que je suis là.

Face à autant de persuasion, Bezia s'inclina sans poser de résistance. Il ré-ouvrit la porte et avec Eveneye, ils se faufilèrent jusqu'à l'espace que sa voisine avait soigneusement emménagée pour lui. Sanou avait envoyé ses enfants chez sa sœur, pour pouvoir héberger le jeune homme.

Bezia posa la lampe sur le sol, puis se faisant face, lui et la jeune femme s'appuyèrent chacun contre un mur de l'étroite pièce. Ils se regardèrent encore dans les yeux et un sourire fendit leurs lèvres à tous deux.

— N'est-ce pas une aventure folle que nous vivons là ? Fit remarquer Eveneye.

— J'ai l'impression de me trouver dans un mélange de rêve et de cauchemar.

— Ça fait bien longtemps que je ne me suis pas sentie aussi vivante.

— Je dois admettre que moi non plus. J'ai enfin un but dans la vie.

— Tuer l'assassin de ta grand-mère j'imagine.

— Oui et je ne fais qu'y penser depuis que j'ai découvert le visage de celui qui lui a fait ça.

— Je comprends que tu sois envahie par autant de haine, mais qu'est-ce que tu vas faire une fois que tu auras eu ta vengeance ?

Bezia leva les yeux au plafond et resta silencieux. Eveneye profita du fait qu'il ne la regardait pas pour l'admirer. La lumière dorée de la lampe, faisait ressortir les moindres petites finitions de ses muscles saillants. Elle l'admira des pieds à la tête, avant de se focaliser sur ses lèvres. Bezia ramena sa tête à la normale et surprit Eveneye entrain de le dévorer du regard. Sans placer aucun mot, il perdit également le contrôle et se laissa entrainer par la fascination qu'il avait lui aussi pour la jeune femme.

Bezia n'avait pas besoin de son don pour voir quel effet il faisait sur tout l'ensemble du corps d'Eveneye, qui était tremblant et débordait de sensualité. Avec ses orteils, elle effleura ceux de Bezia. Au contact bref l'un de l'autre, une douce chaleur envahit leurs chairs. Tous les deux eurent une envie irrésistible de ressentir encore cette ferveur qui les consumait à chaque fois qu'ils étaient réunis, mais cette fois-ci plus longtemps et surtout plus intensément.

Eveneye prit appui sur ses deux mains, puis se mit sur ses genoux en face de Bezia. Admiratif à son tour devant le corps de la jeune femme, de son index, il effleura légèrement son ventre, puis caressa légèrement le long de son buste. Eprise d'une vague de frissons dans tout son corps, Eveneye ferma les yeux. Bezia se mit à son tour à genoux face à elle. Il passa tendrement ses mains dans son dos, avant de l'agripper sauvagement pour la coller contre lui. Eveneye ouvrit les yeux et fit voir des pupilles de faucons. Au lieu que cela ne l'effraye, son regard sauvage attira encore plus le jeune élu crocodile. Il changea également ses yeux en yeux de crocodiles. Leurs lèvres se cherchèrent puis se trouvèrent. Eveneye dont l'esprit n'était envahi que par son obsession pour les lèvres et le corps de Bezia, se figea brusquement.

— Que se passe-t-il ?

Comme si elle était dans un état de transe, l'élue des faucons ne répondit pas. Bezia craignant qu'il ne lui soit arrivé quelque chose, paniqua et la secoua dans les sens.

— Eveneye ? Eveneye tu m'entends ? l'agita-t-il.

Les yeux d'Eveneye redevinrent subitement normaux avant qu'elle ne reprenne la parole.

— Bezia je viens d'avoir une vision.

— Dis-moi ce que tu as vu !

— Yedei et Salomé sont en danger, il faut qu'on aille les secourir.

— Où sont-ils ? On a combien de temps ?

— Ils sont à côté de la case Salomé. Dit-elle. L'affrontement à déjà commencé.

— Allons-y !

***

Une heure plus tôt, au retour de sa balade avec Bezia, Yedei s'était enfoui dans son lit. Il cherchait désespérément le sommeil mais son esprit était tourmenté par la nostalgie de Salomé. L'image de ses belles lèvres entrain de sourire, et le souvenir de son parfum, hantaient son esprit complètement sous le charme.

Il vivait une véritable idylle avec Salomé. Après avoir pris tout son temps avant de l'admettre, il avait compris plus que jamais qu'ils étaient faits l'un pour l'autre. Il savait qu'au-delà de son désir ardent de plaire à tout le monde, Salomé était digne de confiance et elle l'aimait d'un amour fort et sincère.

Toutes les critiques qu'ils faisaient l'un à l'encontre de l'autre, ne faisaient que donner tout son sens à la citation « qui aime bien, châtie bien ». L'heure avancée de la nuit n'était pas appropriée pour une visite. Après beaucoup d'hésitation,

— *Tant pis, je vais la voir*! Se décida-t-il enfin à aller réactualiser les souvenirs qu'il avait d'elle.

Les rues d'Olubumi étaient complètement désertes. Seul dans la nuit, arpentant le chemin jusqu'à la case de sa bien aimée ; l'appréhension de Yedei grandissait au rythme de ses pas précipités. Il interprétait les battements rapides de son cœur et les tremblements de ses mains, comme des symptômes de l'amour qu'il n'avait jamais connu jusqu'alors. Enfin il aperçu la case de Salomé. À sa plus grande surprise, il la vit sortir de chez elle avec une lampe à pétrole dans sa main.

— *Où va-t-elle à cette heure-ci*? Se demanda-t-il, ne se doutant pas une seule seconde que la jeune femme avait eu les mêmes pensées pour lui.

340

Yedei se cacha aussitôt derrière un buisson, par curiosité de savoir ce qui poussait la jeune femme à sortir en douce à une heure aussi tardive. Dès qu'elle eut fermé la porte, Salomé se mit à marcher vers la demeure de Yedei. À quelques mètres d'elle, elle entendit le craquement d'un morceau de bois mois.

— *Qui est là?* Paniqua-t-elle.

Elle souleva sa lampe afin de chasser l'obscurité des bois, hélas la portée de sa petite lampe ne lui servit qu'à apercevoir une silhouette.

— Approche Salomé, n'aie pas peur ! Dit une voix familière.

— Dis-moi d'abord qui tu es !

— Approche et tu le sauras !

La silhouette commença à reculer. La curiosité de Salomé la poussa à s'approcher pour découvrir son identité.

De là où il était, Yedei ne pouvait entendre ce que les deux personnes se disaient, mais ses premières conclusions furent que sa compagne n'était pas nette envers lui. Il vit cette situation comme un don de Dieu qui allait lui permettre de la prendre en flagrant délit.

Pendant ce temps, plus Salomé s'approchait de l'inconnu, plus celui-ci s'éloignait. Elle continuait quand même à avancer sous sa demande car sa voix ne lui était pas étrangère même si elle n'arrivait pas à se rappeler à qui elle appartenait. Yedei passé maître dans l'art de l'espionnage, les suivait sans se faire repérer. À sa plus grande surprise, à l'abri de tous les regards indiscrets devant une case délabrée, Salomé se tenait debout face à une silhouette d'homme. Pour Yedei la confiance ne régnait plus, il ne voulut pas se manifester, seule la curiosité de voir ce qu'ils allaient faire le faisait rester sur place.

— Salomé, je n'aime pas qu'on me résiste. Cela me met hors de moi.

— T'as le droit de te fâcher, chacun à ses sentiments. Mais ce n'est pas ça qui va changer quoi que ce soit. J'aime Yedei et il ne sera pas content d'apprendre que tu me fais des avances.

— Tu as de la chance que je sois dans ma période la plus clémente. Ta mort sera rapide.

— C'est une blague ? Rit Salomé.

Les yeux de Naghen s'allumèrent d'une lumière blanche. La surprise de Salomé paralysa d'abord ses jambes, puis en poussant un cri, elle tourna les talons et se mit à fuir. Yedei comprit enfin sa bêtise d'être resté inactif. Il quitta les buissons et fonça vers Naghen et Salomé.

Assez rapide pour donner l'impression de se téléporter, Naghen rattrapa Salomé. Il la regarda dans les yeux pendant qu'il enfonçait sa main dans ses côtes. Ayant senti Yedei arriver à une vitesse épatante, Naghen n'eut pas le temps de contrer son attaque. D'un violent crochet du droit, Yedei propulsa Naghen à une trentaine de mètres de leur position. Il récupéra Salomé qui s'écroula dans ses bras.

— Yedei tu es là !

— Oui je suis là, économise tes forces, on va te soigner.

— C'est toi que j'allais voir.

— Oui je sais ! Dit-il. Je m'en veux tellement, tout est de ma faute.

— Non c'est de ma faute.

— Tiens bon Salomé, ne m'abandonne pas. Je vais te sortir de là.

— Yedei ?

— Oui !

— Je lui ai dit que c'était toi que j'aimais !

Salomé ne supporta plus le poids de sa tête et ses yeux se fermèrent lentement. Ses derniers mots tailladaient Yedei au plus profond de son âme, pendant que la vie s'échappait du corps de Salomé. Accroupi au-dessus du corps de celle qu'il aimait, la rage s'empara de Yedei. Dans sa tête, il se débâtait de toutes ses forces pour exprimer sa colère mais tout son corps restait immobile. Il inspira tout l'air que ses poumons étaient capables de contenir et regroupa toute la haine qui était en lui, puis, hurla plus fort que ne pourrait le faire aucun soprano. Un seul cri lui aura suffi pour redevenir calme. Tête baissée, il se leva nonchalamment puis se dirigea vers Naghen complètement en extase devant ce spectacle.

— Tu ne crois quand même que tu peux me battre ? Demanda l'élu de l'hyène, pendant que Yedei continuait sa démarche sans prononcer le moindre mot.

Ses deux meilleurs amis en une soirée, je ne pouvais pas offrir mieux comme cadeau à Bezia ! Ricana Naghen.

Pendant que Yedei avançait comme un zombie, Naghen fit ressortir ses ongles, s'apprêtant ainsi à arracher son cœur dès qu'il sera à sa portée. Aussi muet qu'une tombe, Yedei s'arrêta en face de son adversaire, il garda la tête baissée et n'entreprit aucune action, donnant ainsi l'impression à Naghen qu'il attendait qu'il lui inflige le coup de grâce.

— Salomé est morte et tu renonces à ton droit de vivre ? Une belle preuve d'amour ! Dit-il avec ironie. Mais quel genre d'homme est tu ?

Naghen méprisait les gens qui n'avaient pas le désir de se battre jusqu'au bout. Il repensa rapidement aux derniers instants de toutes ses victimes, même les plus faibles, ayant senti leurs fins proches avaient décidé à un moment ou à un autre de tenter une dernière action aussi désespérée soit-elle. Décidant qu'il n'allait pas y passer la nuit.

— Je vais te rendre service Yedei, je t'envoie la rejoindre ! Décréta-t-il en lançant sa main vers le cœur de Yedei afin de le lui arracher.

Brusquement Yedei attrapa fermement la main violemment lancée sur lui. Il releva enfin la tête et fit découvrir à Naghen ses yeux entièrement blancs et nus de toute pupille. Naghen comprit qu'il avait affaire à un élu.

— Enfin tu...

Yedei maintint le bras diabolique de Naghen qui avait servi à tuer Salomé, puis avec son autre bras libre, il lui infligea une flopée de coups de poing tout en le maintenant sur place. Naghen désormais maitre de ses pouvoirs d'hyènes, prit une fraction de seconde pour se transformer en totem monstre. L'homme-hyène géant se libera de l'emprise de Yedei avant de le projeter à quelques pas plus loin.

Yedei se releva nonchalamment, aucune émotion ne marquait son visage. Il s'accroupit dans la position du singe et commença à se sautiller d'un point à un autre. Naghen, surpris et amusé par cette technique d'attaque fonça sur lui, mais Yedei était trop rapide. Il esquiva l'attaque de Naghen et lui donna un coup bref et puissant à la mâchoire. Naghen renouvela son attaque, mais Yedei donnait des coups à chaque fois qu'il esquivait à la manière du plus réactif des boxeurs.

Naghen, malgré sa pratique seconde d'anticipation, n'arrivait pas à prévoir les attaques. Yedei attaquait de manière instinctive, aucune de ses réactions n'était préméditée, par conséquent non devinable par son adversaire. Face aux faibles dégâts de ses coups sur Naghen, il ne ressentait pas l'apaisement de lui flanquer une raclée. C'est alors que la colère remonta en lui. En criant, il commença à se frapper la poitrine. Coup après coup, il augmentait de volume, ses vêtements n'étant désormais plus à sa taille, commencèrent à voler en éclat. Des poils bruns s'échappèrent de ses pores. La métamorphose de Yedei en gorille géant se solda par un puissant cri.

Un sourire fendit la gueule baveuse de Naghen avant que les deux monstres ne se lancent l'un à la rencontre de l'autre pour un combat musclé.

***

Du côté de Bezia, Eveneye l'avait devancé et était sorti de la case la première. Comme si elle avait surgi de nulle part, une silhouette lui barra immédiatement le chemin. Par reflexe Eveneye s'arrêta immédiatement dans sa course et laissa échapper un cri d'étonnement. En lui empoignant le cou de sa main droite, Acyl fit avaler à Eveneye son cri de surprise. Bezia qui n'était point loin derrière, vit son amie entrain de s'étouffer sous la pression de la poigne puissante d'Acyl.

— Qu'est-ce que tu fais là Acyl ? Grogna Bezia.

— Ɖa ne se voit pas ? Je te cherchais ! Dit-il en le fixant de son regard terrifiant.

— Dans ce cas, Eveneye ne t'a rien fait. Je te suggère de la laisser partir ! répondit Bezia en levant les bras au ciel en signe de paix.

— Bezia ? Ne t'inquiète pas pour moi ! Prononça difficilement Eveneye en manque d'air. Yedei et Salomé sont vraiment en danger !

— Pourquoi t'en prends-tu à une femme, Acyl ? Réglons ça d'homme à homme sans impliquer qui que ce soit. Encore moins une femme sans défense.

— Je ne suis pas comme toi, homme-crocodile. Je suis un vrai chasseur, je n'en ai rien à faire que ma proie soit une femelle ou un mâle, qu'elle me soit utile pour satisfaire un besoin me suffit. J'ai pour ordre de te ramener. Peu importe le moyen utilisé, je le ferais et sans scrupule !

Pendant ce temps, Sanou ayant senti qu'il se tramait quelque chose sortit pour voir sur le pas de sa porte. Voir un autre garçon impitoyable de la sorte, lui rappela sa mésaventure avec Naghen. Terrifiée, elle laissa tomber la lampe qu'elle tenait dans ses mains. Le bruit de l'impact déconcentra Acyl un court instant. Bezia profita de sa baisse de vigilance, pour filer droit sur lui comme une étoile filante. Il attrapa le bras d'Acyl qui retenait Eveneye prisonnière, puis y planta ses dents d'humain. Sous la douleur, l'élu des panthères lâcha prise.

Difficilement, Eveneye reprenait sa respiration tout en s'éloignant des deux jeunes hommes. Pendant qu'Acyl se remettait du coup de dent reçu deux secondes plus tôt, Bezia balaya ses deux jambes, et avant qu'il ne touche le sol, il le propulsa vers la forêt avec un coup de pied digne d'un puissant footballeur.

— Rejoins Yedei le temps que j'arrive à l'éloigner d'ici !

Lança Bezia à Eveneye.

Le petit-fils de Zaza s'enfuit alors dans les bois, très vite suivi par Acyl qui était désormais fou de rage. Une course-poursuite commença aussitôt. Bezia qui avait pris de l'avance, resta sous sa forme d'homme alors que son poursuivant s'était transformé en mi-homme mi-panthère. Bezia savait que sa forme humaine lui garantissait une meilleure fluidité dans ses gestes du fait de sa taille réduite. Par conséquent, il esquivait avec beaucoup de dextérité les multiples arbres qui se dressaient devant lui comme pour lui barrer le chemin. Pendant ce temps, Acyl bien plus grand renversait les arbres qu'il n'arrivait pas à esquiver, ce qui réduisait sa vitesse et l'empêchait également de ne pas atteindre le maximum de l'accélération fulgurante d'une panthère.

Au fil de la distance, Acyl bien plus rapide que Bezia, le rattrapait. Le petit-fils de Zaza était contraint par le temps, il voulait s'éviter tout affrontement avec son redoutable adversaire. Il s'arrêta brusquement, se saisit d'un immense tronc d'arbre, l'arracha de ses mains nues, puis frappa Acyl comme une vulgaire balle de baseball. Son violent coup lui donna encore quelques mètres de répit.

Ils continuèrent leur course-poursuite jusqu'à la rivière dans laquelle, Bezia se jeta sans réfléchir. Arrivé à son tour au bord de l'eau, Acyl freina immédiatement. Il regarda de gauche à droite, puis de droite à gauche pour tenter d'apercevoir celui qu'il avait l'ordre de ramener mort ou vif.

Soudain, le monstre mi-homme mi-crocodile sortit sa tête hors de l'eau. Désormais immense, la rivière lui arrivait au niveau de l'estomac. Acyl voulut l'attaquer dans l'eau, mais il renonça très vite quand il pensa à l'avantage de son adversaire dans le milieu marin.

— Très ingénieux ! Admit-il.

— Vas-t-en Acyl, ce n'est pas toi mon ennemi !

— Je ne partirai pas d'ici avant d'en avoir fini avec toi !

— Tu sais que tu ne peux pas me battre dans l'eau ! Rétorqua Bezia.

Une joie emplit le cœur de Bezia quand Acyl décida de reprendre sa forme humaine. Enfin il allait pouvoir voler au secours de ses amis. À sa plus grande surprise, Acyl se dirigea vers un arbre et s'y adossa.

— Je vais attendre que tu sortes ! Décréta-t-il. J'imagine que tu ne passeras pas ta vie dans cette rivière.

Bezia ne s'attendant pas à ce qu'Acyl décide de l'attendre, devait trouver très rapidement une autre solution pour lui échapper. Acyl assit à même le sol, fixait l'élu des crocodiles qui se sentit moins intelligent d'un seul coup. Bezia reprit sa forme humaine, prit son souffle, puis, plongea sous l'eau.

— C'est encore mieux si tu décides de te noyer, tu me faciliteras la tâche. Se réjouit Acyl.

Cela faisait un moment déjà que Bezia avait plongé. Quand Acyl se rendit enfin compte de la supercherie, l'élu des crocodiles avait nagé au fond de l'eau jusqu'à ce qu'il soit à court d'air, et avait émergé un kilomètre plus loin. Se sentant bête à son tour, Acyl hurla de rage. Bezia entendit avec beaucoup de plaisir le cri de son poursuivant.

Bezia savait qu'il était à court de temps, et espérait qu'Eveneye avait réussi à arriver à temps pour ralentir la défaite certaine de Yedei. Il mit le cap en direction de la case de Salomé. D'arrache-pied, il parcourut la distance jusqu'au lieu de l'affrontement.

***

— Fais-moi mal Naghen, j'ai besoin de ressentir de la douleur. Mais sache une chose, si tu n'arrives pas à me tuer, tu ne me rendras que plus fort et le jour où je le serais suffisamment, je n'oublierais pas que tu y as contribué.

— Tu n'es fort que pour causer, attendre que tu sois plus fort est une perte de temps. Meurs ! Souffla Naghen tout en chargeant son coup de grâce.

Quand Bezia les aperçut enfin, Naghen avait la main en l'air, s'apprêtant à donner le coup de grâce à Yedei gisant sur le sol et complètement sonné.

Désormais maitre de ses pouvoirs, Bezia se lança dans les airs, se transforma sans aucune difficulté en totem monstre et atterrit en surfant sur quelques mètres à la position des reptiles jusqu'à côté de Yedei.

Naghen, juste avant que son coup n'atteigne Yedei, reçu dans ses cotes la queue violemment lancée par Bezia. Il lui fallut passer à travers trois arbres pour freiner son trajet.

— Yedei tu vas bien ?

— Moi ça va mais Salomé … !

Bezia reposa immédiatement la tête de son ami, puis se rua sur le corps inerte de Salomé qu'il aperçut étalé sur le sol.

— Salomé ! Salomé réponds-moi. Ne t'en vas pas ! La secoua-t-il.

Le visage de Salomé était serein. Elle donnait l'impression d'être simplement endormie. Trop atteint au fond de lui pour exprimer quoi que ce soit, Bezia ne poussa pas un seul cri et ne versa aucune larme.

— Adieu mon amie, ce fut un honneur de t'avoir connu !

Murmura-t-il en caressant ses cheveux.

Comme si elle revenait d'entre les morts, Salomé prit brusquement une longue inspiration.

— Tu devras me supporter encore un long moment !

Prononça-t-elle difficilement.

Un grand soulagement emplit aussitôt le cœur de Bezia et Yedei. Bezia reposa doucement la tête de Salomé, il comptait en finir une bonne fois pour toute avec Naghen. Les poings fermés, l'élu des crocodiles fonça vers l'endroit où il avait projeté Naghen, hélas celui-ci ne s'y trouvait plus. Bezia retournait aux côtés de ses amis quand il entendit de loin le ricanement de l'élu-hyène pour lui témoigner de tout le plaisir qu'il prenait à le torturer.

***

Un jour entier s'était écoulé. Yedei et Eveneye s'étaient chargés d'emmener Salomé chez le guérisseur traditionnel du village. Bezia, Sada et Saulo attendaient à quelques kilomètres de la case du guérisseur. Maïssa qui était également au chevet de sa meilleure amie se chargeait de faire la navette pour les tenir informés de son état. Un état qui n'avait guère changé, car la jeune femme était tombée dans le coma.

Yedei quant à lui, après avoir été inconsolable depuis l'attaque de Naghen, avait refusé jusqu'alors de quitter Salomé d'une semelle. Pendant qu'il regardait ses magnifiques yeux fermés, il s'en voulait de plus en plus de n'avoir pas été plus efficace contre son assaillant. Ayant supporté trop longtemps la passivité de Bezia à son goût. Il quitta la case du guérisseur, puis rejoignit Bezia et ses amis Woulou.

— Bezia j'en ai marre d'attendre. Naghen doit payer son acte ! Dit Yedei d'un ton rebelle.

— Je suis complètement d'accord avec lui. Je vous propose d'aller le trouver maintenant ! Réagit aussitôt Sada le chien impulsif.

— Attendez ! Ordonna Bezia.

— Non cette fois-ci on a trop attendu, les vies d'innocentes personnes sont en jeu. Répliqua Yedei

— Je suis complètement d'accord avec lui. Intervint Sada.

— Naghen anticipe les mouvements, aucun d'entre nous n'est capable de le vaincre si on ne trouve pas la technique appropriée. En plus de cela, c'est une bataille à laquelle je ne tiens pas à ce que vous participiez ! dit Bezia en s'adressant à Saulo.

Saulo, l'ainé de la famille Woulou qui était aussi le chef de la meute, comprit le raisonnement de Bezia sans qu'il ne rentre dans les détails.

— Bezia a raison, Naghen a de nombreux atouts, et vous risquez d'y perdre la vie.

— Bezia ! Souffla Yedei. Je n'ai jamais compris ce désir que tu as de toujours faire trainer les choses !

— Je comprends mon ami que tu sois pressé, mais tu as vu de tes propres yeux de quoi il était capable !

— Saigne un homme que tout le monde croit invincible, très vite sa réputation passera aux oubliettes.

— Où veux-tu en venir. Demanda Saulo.

— Pendant un moment, j'ai réussi à échapper à son anticipation. Crois-moi, Naghen a des failles. Tu ne réussiras pas à me faire croire qu'il est invincible.

— Laisse-moi régler ça Yedei, tu n'es pas capable de le vaincre. Renchérit Bezia.

— Depuis que tu as commencé à maitriser tes pouvoirs, je ne te reconnais plus. Tu penses que tu es le plus fort et que seul toi, peux battre Naghen. Sache que désormais ce n'est plus ton combat à toi tout seul.

— Yedei tu sais que je n'ai jamais fait passer mon intérêt avant celui des autres.

— T'aimerais bien t'en convaincre Bezia, depuis le début ça n'a été que ça. Tu ne pensais qu'à ta petite vengeance.

Salomé était jeune, elle avait plein d'année devant elle encore. Et maintenant on ne sait même pas si elle va se réveiller.

— Surveille ton langage ! S'irrita Sada.

— Tais-toi sale cabot. Rétorqua Yedei.

Sada fit brusquement un pas vers lui avant d'être stoppé par Bezia d'un geste de la main.

— Yedei, n'oublie pas qu'en plus de Salomé qui a été blessée, Zaza aussi a été tuée dans l'histoire. J'ai doublement plus de raisons de me venger que toi, mais agir précipitamment ne ferait que nous nuire.

— Zaza était vieille, même sans ce meurtre, ses jours étaient déjà comptés de toute façon.

Bezia tendit brusquement ses deux longs bras et saisit Yedei par le col de sa chemise. En n'utilisant qu'une infime partie de sa force, il le tira vers lui tout en soulevant à sa hauteur, puis colla son visage contre le sien.

— Je n'arrive pas à croire que c'est toi qui dis ça ! Lui souffla-t-il sauvagement.

— Yedei se contenta de soutenir son regard et garda son air révolté.

— J'en ai fini avec toi, va faire ce que tu veux. Décréta Bezia en poussant son ami loin de lui.

Yedei tituba sur quelques mètres avant de se ressaisir.

— Allez tous au diable, je n'ai pas besoin de vous pour mener ma vengeance ! Cria-t-il pendant qu'il s'éloignait de la troupe.

— Bezia, tu ne peux pas laisser faire ça, il va se faire tuer. Murmura Eveneye.

— Ce n'est plus de mon ressort, il est grand maintenant, il peut faire ce qu'il veut.

— Et toi, qu'est-ce que tu comptes faire ? Ou vas-tu aller ?

— J'ai un peu trop exposé Sanou à tous ces dangers, je vais aller dans la plantation de Khalil en attendant d'en finir avec Naghen.

Quelques instants plus tard, Maïssa vint à eux.

— Je vois que vous êtes sur le point d'aller faire justice.

Les regards de tout le monde acquiescèrent sans que personne ne réponde.

Maïssa s'approcha lentement de Bezia, saisit son visage dans ses deux mains, soutint son regard et lui demanda :

— Bezia, je sais que ce n'est pas un animal qui a fait ça. Je t'ai cru quand tu m'as dit que tu n'y es pour rien dans tous ces massacres, mais tu ne me feras pas croire que quelque chose de louche ne se passe pas.

Bezia fuit le regard de sa fiancée. Se sentant incapable de lui mentir, il choisit l'option du silence.

— Je n'insisterais pas mais cette fois-ci, je ne te demanderais pas d'être prudent. Peu importe ce qui se passe, si t'es en mesure de le stopper, sache qu'il est temps de le faire. Trop de gens ont tragiquement disparu ces derniers temps.

Eveneye et Maïssa se toisèrent pendant quelques secondes et se sourirent pour la première fois.

— Eveneye, je compte sur toi pour veiller sur lui. Demanda Maïssa à sa rivale.

D'un geste de la tête, Eveneye lui fit la promesse qu'elle n'y manquerait pas. Les deux jeunes femmes se sentirent proches, et chacune d'elles réalisa qu'elles auraient pu être amies si elles ne ressentaient pas le même sentiment pour le même homme.

— Ne t'inquiètes pas Maïssa, tout ça ne sera bientôt qu'un cauchemar. Lança Saulo pendant qu'ils prenaient congé de Maïssa.

Alors qu'ils se dirigeaient tous vers le champ de Khalil, Bezia se rapprocha d'Eveneye et lui murmura.

— J'aurais besoin que tu fasses quelques choses pour moi !
D'une oreille attentive, elle écouta.

— Je veux que tu gardes un œil sur Yedei. Il ne faudrait pas qu'il fasse n'importe quoi.

— Tu peux compter sur moi.

— S'il y a quoi que ce soit d'anormal, je compte sur toi pour me le dire.

— Je ne viens pas avec vous ?

— Je préfère que tu sois dans un environnement calme pour ne pas être distraite. Rentre chez toi, je serais plus rassuré.

Sans broncher, la jeune femme acquiesça.

— Prends soin de toi Bezia et ne fais pas de folie.

— Je te le promets.

Ils se tinrent les mains durant deux secondes, avant de se relâcher doucement.

***

Comme à son habitude, Bezia fut accueilli aux portes de la clôture du champ par le reste de la troupe.

— Bezia, tu as mis du temps à arriver depuis le temps qu'on t'attendait.

— On ne peut donc jamais vous prendre par surprise ?

— Non tu es trop prévisible ! Plaisanta Sada qui avait développé une réelle sympathie envers sa personne.

Bezia regarda bien la grande famille et remarqua un détail qu'il ne pouvait en aucun cas rater.

La meute s'était agrandie d'une nouvelle recrue. Aux côtés des huit garçons habituellement présents, se tenait une fille. Sur ces traits d'adolescente rebelle, Bezia voyait la fierté d'être l'une des leurs. Elle se tenait comme les autres et tous ses gestes étaient finement calculés pour ne pas donner l'impression d'être en retrait.

— On te présente Kiara, la petite dernière de la famille. Lança Tidio.

— Salut Kiara.

— Salut Bezia. J'ai beaucoup entendu parler de toi, mais on ne m'autorise jamais à me joindre à la bande.

— Ça explique pourquoi je ne t'avais pas encore croisé.

— Allez ne reste pas là Bezia. Dit Saulo.

— Kiara, emmène-le à l'intérieur le temps qu'on vérifie que personne d'autre ne nous visite. Renchérit Sada.

— Pourquoi ne pourrais-je pas vérifier avec vous ? Demanda-t-elle.

— Parce qu'il n'y a personne d'autre pour emmener Bezia à l'intérieur. Répondit sèchement Sada.

La jeune femme s'exécuta tout en prenant le soin de bien montrer son mécontentement sur son visage. Elle se plaignit en chuchotant des mots presque inaudibles. Kiara escorta Bezia dans l'immense propriété qui se trouvait dans le champ.

Dès qu'il l'aperçut, Bezia fut immédiatement surpris par la grandeur de la maison. Elle n'avait rien à voir avec tout ce qu'il avait pu voir de ses yeux auparavant. Une grande maison sur deux étages. Une construction qui dans son entendement ne pouvait exister. L'organisation des plantes dans le champ, puis l'architecture de la maison, poussèrent Bezia à croire en une intelligence supérieure. Il voulut demander à Kiara qui en avait eu l'idée mais, y renonça au vu de la mine non joyeuse de cette dernière.

Elle était encore irritée à l'idée d'être mise à l'écart par sa famille. Bezia fut entrainé dans une salle, une pièce qui à ses yeux ne décevait en rien l'idée qu'il s'était faite de toutes les pièces possibles pouvant se trouver dans la baraque. Il voulut également demander le nombre de pièces dans la maison, mais ne s'y résolut pas.

Une fois dans la salle où il devait attendre, il fut surpris par un chat. Ses magnifiques poils hérissés étaient d'un gris foncé avec des motifs noirs. Assis sur une chaise, le petit animal sauta sur le sol dès qu'il aperçut Bezia. En croisant ses yeux, Bezia comprit qu'il lui proposait la chaise. Le petit félin fixait Bezia tout en faisant des cent pas devant lui. Ses pupilles coniques et verticales ne laissaient lire à Bezia que ce qu'il voulait qu'il lise.

— Ce chat est étonnant ! Finit-il par lancer à son guide.

— C'est un grand ami de mon père, on ne le voit roder dans les parages que quand il est là.

— Ton père ? S'étonna Bezia.

Maintenant que Kiara l'évoquait, un détail lui sauta aux yeux. Khalil était très célèbre dans le village à cause de la qualité de tout ce qui provenait de son champ, c'était d'ailleurs pour ça qu'il avait dû acquérir autant de richesses. Cependant très peu de personnes l'avaient déjà croisé. Son visage était un mystère.

— Il est où ton père ? Demanda Bezia.

— Il n'est pas souvent là, il voyage beaucoup ! Répondit l'adolescente en fuyant les yeux de Bezia, comme pour l'empêcher de tester la véracité de ses propos.

— Ah je vois. Et il voyage où ?

— On t'a déjà dit que tu posais trop de questions ?

Bezia se tut un instant, comme gêné par la remarque de l'adolescente. Puis ses yeux se baladèrent dans la pièce. Une sculpture en bois était présente, comme chez la plupart des gens. Il était facile de savoir quel animal il représentait la plupart du temps. Quoique le sien (Bamba) ait été aussi bizarre aux yeux de toutes les personnes qui l'avaient vu à cause de sa forme mi-homme, mi-crocodile.

Il avait compris depuis peu pourquoi Bamba avait cette forme si particulière. La statue chez les Woulou ressemblait à un chien mais avec plus d'allure, sa gueule était levée au ciel comme s'il s'adressait à la lune. Bezia conclu dans sa tête qu'il s'agissait d'une race de chiens qu'il ne connaissait pas.

— Ça s'appelle un loup ! Lança Kiara.

— Je le savais ! Rétorqua-t-il en grimaçant.

— Menteur, je sais que tu n'as jamais rien vu de tel.

— Je n'avais pas osé te le demander ! Confessa-t-il avec sourire.

Sa phrase amusa la jeune fille qui afficha un sourire, son premier depuis qu'il l'avait rencontré. Ils se regardèrent un moment jusqu'à ce que Kiara trouve cette situation gênante.

— Tu devrais sourire plus souvent ! Fit-il remarquer.

— Hein ? S'étonna Kiara, n'étant pas très sure d'avoir bien entendu.

— J'ai dit que tu as un joli sourire et que tu devrais sourire plus souvent.

— Euh ! Je ne suis pas sure de comprendre, tu ne serais pas en train de me draguer par hasard?

La question soutira un éclat de rire à Bezia.

— Non tu es trop jeune ! Dit-il. Mais disons que j'ai toujours voulu avoir une petite sœur.

Kiara sourit derechef. Une complicité se créait entre eux. Elle se détendit et s'appuya contre le mur.

— Je peux te poser une autre question ?

— Si ça peut te faire plaisir.

— Pourquoi tu fais toujours la tête ?

— Qu'est-ce que ça peut te faire ?

— Tu as dit que je pouvais poser la question !

— Mais je ne t'ai jamais dit que j'allais y répondre.

Bezia ne réagit pas face à ce refus car, il vit dans ses yeux qu'elle avait envie d'y répondre. Il vit également qu'elle n'avait pas souvent l'occasion de s'exprimer car elle pensait que personne ne l'écoutait vraiment. Elle s'attendait à ce qu'il insiste, voyant que cela ne venait pas, elle décida de se lancer.

— Ça m'énerve de ne jamais pouvoir me joindre à la bande, pourtant je suis tout à fait capable de me défendre.

— Je vois !

— C'est comme s'ils pensent tous que je ne suis là que pour faire les corvées. Surtout ma mère, c'est elle qui les incite à toujours me mettre à l'écart.

— Elle est où, je ne l'ai pas vu non plus.

— Elle n'est pas souvent là, elle accompagne toujours mon père. Si elle veut que je sois si docile, elle pourrait commencer par me donner le bon exemple.

Bezia était assis là, à écouter Kiara se plaindre de sa mère. Plus l'adolescente en rajoutait, plus il ressentait la tristesse de ne pas avoir connu la sienne. Il gardait jalousement le seul rêve dans lequel il l'avait aperçu. Il sentait encore la chaleur de sa peau, la douceur de son baiser sur son front, et l'amour inconditionnel que lui témoignaient ses yeux.

— Oh, tu m'écoutes au moins ? L'interrompit Kiara.

— Oui bien sûr, j'ai eu une seconde d'absence.

— Et puis-je savoir à quoi tu pensais ?

— À ma mère !

Kiara afficha sur son visage un intérêt à ce que Bezia s'apprêtait à lui dire. Elle le regarda attentivement car il donnait l'impression de réfléchir à quelque chose qu'il allait lui raconter. Voyant que cela ne venait pas, elle le relança.

— Elle a fait quoi ta mère ?

— Je ne l'ai pas connu !

— Et comment tu arrives à penser à elle alors ?

— Maintenant c'est toi qui poses trop de questions !

— Contentes-toi de répondre Bezia.

— Justement je suis triste de ne pas l'avoir connu. J'aurais aimé avoir la chance de l'aimer, lui en vouloir de ne pas me laisser faire ce qu'elle ne souhaite pas que je fasse. Lui en vouloir pour toutes les mauvaises raisons que tu es entrain de reprocher à ta mère. Toi tu as encore la chance de la serrer dans tes bras, tu as encore la chance de la rendre fière, tu as encore la chance de l'aimer et de voir dans ses yeux quelque chose que tu ne pourras voir dans aucun autre regard. En gros tu as encore la chance de chérir la personne qui t'aime comme personne ne pourra jamais t'aimer sur cette terre.

— Je ne suis pas sûre qu'on ait la même vision de la mère.

— Pour le moment tu ressens le besoin de faire comme tes frères, des virées en bande de chiens. Tu as également cette hargne de battante, ça se voit dans tes yeux. Je suis bien d'accord que t'es la seule maitresse de ton destin, et que tu sais comment tu as envie de vivre ta vie mais ce dont je suis encore plus persuadé c'est que ta maman pense que ce n'est pas la meilleure chose pour toi. Du fait qu'elle t'aime elle veut le meilleur pour toi. Comment peut-on détester une personne sous prétexte que la personne nous aime ?

Kiara n'ayant pas la réponse à la question, elle baissa les yeux.

— Le seul souvenir que j'ai de ma mère, c'est un visage, un toucher et une voix dans un rêve, et je ne pourrais jamais imaginer à quel point elle m'a aimé, mais toi tu le pourras.

— Comment ?

— Un jour quand t'auras un enfant, une chose que je te souhaite, tu ressentiras tout ce que ta maman a pu un jour ressentir pour toi et ce dès le premier instant. Tu la comprendras encore mieux si un jour ton enfant vient t'annoncer, qu'il préfère s'amuser à sauter des falaises ou se battre contre des monstres plutôt que de suivre la voie de l'éducation et par conséquent une vie stable. Bien entendu ce sera sa vie. Il t'en voudra certainement de vouloir lui imposer le chemin que tu as choisi pour lui. La question est : est-ce qu'au fond de toi, tu trouveras juste son attitude envers toi ? Sachant que toutes tes peurs seront justifiées.

— On t'a déjà dit que tu parlais trop ?

— On m'a souvent reproché de raconter des conneries.

— Donc tu me racontes des conneries ?

— Je te raconte ce que je pense, libre à toi de voir s'il y a un peu de vrai dans ce que je dis ou pas.

— J'y réfléchirai.

CHAPITRE 12 : Liens de sang

Après avoir quitté Bezia, Eveneye retournait chez elle avec empressement. Avec tous les événements récents, ses rapports avec ses parents, plus précisément ceux avec son père se détérioraient. Elle ne les voyait quasiment plus et quand elle était avec eux, son esprit était entièrement consacré à Bezia, et à sa contribution pour débarrasser le village du fléau de Naghen.

Comme il lui arrivait de plus en plus fréquemment, des visions vinrent s'immiscer dans son esprit. Elle vit clairement comme si elle y était, Yedei se diriger vers la demeure de Kajia. Ses moindres petites gestuelles trahissaient son état d'esprit. Il n'avait nullement l'intention d'être stratégique. La colère de Yedei était telle qu'il était complètement envahi par un désir de vengeance, il ne calculait pas les éventuelles conséquences de ses actes. Révoltée à cause du comportement imprudent de Yedei, Eveneye s'extirpa de sa vision.

— *Qu'est-ce qu'il peut être con celui-là.* Pensa-t-elle.

Elle fut tentée de le laisser y aller pour découvrir par lui-même les conséquences de ses actes, mais elle savait que Bezia lui en voudrait à vie s'il apprenait qu'elle pouvait faire quelque chose mais était restée passive. À contre cœur, elle se mit à courir en direction de Yedei.

Au même moment, Yedei continuait son avancée, il était encore révolté par le comportement de Bezia. Les offenses qu'il avait pu prononcer lors de leur petite embrouille lui revinrent en tête. Un léger soupçon de regret trainait sur sa conscience, mais il était encore trop tôt pour l'admettre. Il jugeait que le comportement passif de Bezia face à Naghen, était la cause de la perte de tant de vie. Après une légère autocritique, il se dit que Bezia n'était pas le seul concerné. Il reconnut que son camarade avait fait beaucoup d'efforts pour apprendre à maitriser le pouvoir qui lui permettrait de sortir victorieux d'un tel affrontement.

De son côté, Eveneye continuait encore à traverser les buissons et à avancer le plus rapidement possible vers la savane. Par intermittence elle se connectait à un oiseau pour comparer la distance qui la séparait de Yedei. Le chemin jusqu'à la demeure de Naghen était encore long et sa course folle l'avait complètement essoufflée. Même si elle savait que ce n'était pas la meilleure chose à faire, elle s'adossa néanmoins contre un arbre afin de se reposer quelques instants.

Alors qu'elle peinait à reprendre son souffle, de faibles cris d'oiseau parvinrent jusqu'à ses oreilles. Les sons étaient doux à ses oreilles, et elle avait même l'impression de comprendre leur langage. Elle se remit sur ses jambes et en se frayant des chemins à travers les buissons, elle se mit à chercher l'origine de ces sons si familiers. C'est avec émerveillement qu'elle atterrit sur une grande surface verdoyante, divinement éclairée par les rayons du soleil et peuplée de beaucoup de faucons de différentes couleurs.

Les oiseaux étaient immenses, ils étaient tous aussi grand qu'elle. Ebahit devant ce phénomène, Eveneye les caressait un à un. Leurs pelages étaient lisses et soyeux.

— *C'est un signe, ils sont tous là pour me transporter plus vite auprès de Yedei* Pensa-t-elle.

Les faucons géants étant tous aussi beau et fort, Eveneye avait l'embarra du choix. Elle hésitait encore quand une ombre plana au-dessus de sa tête. Tous les faucons présents s'affolèrent et commencèrent à s'envoler les uns après les autres. Eveneye paniqua. Elle voulut fuir également mais étant au milieu de tout ce grabuge, elle ne sut pas immédiatement quelle direction prendre.

Un grand cri déchira le ciel, il avait la même intonation que ceux qui l'avaient attiré jusqu'à cet endroit mais en volume beaucoup plus élevé. En levant les yeux au ciel, Eveneye sursauta quand elle vit deux énormes ailes déployées juste au-dessus de sa tête. Un immense faucon noir vint se poser juste à côté d'elle. Il était deux fois plus grand que ceux qu'elle avait vus quelques instants plus tôt.

La peur s'empara de tout le corps d'Eveneye jusqu'à ce qu'elle croise les magnifiques yeux de l'oiseau. Un lien se créa instantanément entre les deux êtres. Le faucon courba son cou jusqu'à ce que son bec atteigne le sol. Ce geste était un signe de soumission et aussi une invitation à monter sur son dos. Eveneye caressa d'abord tout le long du dos de l'oiseau avant de grimper dessus. Elle enroula ses bras autour du cou de sa monture en lui dictant :

— Vole « kônô Bâ » vole. Emmène-moi jusqu'à Yedei !

Le faucon géant prit son élan puis s'envola dans les airs d'un geste majestueux.

Pendant ce temps, Yedei ne contenait toujours pas sa rage. Il avançait en titubant et en nourrissant un désir de vengeance tellement grand qu'il était prêt à tout sacrifier. Le souvenir de Bezia lui venait dans la tête par intermittence. Il s'en voulait d'avoir tenu à son encontre des propos déplacés. Sa sagesse le rattrapait, à lui-même il se répéta :

— *Quel genre d'homme, même atteint d'une aussi grande douleur, peut prendre le risque de blesser volontairement un frère?*

Il se consola en se disant que Bezia lui pardonnerait certainement s'il ne survit pas à cette aventure.

Yedei arriva au bord du domaine de Kajia. Il ne restait plus que trois secondes à Eveneye pour arriver à temps avant qu'il ne pose un pied sur le territoire de la sorcière. Ce qui alerterait immédiatement cette dernière de son intrusion. Plus que deux secondes, Eveneye confortablement assise sur son kônô Bâ, aperçu enfin Yedei et ordonna à sa monture d'atterrir. Plus qu'une seconde, l'oiseau lança une fois de plus son cri perçant et atterrissait à vive allure sur le jeune garçon.

Juste au moment où Yedei posa son pied à l'intérieur de la limite surveillée par la magie de Kajia, il entendit le cri de l'oiseau et se retourna brusquement pour l'apercevoir. La taille de l'oiseau lui ficha la frousse mais il reconnut tout de suite Eveneye qui descendit du dos du faucon.

— Qu'est-ce que tu fais Yedei ?

— Comment ça qu'est-ce que je fais ? Je vais arrêter le massacre de Naghen une bonne fois pour toutes.

— Et tu crois vraiment que tu peux faire quelque chose contre lui ? Même Bezia a été vaincu la première fois qu'il l'a affronté.

— Bezia par ci, Bezia par là. Bezia est trop passif. Il faut que quelqu'un en finisse avec tout ça.

— Si Bezia n'était pas arrivé à temps la dernière fois que tu l'as affronté, tu serais à coup sur mort à cet instant et Salomé aussi.

— Tu es qui toi pour me parler de cette manière ? S'énerva-t-il.

— Je suis celle qui a prévenu Bezia que t'étais sur le point de te faire massacrer, je suis celle qu'on envoie pour empêcher ta petite tête de débile de se faire décapiter ! Rétorqua Eveneye.

— Je ne t'ai rien demandé, retourne d'où tu viens.

Au même moment, à quelques mètres de leur position, Kajia qui roupillait sur une natte se réveilla en sursaut. Elle fut alertée par ses génies de la présence d'intrus sur son territoire. Elle savait que Naghen n'était pas présent car elle lui avait confié une mission quelques heures plus tôt. À part manger et dormir, Albout et Zotan ne savaient pas faire grand-chose d'autre. D'un geste empressé, Kajia attrapa deux coqs parmi l'élevage de coqs qu'elle gardait dans une cage.

Elle s'avança devant les totems en bois et cria : « ☐ génies de mes ancêtres et génies de mon défunt amant, je vous fais le sacrifice de ses deux coqs. Donnez-moi votre force, et donnez-moi une armée d'hyènes pour défendre ma maison. J'ai fait un grand travail pour honorer votre nom, si tous mes sacrifices ont un sens, exaucez cette demande sur-le-champ. » D'un geste sec et précis, elle égorgea les deux coqs qui se débâtaient encore dans ses mains.

L'ombre de Kajia quitta son corps, puis roula sur le sol avant de rejoindre la statue en bois. Un tremblement de terre secoua brusquement le sol.

Yedei qui avançait déjà sur le domicile de la sorcière freina immédiatement ses pas. ☐tant conscients que ce phénomène était lié à leur présence, Eveneye et Yedei coururent et se cachèrent derrière un buisson.

— Qu'est-ce que c'était ? Demanda Yedei.

— Je ne sais pas !

Le tremblement de terre s'atténua progressivement jusqu'à s'estomper complètement.

— Ce n'était rien, maintenant je vais le chercher ! Décréta Yedei.

— Ferme un peu ta bouche Yedei et reste là, j'ai bien vu que tu as eu peur.

À leur grande surprise, de la porte de la case de Kajia, des hyènes commencèrent à sortir un à un. Leur nombre grandissait encore et encore, ils donnaient l'impression de ne plus en finir.

— Eveneye, c'est maintenant ou jamais ! Leur nombre ne cesse de croitre.

— Attends encore Yedei. On ne sait même pas encore si Naghen est là.

— À quoi te servent tes dons ? Utilise tes oiseaux pour le localiser !

— Ce n'est pas aussi simple, je ne peux pas le voir si aucun faucon ne le voit.

— Qu'est-ce qui peut bien se trouver dans cette cage ? Demanda Eveneye quand elle aperçut la cage de Naghen et de ses compagnons.

— Je n'en ai aucune idée.

La petite armée d'hyènes, s'était regroupée devant la cage. Ayant connu une fois l'étendue de ses pouvoirs, Yedei jugea insuffisant le nombre de ses adversaires. Un cri d'hyène ressemblant à un ricanement retentit dans la petite case. Pour

Yedei il n'y avait aucun doute, il s'agissait de Naghen. Le bruit fut comme un signal donné à l'armée car, toutes les hyènes posèrent immédiatement leurs yeux sur les buissons qui cachaient leurs envahisseurs.

Les yeux d'Eveneye se changèrent aussitôt en ceux de faucon. Son immense monture qui l'avait emmené jusque-là s'emballa également. Yedei à son tour rendit ses yeux tout blancs. En poussant de féroces grognements, des poils bruns commencèrent à pousser sur tout son corps. Pendant qu'il se débâtait et qu'il rabattait violemment ses poings contre le sol, ses muscles gonflaient sous peau et sa taille grandissait. Il se métamorphosa en un énorme gorille dos argenté.

Un sourire démoniaque fendit ses lèvres quand il cogita à la surprise qu'il allait laisser à Naghen. Avant de se lever brusquement et entamer une course vers les hyènes il dit d'une voix grave:

— Va voir ce qui se trouve dans la cage, je m'occupe des hyènes.

— Non Yedei ! Cria Eveneye. Tu n'y arriveras pas tout seul. Ils sont …

« Trop nombreux » finit-elle sa phrase voyant que son interlocuteur n'était déjà plus à couvert. À son tour, un sentiment de puissance traversa tout le corps d'Eveneye. Ses yeux de faucon prirent une teinte dorée. Elle se recourba en boule sur elle-même, puis en se redressant, deux énormes ailes noires poussèrent dans son dos. Suivie de son oiseau géant, elle se lança à son tour sur le champ de bataille. L'armée d'hyènes se rua sur eux.

À peine dans l'arène de combat, Yedei s'impliqua dans son carnage. Chacun de ses mouvements barbares était motivé par le sentiment de vengeance qui dominait tout son être. Il saisit en plein élan la première hyène par le cou et la balança sur la troupe. De sa grande main droite, il saisit une autre par ses deux pattes avant, puis il s'en servit comme d'un sabre pour frapper les autres jusqu'à ce qu'il n'en reste plus du corps de son arme. Eveneye convaincu par les aptitudes de son coéquipier contourna le champ de bataille et courut à vive allure sur la cage. Quelques hyènes se dressèrent sur son chemin. Elle croisa énergiquement ses immenses ailes devant elle, soulevant ainsi un vent violent qui emporta ses adversaires.

Son « Kônô Bâ » s'était également impliqué dans la bataille. De ses ongles aiguisés, elle attrapa une hyène dans chacune de ses deux pattes. Aidé de plusieurs battements d'ailes, il s'envola à deux cents mètres du sol avant de les relâcher. Les deux hyènes tombèrent en chute libre et vinrent écraser quelques autres au crash.

Pendant que l'affrontement faisait rage et que Yedei décapitait les hyènes les unes après les autres, toute une face de la case de Kajia explosa. Un grand monstre mi-homme mi-hyène fit son apparition. Sa mauvaise odeur, son cri énervant et ses impitoyables crocs rappelèrent à Yedei la cause de sa visite. Pour lui il n'y avait aucun doute, il s'agissait de Naghen. Le gorille géant fonça aussitôt sur le monstre. Kônô Bâ s'interposa entre les hyènes et l'élue des singes.

Yedei et Kajia se lancèrent dans un affrontement sans merci. Eveneye, quant à elle, se mit à genoux devant la cage puis s'attela à défaire les chaines qui verrouillaient son entrée. Ne s'attendant plus à aucune résistance, quand elle ouvrit la cage, Zotan surgit de nulle part et planta ses canines au-dessus de sa hanche gauche. La pression de ses mâchoires fut si puissante que l'élu des faucons n'arriva pas à se libérer de son étreinte. Son cri alarma Yedei, mais la sorcière ne lui laissait pas le moindre petit champ libre pour qu'il puisse voler à son secours. Son oiseau géant voulut partir également à la rescousse mais il fut cloué au sol par les hyènes enragées. Eveneye frappa autant que possible sur la tête de Zotan mais celui-ci ne lâcha pas prise. Pendant que sa force vitale baissait de plus en plus, le volume de ses gémissements chutait également.

Quand tout espoir semblait perdu, Sada, Tidio, Kola et deux autres de leurs frères chiens survinrent de nulle part. Sada se précipita sur Zotan, il attrapa les deux côtés de sa mâchoire et de toutes ses forces, il les desserra. Il ouvrit si largement la gueule du compagnon de Naghen que sa mâchoire se brisa sous sa force. Albout surgit brusquement de la case pour voler au secours de son compagnon. Tidio et Kola l'interceptèrent dans sa trajectoire. Kola tint Albout par les deux pattes arrière, et Tidio agrippa son cou. Chacun tira la partie dont il s'était muni jusqu'à ce qu'Albout soit coupé en deux. Leurs deux autres frères ont prêté mains fortes à la monture d'Eveneye.

L'armée d'hyènes fut complètement anéantie, Albout et Zotan furent vaincus. Le monstre de Kajia était cloué au sol pendant que Yedei sous sa forme de gorille continuait à le cribler de coups de poings.

— Yedei ? Yedei ? Appela Sada sans oser le toucher.

Le gorille toujours sur ses nerfs ne l'écouta point et continua à se défouler.

— Yedei, je crois que c'est fini ! Dit Sada.

Il s'arrêta alors de cogner. Ses yeux tout blancs restèrent rivés sur la dépouille du monstre pendant qu'il reprenait lui-même sa forme initiale. Tout bas, il murmura :

— Salomé et Zaza, je vous ai enfin vengé.

Le corps du monstre mi-homme mi-hyène se transforma en ombre, et se mit à rouler sur le sol pour retourner dans la case. Yedei et Sada suivirent l'ombre jusque dans l'antre de la sorcière, avant de le voir rejoindre le corps de Kajia.

Ce n'est qu'alors que Yedei comprit que ce n'était pas Naghen qu'il avait affronté mais plutôt sa mère. La désillusion le fit s'écrouler sur ses deux genoux. Sada posa sa main sur son épaule et lui dit.

— Tu auras quand même réussi à lui faire mal !
Maintenant laissons Bezia prendre le relais.

Yedei resta un instant pensif, puis un sourire machiavélique se dessina sur ses lèvres quand, il imagina la douleur que Naghen ressentira lorsqu'il verra tout le carnage qu'ils avaient fait sur son territoire.

Les deux jeunes hommes quittèrent la case de Kajia et retournèrent auprès d'Eveneye qui était sérieusement blessée.

— Eveneye tu t'en sors ? S'enquit Yedei.

— Ne t'inquiète pas, grâce à mon pouvoir je guéris vite. Répondit-elle tout en pressant sa blessure d'une main pour la dissimuler.

— Regardez qui j'ai trouvé ! Lança Tidio.

Il sortit de la cage accompagné d'Itaï qu'il venait de délivrer.

— Je vous ai déjà vu quelque part ! Remarqua Yedei.

— Oui, on s'est vus dans la savane quand j'ai mis fin au combat de Bezia et Acyl.

— C'est exactement ça. C'est Bezia qui va être content, depuis le temps qu'il vous cherche. Se réjouit Yedei.

— Dans ce cas allons-y vite, Naghen ne devrait pas tarder à revenir.

— Allez-y, moi j'ai besoin de me reposer. Dit Eveneye.

— Merci encore mon enfant, surtout reposes-toi bien !

— Bezia ne me pardonnera pas en apprenant que t'as été blessé par ma faute. Culpabilisa Yedei.

378

— C'était avant tout mon choix de venir ici. Je compte sur vous pour ne pas lui dire que j'ai été blessée.

Aucun d'entre eux ne répondit. L'oiseau géant vint jusqu'aux côtés d'Eveneye et baissa son corps afin qu'elle grimpe sur son dos.

Eveneye s'envola sur le dos de Kônô Bâ. Ainsi, Itaï et ses vaillants sauveurs prirent la route vers la plantation.

***

Bezia repensait à sa petite dispute avec Yedei. D'aussi loin qu'il se rappelait, il ne s'était jamais quitté en de si mauvais terme. Même s'il savait qu'il avait été poussé à bout, un léger regret de sa réaction commençait à envahir sa conscience. Un silence régnait dans la pièce. L'attente que Sada et sa meute finissent leur inspection commençait à être longue.

Bezia fixa les yeux de Kiara, celle-ci ne sachant pas qu'il avait le don de sonder son cœur, soutint son regard. Bezia lu clairement qu'il était retenu prisonnier.

— Sais-tu pourquoi ça prend autant de temps ? demanda-t-il à Kiara.

— Je n'en ai aucune idée mais patiente encore un peu, ils ne vont plus tarder !

— Je vais aller voir s'ils n'ont pas de problème ! Décréta-t-il.

Il se leva de sa chaise et commença à marcher vers la sortie. Dès qu'il fût arrivé au seuil de la porte, Kiara se mit en travers de son chemin.

— Non Bezia, tu dois rester ici jusqu'à ce qu'ils reviennent.

— Pourquoi dois-je attendre ici ? Qu'est-ce que tu me caches ?

— Je ne te cache rien du tout, j'ai juste reçu l'ordre de t'empêcher de quitter cette pièce.

— Au cas où tu ne le saurais pas, je peux lire dans les yeux et je vois dans les tiens que tu es en train de mentir.

Kiara fuit son regard mais ne s'écarta pas de son chemin pour autant.

— Soit, tu me dis ce que vous manigancez, soit je vais le découvrir par moi-même.

— Pour ça, tu devras me passer sur le corps !

Un grognement fit trembler la gorge de Bezia. En fixant les prunelles de Kiara, il lut une satisfaction immense. Elle détenait enfin son opportunité de prouver à ses frères qu'elle pouvait mener à bien une mission.

— Dans ce cas, je vais te donner une chance de prouver que tu es une guerrière ! Annonça Bezia. Empêche-moi de passer si tu peux !

Bezia crispa les doigts, et ses ongles s'allongèrent tout en prenant une teinte grise. Ses yeux se transformèrent en ceux d'un crocodile, ses muscles gonflèrent légèrement et d'énormes veines se firent voir sous sa peau.

Un sourire fendit les lèvres de la jeune Woulou, ses yeux devinrent entièrement rouges. Elle se jeta en l'air et se transformant en une terrifiante chienne avant de retomber sur ses quatre pattes.

— Je vois que toute la famille a hérité du pouvoir. Maintenant montre-moi de quoi tu es capable.

Kiara montra ses crocs, laissa couler quelques gouttes de bave puis fonça sur Bezia. Pendant que l'immense chienne courait sur lui, Bezia écarta ses deux jambes et ses deux bras comme pour l'accueillir. Après une petite course, Kiara ouvrit grand sa gueule et sauta sur Bezia. Il l'attrapa en plein air puis, en n'utilisant qu'un dixième de sa force démesurée, il la balança sur le mur de l'autre côté de la pièce. Kiara poussa un cri quand elle s'écrasa contre le mur. Elle se remit immédiatement sur ses quatre pattes et retourna à l'assaut. Bezia empoigna son cou d'une seule main et la souleva.

— Tu es une courageuse combattante ! Dit-il. Mais tu ne peux pas me battre. Abandonne !

Kiara se débattit. Dans son agitation, elle griffa le long du bras puissant de Bezia. Ce dernier la relança une fois de plus contre le mur, mais cette fois-là avec deux fois plus de vigueur.

Elle resta cette fois-là couchée au pied du mur et reprit sa forme humaine.

— Tu t'es bien battue. Fit remarquer Bezia avant de tourner les talons et se diriger vers la sortie.

— Attends, je te dirais ce qui se passe mais je t'en prie, il faut qu'ils croient que je suis arrivée à te retenir.

Le jeune élu des crocodiles s'arrêta quelques secondes. Il fut sensible à la requête de l'adolescente. Ses bras se dégonflèrent, ses yeux redevinrent normaux et il retourna s'asseoir sur la chaise.

— Je t'écoute. Dit-il.

— Ton ami Yedei ne t'a pas écouté, il est parti sur le territoire de Naghen.

— Quoi ? Lança-t-il tout en se remettant debout.

— Mais Eveneye, Sada et quelques-uns de mes frères sont partis l'aider. Tu ne peux pas y aller, tu m'as promis de rester là.

Bezia resta silencieux un moment. Etant bien conscient de la force de Naghen et au vu de ce qui était arrivé à Salomé, il avait décidé qu'il ne laisserait plus aucun de ses amis mourir à cause de sa passivité.

— Dans ce cas, je t'offre la chance de faire tes preuves !

— Comment ?

— Viens avec moi.

Kiara se mit immédiatement sur ses jambes et un grand sourire s'élargit sur ses lèvres.

— On y va quand tu veux ! S'écria-t-elle.

Bezia et Kiara quittèrent la plantation et mirent le cap vers la savane. Après quelques centaines de mètres parcourus, ils aperçurent six silhouettes à l'horizon. Parmi elles, Bezia reconnu immédiatement celle de Yedei, et Kiara celles de ses quatre frères. Sans ralentir leurs pas, ils partirent à leurs rencontres.

**

Bezia et le vieil homme se fixèrent pendant un instant, avant qu'il ne s'adresse à ses amis.

— Que s'est-il passé ?

— C'est une longue histoire ! Répondit aussitôt Sada.

— Eveneye est blessée ! Lança Yedei, le visage marqué par la culpabilité.

Itaï et les frères Woulou le fusillèrent du regard.

— Tu n'étais pas sensé garder ça pour toi ? Fit remarquer Tidio.

— Que lui est-il arrivé ? S'alarma Bezia.

— Ne t'inquiète pas, elle nous a assuré qu'elle guérissait vite du fait de ses pouvoirs.

— Elle est très surprenante comme fille ! Constata Itaï.

— Je suis de ton avis ! Approuva Bezia.

Une fois de plus en regardant dans les yeux d'Itaï, Bezia fut frappé par le sentiment d'affection qui les liait. Troublé, il secoua la tête comme pour chasser une hypothèse qu'il venait d'envisager. Itaï connaissant bien le don de Bezia lui dit.

— Je sais que pour toi, tout cela est bizarre mais dans quelques instants tu y verras plus clair.

— Quoi donc ?

— Ce sentiment bizarre que tu as en ma présence.

— Mais comment tu…

Yedei et les autres étant au courant de tout ce que Bezia avait entrepris pour avoir des réponses, savaient qu'ils devaient les laisser seuls.

— On ne va pas s'incruster, on vous laisse seuls. Annonça Sada.

Yedei souleva le bras du vieil homme de sur son épaule, avant que Bezia ne prenne la relève.

— Jeunes gens, je ne cesserai jamais de vous remercier. Maintenant vous devez aller vous reposer.

— Aujourd'hui sera une journée spéciale pour toi, ce que tu vas apprendre va te changer la vie. Je te dis ça, mais je ne te dis rien. Dit Sada.

— De quoi tu parles ?

— Sada à raison, et tu pourras dire que c'est un peu grâce à moi. Renchérit Yedei.

— Arrêtez de jouer avec mes nerfs !

Dans la grande maison qu'était celle des Woulou, il ne manquait pas de pièce pour avoir une conversation à l'abri d'oreilles indiscrètes. Bezia et Itaï s'en trouvèrent une et s'y installèrent.

— Comme ça t'aurais quelque chose à m'apprendre ! Dit Bezia debout face à la chaise qui supportait le vieil homme.

— Ce que j'ai à te dire risque de te surprendre, je te suggère de t'asseoir.

— Oh crois-moi Itaï, après tout ce que j'ai vu et entendu ces derniers temps, rien ne saurait me surprendre.

— Quand nous étions encore jeunes Zaza et moi, nous avons assisté à l'affrontement de nos pères respectifs.

— Oui je sais, Eveneye l'a vue dans son sommeil.

— Comment est-ce possible ?

— C'est une longue histoire que je te raconterai plus tard.

— Elle est surprenante comme fille !

— Ce n'est rien que de le dire ! Approuva Bezia.

— J'ai vu à quel point, vous tenez l'un à l'autre.

— Tu ne nous as même pas vus ensemble !

— Allez mon garçon, ce n'est pas la peine de nier, ça crève les yeux. Et puis je te connais bien plus que tu ne le penses.

Bezia baissa la tête en signe de timidité.

— J'imagine que ce n'était pas de ça dont tu voulais me parler en venant ici.

— Non en effet. Où est-ce que j'en étais ?

— Tu me parlais de toi et de ma grand-mère.

— Alors quand nous avons perdu nos pères dans ce combat, Zaza et moi sommes devenus très proches ensuite.

— Très proche dans quel sens ?

— Dans le sens où on était d'abord amis, puis on a fini par tomber amoureux. Bien entendu c'était un amour interdit car nos origines ne nous permettaient pas de nous aimer.

— C'est donc pour cela que ma grand-mère a choisi mon grand-père qui lui, avait été proposé par ses parents, d'après ce que je sais. Jusque-là, tu ne m'apprends rien de nouveau.

— C'est ce que Zaza t'a raconté, mais la réalité est tout autre !

— Je ne demande que la vérité ! s'impatienta Bezia.

— Les parents proches de Zaza ont voulu lui imposer un autre homme pour qu'elle ne soit pas avec moi justement, par conséquent nous avons décidé d'avoir une relation secrète. Avec Zaza, on a convenu qu'elle devait te dire que, c'est un autre qui est ton grand-père.

— Je ne suis pas sur de tout saisir.

— Je veux te dire Bezia que je suis ton vrai grand-père !

Un frisson traversa brusquement le jeune homme, la déclaration d'Itaï résonna deux fois dans sa tête, ses jambes tremblèrent sous son poids. En regardant attentivement dans les prunelles sages d'Itaï, Bezia ne décela pas une once de mensonge dans ses dires.

— Ce n'est pas possible, je ne te crois pas ! Souffla-t-il en secouant sa tête.

— Je n'ai plus aucun intérêt à te cacher quoi que ce soit mon garçon.

— Cela veut dire que …

— Oui Acyl est ton frère. Ton frère jumeau.

La surprise le rendit béat, son regard se perdit au loin et des souvenirs vinrent défiler dans sa tête. Il comprenait mieux les émotions ressentis la première fois qu'il l'avait croisé dans la forêt, ou encore dans la savane avec Itaï. Chaque fois qu'Acyl lui avait tourné le dos, il avait ressenti un désir étrange de le suivre.

— Mais si t'es mon grand-père, pourquoi suis-je du clan des crocodiles et pas des panthères ?

— Il devait y avoir une panthère et un crocodile. La nature finit toujours par triompher.

— Acyl mon frère jumeau ! Se répéta-t-il. Décidément j'aurais tout entendu.

— Dès votre naissance vous ne vous entendiez pas. De peur que vous ne vous entre-tuez, avec Zaza on a décidé d'en prendre un chacun, et nous assurer que vous n'ayez jamais à vous rencontrer. Durant toute sa vie, j'ai interdit à Acyl de s'aventurer à Chakanaka. Cette contrainte me garantissait qu'il n'aurait aucune connaissance d'Olubumi mais, le destin m'a prouvé une fois de plus qu'on ne pouvait rien contre lui.

— Et pourquoi c'est vous qui nous avez élevé et pas nos vrais parents ?

— On a eu un enfant ensemble qui est ton père, cette naissance a rompu un certain équilibre. Un élu apparaissait chaque deux générations dans tous les clans, mais voila que les panthères et les crocodiles n'avaient qu'un seul élu en commun. Ton père était comme un être ultime. Dès son plus jeune âge, il avait des dons qu'on ne pouvait même pas imaginer. On ne l'a jamais vu se transformer en animal mais même sous sa vraie forme, aucun animal ou même un monstre ne pouvait s'opposer à lui. Il se sentait différent et a donc décidé de partir du jour au lendemain. Ni nous, ni personne d'autre ne l'a aperçu depuis.

— Et notre mère ?

— Elle est morte en vous mettant au monde, et je pense que votre père se sentait coupable d'avoir placé dans son ventre des enfants aussi puissants.

Bezia prit un instant comme pour digérer toutes les informations qu'il venait d'avoir. Pendant ce temps, un silence glacial régna dans la pièce. Dans l'attente d'une réaction de son petit-fils, des gouttes de sueur se formèrent sur le front d'Itaï.

— Tu m'en veux ? finit-il par demander à Bezia en plongeant ses yeux dans les siens.

Bezia regarda attentivement le vieil homme accablé par des remords assis en face de lui. Il se dit qu'il aurait pu en effet le détester, mais le temps qu'il prendra pour lui pardonner toutes ces années où il l'avait laissé dans l'ignorance de son existence, serait du temps qu'il gâchera pour apprendre à le connaitre.

Par expérience, Bezia savait que le temps était compté pour tous et que nul ne pouvait connaitre l'échéance de sa vie. Alors il répondit :

— Non je ne te déteste pas grand-père ! Dit-il. Au contraire je te suis reconnaissant de revenir dans ma vie. On est à nouveau une famille.

Bezia s'approcha pour prendre Itaï dans ses bras, quand il remarqua ses yeux tous mouillés qui luttaient pour ne pas laisser échapper ses larmes.

— Pourquoi pleures-tu Itaï ?

— Je m'en veux d'avoir raté le moment où tu es devenu aussi adulte.

— Ce temps on le rattrapera autant que possible à partir de maintenant, pour l'heure je dois retrouver Acyl.

— Je viens avec toi ! Lui Lança Itaï en essayant de se remettre sur les jambes avec beaucoup de difficultés.

— Non t'as perdu des forces dans cette aventure. J'y vais tout seul, en plus je crois qu'Acyl et moi avons des choses à régler.

— Il n'acceptera pas de t'écouter. Il est sous l'emprise d'un puissant sort qui l'oblige à se plier aux moindres petites exigences de Naghen.

— Il doit bien y avoir un moyen d'entrer dans sa tête.

— Il y a toujours un moyen.

— Alors je le trouverais. J'ai de nouvelles raisons de me battre et c'est de là que je puiserais toute ma force.

— Dans ce cas, vas-y mon garçon ! Que la force des crocodiles soit avec toi.

***

Deux monstres, deux hommes, deux animaux, un crocodile, une panthère, un Bamba et un Waranikala. Deux espèces génétiquement différentes mais pourtant reliées par le sang. Il était quelque part dans la savane, son pire ennemi, ce frère qui, sans le savoir lui avait appris le vrai sens de l'adversité. Bezia avait su trouver en lui un rival. Il n'y avait normalement pas de place pour deux êtres comme eux car chacun voulait s'imposer, cependant ils devront trouver le moyen de rendre possible cette cohabitation.

Comment passer de quelqu'un qu'on a détesté à quelqu'un qui est désormais la personne à chérir et à aimer? Était le dilemme qui s'imposait à Bezia. Il n'y avait pas si longtemps que ça, il était prêt à le tuer, là il était prêt à donner sa vie pour sauver la sienne. Bezia ne perdit pas une seconde, immédiatement après la discussion avec Itaï, il prit la route vers la savane. Il n'y avait pas remis les pieds depuis son enrichissante virée avec Yedei et Samba. Cette fois-là, il y retourna bien plus fort et bien plus confiant. Le fait de savoir qu'il n'était plus seul, lui redonnait un nouveau goût à la vie. Plusieurs nouvelles raisons faisaient désormais battre son cœur à un rythme plus vif.

Bezia traversa de nombreux paysages en n'esquivant ni rivières, ni collines car désormais plus aucun obstacle ne lui était infranchissable. Une fois dans la savane, il ne mit pas longtemps à retrouver Acyl. L'élu des panthères dégageait une énergie différente de tous les autres prédateurs dans les parages. Sa force extraordinaire attirait Bezia comme un aimant.

Bezia s'approcha alors de la source où s'émanait toute cette force. De grands buissons lui barraient la route, l'empêchant de voir à travers qui se cachait là. Néanmoins, il entendait cette respiration puissante, dont la cadence s'incrémentait à chacun de ses pas.

— Acyl je sais que tu es là ! Sors de ta tanière !

Le son de sa voix déclencha des rugissements de l'autre côté des buissons, le bruit du rugissement le fit frémir, un grand frisson qui voyagea de la plante de ses pieds jusqu'à sa tête. Le sentiment n'était guère dû à la peur, Bezia ressentit plutôt de l'admiration face à une si grande force de la nature qui révélait être son frère.

Des buissons, sortit une panthère jaune tachetée de noir, exactement la même qu'il avait combattue lors de sa première aventure sur le territoire. Bezia sut tout de suite que ce n'était pas Acyl, la panthère jaune baissa les yeux quand elle croisa son regard. Il braqua son regard sur les buissons puis cria une deuxième fois.

— Acyl je sais que tu es là, sors de ta tanière et affronte ton destin.

— Grrrrr ! Rugit une deuxième panthère.

Quand le deuxième rugissement parvint aux oreilles de Bezia, contre toute attente un gros visage de panthère noire se fraya un chemin à travers les feuilles vertes, ses yeux jaunes fluorescents le fixèrent. Le corps imposant du félin et ses dents aiguisées faisaient passer la première panthère pour un chat domestique. Ses puissantes prunelles étaient vides de toute émotion mais comme toujours, elles dégageaient un charme effrayant.

Itaï ne m'avait donc pas menti, il est possédé Songea Bezia.

Bezia qui pensait qu'une simple révélation briserait le sort lancé à son frère, reconnut en silence sa naïveté. La panthère de compagnie d'Acyl qui avait déjà eu droit à un affrontement avec lui, se mit en position d'attaque, avant d'être sommé de s'écarter par son élu.

Acyl et son frère crocodile se fixèrent dans les yeux pendant un moment. Et brusquement sans prévenir, la panthère noire bondit sur Bezia. L'élu des crocodiles plus puissant que jamais, n'avait pas le cœur à se battre ou du moins pas contre le nouvel espoir d'appartenir à une famille qu'Acyl représentait à ses yeux. Cependant il recouvrit tout son corps d'une couche dure pour s'éviter d'éventuelles blessures. De ses immenses pattes félines, Acyl se cramponna au torse écailleux de Bezia et le cloua au sol par la même occasion. L'immense panthère fit voir ses puissants crocs. Bezia était sur le point d'encaisser le puissant coup de gueule quand il dit :

— Nous sommes frères !

Quoiqu'Acyl fût sous l'emprise de Naghen et qu'il fut sous forme féline, tout son corps s'immobilisa à l'entente de cette déclaration. Un cri perçant s'évada de ses cordes vocales. Il secoua sa tête comme pour réfuter la déclaration qui venait de lui être faite.

— Je viens de l'apprendre aussi. Itaï avait bien gardé le secret.

Au plus profond de la pupille de l'animal, Bezia aperçut un soupçon d'émotion. Contre toute attente, Acyl fuit son regard. La grosse panthère noire secoua énergiquement sa tête tout en reculant, comme s'il se débattait pour chasser encore une fois une idée de son esprit. N'y arrivant pas, Acyl entama une course empressée vers les profondeurs de la savane.

Bezia comprenait mieux l'enchainement des choses. Cette rivalité qui était née entre eux dès leur première rencontre, et le désir qu'il avait eu de suivre Acyl et Itaï dans la savane. Après avoir vécu autant de moment d'adversité avec Acyl, il n'en était que plus content de découvrir qu'ils avaient commencé leurs vies ensemble. Il ne tenta pas de rattraper Acyl car d'après lui, ce dernier devra trouver tout seul la force de digérer cette information.

CHAPITRE 13: Affrontement Final

Empli de joie, Naghen retournait chez lui. Il devinait déjà la joie que ça allait faire à Kajia quand, elle allait apprendre qu'il avait sauvagement assassiné deux membres de la communauté des sorcières.

Arrivé aux alentours de son domicile, il aperçut une horde d'hyènes déchiquetées éparpillées devant la devanture de la case de Kajia. La peur s'empara immédiatement de lui, la peur que quelque chose ne soit arrivé à sa mère. Sans perdre une seconde de plus, il bondit brusquement sur la case à la devanture démolie.

— Mère ! Mère ! Criât-il tout en enjambant les corps des hyènes meurtris sur le sol.

Dès qu'il mit le pied dans la pièce, il s'arrêta immédiatement d'avancer. Kajia était debout face à ses statues en bois et lui faisait dos. Voir sa mère cramponnée sur ses deux jambes le rassura, il poussa un soupir de soulagement.

— Mère que s'est-il passé ici ? Demanda-t-il. Est-ce toi qui as tué toutes ces hyènes ?

Kajia ne répondit pas. Le jeune Sourouk pensa d'abord qu'elle faisait un rituel et qu'elle ne voulait pas être dérangée.

— Si mère ne peut répondre pour le moment, je vais aller me renseigner auprès d'Albout et Zotan.

De plusieurs pas empressés, Naghen sortit de la case et se dirigea vers sa cage où Albout et Zotan avaient été enfermés avec Itaï afin de le surveiller.

Arrivé devant la cage, il remarqua avec une certaine rassurance qu'elle était scellée avec une chaine exactement comme il l'avait laissé. Il se mit alors sur les genoux et s'attela à défaire la chaine.

Il regarda au fond de la cage, Itaï n'y était plus. Albout et Zotan y étaient toujours par contre, hélas ils étaient pendus avec les cordes qui avaient servi à ligoter le vieil homme. Zotan avait la mâchoire brisée et l'ouverture de sa gueule agrandie jusqu'à ses oreilles, Albout avait le crâne ouvert. Yedei avait pris le soin d'attacher leurs pattes avant comme s'ils se serraient la main.

Naghen, d'ordinaire insensible à la vue de cadavres, sentit pour la première fois la sensation de perdre des êtres chers. Brusquement il se remit sur ses jambes et courut dans la case de Kajia. En se plaçant debout face à elle, il remarqua que son corps était inerte et ses deux pupilles montés sous ses paupières supérieures. Naghen comprit que sa mère aussi avait perdu la vie. Il se blottit contre elle, puis la coucha délicatement sur le sol.

— Comment ? Comment est-ce possible ? se répéta-t-il pendant qu'il caressait les cheveux hérissés de sa mère.

Il se mit face aux totems en bois et.

— Pourquoi avez-vous laissé faire cela ? Demanda-t-il sur un ton désespéré avant de gronder. N'étiez-vous pas censé la protéger depuis le temps qu'elle vous sert ? Bande de …

Coups après coups, il se mit à saccager tous les totems d'hyènes qui se trouvaient dans la pièce jusqu'à ce qu'il se rende compte que ce n'était pas cela qui allait lui rendre sa mère et ses deux compagnons. Nonchalamment il ressortit de la case, entassa tous les corps d'hyènes qui trainaient là et y mit le feu. Puis de ses propres mains, il commença à creuser les tombes de Kajia, d'Albout et de Zotan.

Naghen n'avait pas d'amis, plus de famille. Les ambitions qui avaient toujours motivé ses actes n'étaient pas les siennes. Ses seuls amis qu'il considérait comme ses frères n'étaient eux non plus vivants.

Cependant un caractère lui était propre, le meurtre. La seule véritable jouissance qu'il connaissait, mise-à-part la satisfaction de Kajia était de reproduire à l'identique les supplices que son imagination concoctait pour ses victimes, et il était désormais clair pour lui que les responsables de ce carnage allaient être punis. Dès qu'il eut fini de refermer les tombes, Acyl se pointa sur son territoire.

— Acyl où étais-tu passé ? As-tu vu ce qui s'est réellement passé ici ? Souffla-t-il.

— Je ne fais que ce que tu me demandes de faire, et tu ne m'as pas demandé de surveiller cet endroit. Répondit Acyl.

— Si tu étais pour quelque chose dans tout ce massacre, tu me le dirais n'est ce pas ?

— Il n'y a rien que je puisse te cacher maitre Naghen.

— Sais-tu où se cache Bezia ?

— C'est pour cela que je viens te voir. Je viens de l'apercevoir, il doit être certainement au niveau de la falaise au moment où je te parle.

— Dans ce cas tu vas m'aider à le tuer. Il me paiera de sa vie ce qui vient d'arriver à ma famille.

— Tu devrais le comprendre mieux que ça, tu lui as fait la même chose. En plus rien ne te prouve que ce soit lui qui se cache derrière tout ça.

— Depuis quand es-tu dans de son côté ? Tu es mon esclave et je n'ai pas besoin de ton avis. Contentes-toi juste de m'aider à le retrouver et à le tuer.

— Dans ce cas ne perdons pas de temps.

Acyl attendit patiemment que Sourouk finisse ses adieux. Les deux jeunes hommes prirent alors la route vers Bezia.

Sans s'arrêter, ni ralentir la cadence, Acyl et Naghen traversèrent la savane en direction de la falaise où Bezia était censé toujours se trouver.

Fou de rage et lasse d'avoir marché aussi longtemps, Naghen se pointa enfin sur la falaise. Bezia l'y attendait.

— Enfin je te croise Naghen Sourouk ! Se réjouit Bezia en écartant les bras.

— Tu ne devrais pas être aussi enthousiaste Bezia Bamba, aurais-tu déjà oublié l'issue de notre affrontement au bord de la rivière ?

— (Rire) ne te repose pas sur cette victoire mon cher ennemi, tu n'as plus le même homme en face de toi.

— Je viens d'apprendre avec un réel plaisir qu'Acyl est en réalité ton frère.

Bezia jeta un coup d'œil sur Acyl qui ne laissait rien paraitre sur son visage.

— Figures-toi qu'il m'obéit au doigt et à l'œil !

Se réjouit Naghen avant de souffler :

— Grâce à ma chère mère Kajia que tu as lâchement assassinée !

— J'aurais bien aimé faire ça de mes propres mains ! Dit-Bezia. Hélas c'est Yedei qui s'en est chargé. Ce qui n'est que justice après tout car, tu as toi aussi voulu tuer la femme qu'il aimait. D'ailleurs tu seras content d'apprendre qu'elle est toujours en vie !

Un grognement s'échappa de la gorge de Sourouk.

— Après t'avoir tué, je tuerai ta nouvelle famille, tes amis et toutes les personnes à qui tu as un jour pu adresser la parole !

— Tu ne vivras pas assez longtemps pour cela, ton voyage s'arrête là.

En poussant un grognement, Naghen tourna la tête vers Acyl puis il pointa son index vers Bezia tout en criant.

— Tue-le Acyl !

Les yeux d'Acyl virèrent aussitôt en blanc. Il se plaça entre Naghen et Bezia et soutint les yeux de son frère. Bezia ne pouvait lire dans les yeux d'Acyl quand ceux-ci étaient sous cette forme. Pendant une fraction de seconde, l'élu panthère fit reprendre à ses pupilles leur couleur initiale avant de les transformer en yeux de panthères. Un sourire déforma les lèvres de Bezia quand il put brièvement lire dans les yeux de son frère.

Brusquement Acyl plia ses genoux, puis il bondit sur Bezia avec son accélération fulgurante, ce dernier fit recouvrir tout son corps de la peau de crocodile et ses yeux prirent une teinte verte et sa pupille s'amincit en une fente verticale.

Acyl vint écraser son poing sur le torse de son jumeau qui vola dans les airs avant de retomber quelques mètres plus loin au bout d'une trainée de poussière. Naghen ne put contenir son éclat de joie.

— Attaque-le encore Acyl ! Ordonna Sourouk.

L'élu des panthères retourna à l'assaut. Il reprit sa course et sauta dans les airs avant de retomber à côté de Bezia.

— Bats-toi Bamba ! Lâcha Acyl d'une voix sauvagement grave.

— Pas contre toi. Si cela ne fait rien à ta conscience de tuer ton propre frère, Alors vas-y !

Acyl poussa un cri perçant tout en se retournant vers Naghen.

— Il décide de déposer les armes, maitre. Je te laisse lui donner le coup de grâce.

Un sourire se dessina sur les lèvres de Naghen qui ne s'attendait pas à ce que ce soit aussi facile. Il entama une démarche vers les deux frères. Pendant qu'il marchait encore, ses yeux devinrent tout blancs à leur tour, ses veines gonflèrent sous sa peau, ses ongles et ses crocs s'allongèrent. Il garda néanmoins sa forme humaine.

Quand il fut enfin à quelques pas des petits-fils de Zaza et Itaï, son pouvoir d'anticipation s'activa brusquement. Il vit qu'Acyl se jettera à son cou une seconde plus tard. Naghen se mit immédiatement dans sa posture défensive, hélas, il fallait plus d'une seconde pour échapper à une attaque surprise d'Acyl. L'élu de la panthère se plaça rapidement derrière lui et le maitrisa à l'aide d'une prise.

— Comment... Comment est-ce possible ? S'étonna Naghen.

Bezia se releva fièrement du sol et dit d'une voix grave.

— Le sort de ta mère ne peut vaincre un lien de sang.

Acyl en continuant d'immobilier Sourouk dit à son tour.

— Naghen tu vas payer cher d'avoir pris le contrôle de mon
esprit !

Pendant qu'Acyl maintenait sa prise sur Naghen, Bezia
planta ses deux poings dans deux rochers de la taille de deux
têtes humaines. Les grosses pierres recouvrirent ses poings à la
manière des gants de boxe. À l'aide de plusieurs coups dans
l'abdomen de Naghen, il les réduisit en poussière. Après s'être
tordu de douleur, la colère monta en Naghen. Tous ses muscles
se gonflèrent sous sa peau et progressivement il se changea en
totem monstre Sourouk. Toujours sous sa forme humaine, Acyl
ne pouvait garder son contrôle sur lui, son emprise fut brisée.

Le monstre Naghen attrapa les deux jambes d'Acyl. Se
servant d'Acyl comme d'un fouet, il rata Bezia à sa première
tentative et le fouetta violemment à la deuxième. Bezia fut
projeté sous la violence du coup. Pendant que l'élu du crocodile
volait parallèlement au sol, Naghen balança Acyl sur lui. Les
deux jumeaux roulèrent sur le sol sur quelques mètres. Pendant
qu'ils roulaient, les muscles de Bezia et d'Acyl gonflaient, leurs
ongles et leurs dents s'allongeaient, une grande, écailleuse et
robuste queue poussait sur Bezia et une longue, fine et agile
queue sur Acyl. Les frères jumeaux se transformèrent en même
temps en totems-monstres. Bezia freina sa roulade en

s'agrippant au sol comme un reptile et Acyl à quatre pattes comme les félins. L'affrontement final pouvait alors commencer.

Pendant que le visage d'Acyl se marquait de plus en plus de haine, Bezia quand à lui ne laissait rien paraître.

— Je m'en veux de vous avoir laissé en vie pendant tout ce temps, je vais très vite remédier à ça ! Confia Naghen.

Il eut à peine fini sa phrase qu'Acyl se lança à sa rencontre. Bezia connaissant l'étendue du pouvoir de Naghen, alla très vite en renfort. Naghen debout sur ses deux jambes les regardait avancer dans sa direction. Il vit Acyl se décaler sur la gauche avant de bondir sur lui, et Bezia utiliser le chemin terrestre.

Ayant vu à l'avance et au détail près la combinaison des deux chasseurs, Naghen s'accroupit laissant passer Acyl par-dessus sa tête, puis l'attrapa par ses deux jambes. En tournant sur lui-même, il se servit d'Acyl une fois de plus comme d'un fouet pour frapper violemment Bezia qui fut projeter à des mètres de lui, à son deuxième tour sur lui-même il utilisa le jeune félin comme un projectile, et le lança sur Bezia qui glissait encore sur le sol. Après la collision les deux frères roulèrent sur plusieurs mètres sur le sol chaud et poussiéreux. À peine leur course terminée, Acyl se releva aussitôt puis chargea à nouveau. Dans sa course, il planifia sa nouvelle attaque dans sa tête. Jambes écartés, Naghen vit dans sa vision qu'une seconde plus tard, Acyl se glissera entre ses jambes pour se placer derrière lui. Ce dernier sûr de son coup, se jeta sur le dos puis glissa dans le but de passer entre les jambes écartées de l'élu des hyènes. Juste quand il fut par terre, pieds joints, Naghen sauta, puis atterrit sur sa poitrine avec toute sa puissance. Les cotes de l'élu des panthères se tordirent de douleur sur ce coup sec et fort.

Pendant qu'Acyl se tordait de douleur, Naghen d'un coup de pied tira dans son ventre comme dans un vulgaire ballon le lançant ainsi dans les airs. Bezia très concentré, analysait les moindres petits détails des mouvements de Sourouk à la recherche d'une faille dans sa technique pendant que ce dernier focalisait toute son attention sur le puissant adversaire qu'était Acyl.

Le combat faisait rage et les deux frères étaient complètement impuissants face à ce phénomène. Sous forme d'une immense chienne, Kiara sortit de nulle part et arracha le collier autour du cou de Naghen.

L'élu des hyènes, rapide comme il l'était, attrapa aussitôt le clébard par ses pattes arrière. Il ferma son poing et l'écrasa contre l'estomac de Kiara qui en poussant un cri desserra ses crocs et fit tomber le collier par terre. Naghen lança Kiara par-dessus la falaise et se baissa pour récupérer son amulette.

— Nooooon ! Criât Bezia quand il vit l'adolescente tomber dans le ravin.

Acyl, doté de sa puissante accélération féline, se précipita au bord de la falaise. Il planta les ongles acérés de sa main gauche au bord du ravin pour s'y accrocher et de l'autre main il attrapa une patte avant de Kiara qui se transforma en une main humaine.

Malgré tous ses efforts pour se cramponner, les ongles d'Acyl glissèrent sur le rebord de la falaise et tous deux furent jetés dans le vide. Dans leur chute, Acyl enroula son immense corps mi-homme, mi-panthère autour Kiara pour amortir le choc au cas où ils ne tomberaient pas dans la rivière qui coulait au pied de la falaise.

Pendant qu'ils croyaient que tout espoir était perdu. Eveneye surgit de nulle part avec deux énormes ailes noires déployées sur son dos. Elle plia ses ailes sur son dos pour atterrir sur la falaise. Toujours dans le même élan, de quatre pas-de-géant la jeune femme faucon courut vers le rebord de la falaise et se jeta ensuite dans le vide. Elle joignit ses deux jambes et colla ses deux bras contre ses flancs mettant ainsi son corps sous forme de flèche. Cette forme lui permit de tomber plus rapidement qu'Acyl et Kiara, par conséquent elle les rattrapa. Une fois à leur niveau, Eveneye redéploya ses deux immenses ailes et réussit à les attraper dans son vol majestueux. Hélas du fait de sa blessure, elle n'avait pas assez de force pour reprendre de l'altitude avec ce lourd fardeau, elle réussit néanmoins à amortir leur chute. Tous les trois s'écrasèrent alors au bord de la rivière.

Naghen était dépendant des avantages que lui procurait son collier. En étant privé de cet avantage, il se sentit déboussoler.

Bezia ayant remarqué la dépendance de son adversaire à son collier, il ne pouvait pas le laisser le rattacher sur son cou.

Pendant que Naghen trimait pour attacher son amulette, Bezia bondit avec une puissance époustouflante et lui flanqua sur les cotes un énorme coup de queue qui lui fit lancer l'amulette en l'air. Naghen n'était désormais plus capable d'anticiper les attaques du mi-homme mi-crocodile.

— Depuis le temps que j'attends ça, toi et moi combattant à armes égales. Se réjouit l'homme-crocodile.

— Il y a bien longtemps que cela aurait dû avoir lieu. Rétorqua le monstre Naghen en se relevant...

Bezia bondit aussitôt sur lui. Naghen lui lança un coup de griffe mais il se baissa pour l'esquiver, puis à son tour il envoya un premier coup de queue sur les jambes de Sourouk, ce dernier sauta pour esquiver mais à son atterrissage, un deuxième coup de queue l'attendait. Ce qui lui fit s'écraser une fois de plus sur le sol.

De ses mains géantes, Bezia s'empara des pieds de son ennemi, et se borna à le soulever pour ensuite l'écraser sur le sol à plusieurs reprises. Puis ne laissant pas un instant de répit à son adversaire, il s'assit sur le corps de Naghen et le martela de multiples coups de poing. Au bout de quelques coups encaissés Naghen réussit enfin à saisir les mains rugueuses de Bezia, et lui fit une prise qui le flanqua à son tour sur le sol.

Ils roulèrent ensemble par terre tous en essayant chacun de se placer au-dessus de l'autre. Naghen ayant réussi à se libérer de l'étreinte de Bezia, courut aussitôt au bord de la falaise pour récupérer son amulette. Il réussit enfin à se le passer au cou. Cependant, Bezia qui ne s'était pas reposé sur le sol, se rua lui et tous deux tombèrent dans le vide.

Ils continuèrent à se frapper dans les airs jusqu'à ce qu'ils amerrissent dans la rivière au pied de l'immense falaise.

Dans leur chute, Naghen prit l'ascendant sur Bezia, il lui donna un premier coup, puis un deuxième avant que la situation ne s'inverse à l'avantage de Bezia. Ils continuèrent à se frapper dans les airs jusqu'à ce qu'ils amerrissent dans la rivière.

Au contact de l'eau, Bezia sentit sa force se décupler. Ce sentiment était si agréable qu'il oublia instantanément Naghen pour se revitaliser. Naghen quant à lui, battit des pieds et des mains pour retourner à la surface de l'eau.

Tapis au fond de la rivière, regardant son adversaire de ses vicieux yeux de crocodiles, Bezia tenait là le bon moment pour sa revanche. Naghen posa ses deux mains sur le bord de la rivière, un sourire fendit ses lèvres quand il crut qu'il allait rejoindre la terre ferme quand brusquement, une immense queue de crocodile s'enroula sur son cou. Bezia tira Sourouk sous l'eau. Pendant que Naghen se débattait pour se libérer de son étreinte, Bezia le regardait dans les yeux.

L'élu du crocodile voyait avec beaucoup de satisfaction dans les yeux de son adversaire son sentiment d'impuissance et la peur de la mort. À chacune des pensées douloureuses qui revenaient dans sa tête, il resserrait plus fort la pression de sa queue. Il maintint Sourouk sous l'eau jusqu'à ce que ce dernier n'ait plus d'air pour respirer. Ses forces vitales le quittèrent et il finit par se noyer.

Après plusieurs minutes passées sous l'eau, Bezia sortit enfin sa tête et prit un grand coup d'inspiration. Il regarda le corps de Naghen flotter sur quelques mètres quand brusquement des crocodiles surgirent de nulle part et se le partagèrent.

***

Bezia reprit sa forme humaine. Il s'était souvent demandé si la mort de Naghen allait soulager tout son chagrin. Il était encore trop tôt pour qu'il ait la réponse à cette question, mais Bezia savait qu'il n'allait plus avoir à regarder par-dessus ses épaules. Les visages de toutes les personnes qui avaient partagé l'aventure avec lui défilèrent devant ses yeux. Ce n'est qu'en ce moment qu'il se rappela qu'Acyl, Eveneye et Kiara était tombés dans le vide. Sans perdre une seconde de plus, Bezia nagea rapidement vers le rebord. Il posa ses mains sur la terre ferme et d'une poussée énergique, il se hissa en dehors de la rivière. Il parcourut à vive allure les quelques mètres qui les séparait quand il aperçut Acyl et Kiara assis autour d'Eveneye.

— Eveneye non ! Cria-t-il en s'empressant de se jeter sur ses deux genoux à son chevet.

— Où est Naghen ? Demanda-t-elle difficilement.

— Il est mort. Tout est fini ! Dit-il.

— Eveneye qu'est-ce qui ne va pas ? Il vérifia rapidement sur son corps à la recherche de la blessure qui l'avait mise dans cet état.

En soulevant son haut il aperçut une grosse morsure, des dents aiguisées avaient transpercé sa peau.

— Bezia j'ai essayé de t'aider autant que je le pouvais !

— Je le sais Eveneye et je ne te laisserai pas mourir.

— Acyl, Kiara s'il vous plaît, aidez-moi, ne la laissez pas mourir !

— J'ai une idée Bezia. Dit Kiara.

— Vas-y, fais quelque chose, n'importe quoi du moment que sa vie ne soit plus en danger.

— Essaye de la maintenir éveillée et surtout en vie, je reviens dès que possible avec un remède, toute seule je n'y arriverais pas !

— Quel remède ?

— Fais-moi confiance. Je vais faire vite.

— Acyl, va avec elle et assures-toi que rien ne la retarde. Ordonna Bezia.

Acyl acquiesça d'un signe de la tête et Bezia se retourna ensuite vers Eveneye.

— Bezia je suis fière de toi, c'est juste dommage que nos chemins se séparent aussi vite.

— Eveneye écoute-moi, j'ai besoin que tu reste éveillée car ce que je vais te dire est très important pour moi. Considère ça comme un dernier service que tu me rends.

— Je veux te rendre service.

— Je sais. Dans ce cas, concentres-toi et ne rate pas une miette de ce que je vais te dire.

— D'accord, je t'écoute.

— Quand je t'ai aperçu pour la première fois, tu es rentré dans ma vie comme un ouragan, j'ai tout de suite su que plus rien ne sera plus jamais pareil. Je ne t'aimais pas beaucoup au premier abord. Tu m'as semblé impulsive, tu ne respectais pas les mêmes codes de conduite que les autres. Je n'ai d'abord pas aimé cela. Au fur et à mesure que je te voyais j'ai vite compris que je connaissais très peu de personnes qui font exactement ce que leur dicte leur instinct. C'est en ce moment que j'ai enfin compris que plus rien n'allait être pareil dans ma vie. Je me suis efforcé de mettre un voile devant mes yeux pour ne pas voir ce qui est une évidence ; que je t'aime. Un amour difficile et interdit mais pourtant bien réel. Avec toi je n'ai pas besoin de faire semblant. À toi je peux montrer la lumière de mon âme sans que ça ne t'éblouisse, et l'obscurité de mon cœur sans que tu ne t'y perdes. Aujourd'hui plus que jamais, j'ai besoin de toi pour que tu me tiennes la main et qu'avec ta lumière tu m'aides à traverser ce côté obscur sans que je ne m'y égare. Si j'étais un roi parmi les hommes, tu ne serais certainement pas ma reine, la population ne nous aimerait pas (rire), mais si je deviens un lion parmi les animaux, je veux que tu sois ma lionne, car aux côtés de tout grand homme se tient une grande femme, et toi je te vois tellement grande que je me dis que j'ai intérêt à être un géant. Aujourd'hui je réalise qu'on ne sait pas ce que demain nous réserve, que hier n'est plus qu'un souvenir, et qu'on n'a qu'un contrôle éphémère sur aujourd'hui. Par conséquent je m'en veux d'avoir attendu tout ce temps pour t'avouer mes sentiments. Je suis conscient que du moment qu'un homme dit « je regrette » c'est que c'est trop tard pour changer quoi que ce soit mais moi je me plais à croire que j'aurais une seconde chance, car tout le monde mérite une rédemption. Ce que je te demande aujourd'hui Eveneye c'est de vivre.

En relevant sa tête, Bezia se rendit compte qu'Eveneye avait les yeux fermés. Il ignorait depuis quand elle ne l'écoutait plus. Il se mit à la secouer énergiquement tout en criant « n'abandonne pas, bats toi, reste avec moi ».

Eveneye ne respirait quasiment plus. Alors que Bezia pensait que tout espoir était perdu, il vit Acyl, Kiara et tous les frères Woulou arriver en courant.

— Pousses-toi Bezia ! Ordonna Saulo.

— Qu'est-ce qui se passe ?

— Non je ne veux pas la laisser.

— Fais-nous confiance Bezia. Nous savons ce que nous faisons.

— Bezia, fais ce qu'ils te demandent, s'il y a bien des gens qui peuvent la sauver c'est bien eux. Intervint Acyl.

Acyl eut un ton rassurant, auquel Bezia n'a su résister. Il s'arrêta alors pour observer les neufs gros chiens recouvrir le corps d'Eveneye.

— As-tu une idée de ce qu'ils lui font ?

— Kiara m'a expliqué sur le chemin qu'ils avaient un pouvoir de guérison avec leurs langues. En léchant une blessure, ils sont capables de la soigner.

— Je pensais que c'était une fausse idée que les gens avaient de ce geste des chiens.

— Tu as raison, mais ne vois-tu pas qu'ils ne sont pas des chiens comme les autres ?

— Tu as l'air de bien leur faire confiance !

— Ils m'ont expliqué que chacun d'entre eux arrivait à soigner de petites blessures. Plus ils sont nombreux, mieux ils arrivent à guérir. Quand ils s'y mettent tous, ils sont capables de faire repousser un organe.

— Impressionnant ! Commenta Bezia.

Evenye étant recouverte par la famille Woulou, seul son pied gauche était à découvert, Bezia le fixa de ses yeux mouillés par la peur en espérant de toutes ses forces le voir bouger. Après quelques longues minutes de suspens, un sourire fendit les lèvres des frères jumeaux quand Eveneye bougea un orteil.

EPILOGUE

Bezia en avait fini avec l'élu des hyènes. Grâce au puissant pouvoir des Woulou, Sanou avait retrouvé l'usage de l'ouïe et de la parole. Le fait d'en avoir été privé pendant un si long moment, ne lui avait pas servi de leçon, elle recommença les commérages là où elle les avait arrêtés. Bezia ne pouvait s'en plaindre car étant seule à connaitre la vérité dans le village, elle avait profité de ses facultés retrouvées pour rétablir la bonne réputation du jeune chasseur. Bezia était passé de l'homme à abattre à l'homme à remercier.

Salomé qui était désormais fiancée à Yedei, connaissait elle aussi son moment de gloire. Elle profitait de toute cette nouvelle célébrité pour faire encore plus la belle sous le regard jaloux du jeune élu singe.

La case de Bezia fut entièrement reconstruite par les villageois qui l'avaient saccagé. Acyl et Itaï avaient désormais deux domiciles : la leur dans la savane et une à Olubumi, mais après avoir tenu pendant une demi-journée dans le village, la nouvelle famille de Bezia retourna dans la savane où elle se sentait le mieux.

Pour honorer les dernières volontés de sa grand-mère, Bezia avait décidé de continuer son histoire avec Maïssa. Un choix qui était très loin de lui déplaire d'ailleurs. Cependant, pour que la relation soit plus officielle, il lui fallait franchir un dernier obstacle : être officiellement présenté à ses parents. Pour l'occasion, il avait coupé ses cheveux crépus, ce qui lui donnait une allure plus soignée. Grâce aux conseils de Salomé, il s'habilla comme le plus élégant des villageois.

Bezia quittait précipitamment sa case quand il croisa Yedei sur le pas de la porte.

— Où vas-tu comme ça ? S'étonna Yedei, agréablement surpris par l'accoutrement de son ami.

— C'est aujourd'hui que je rencontre pour la première fois les parents de Maïssa ! Répondit-il stressé.

— Tu ne peux pas faire cela ! Rétorqua Yedei.

— Il faudra bien le faire tôt ou tard, pourquoi ne pas le faire maintenant ?

— En faisant cela, tu tireras définitivement une croix sur Eveneye !

En entendant le prénom d'Eveneye, une vague de tristesse envahit immédiatement Bezia. Il n'avait plus revu Eveneye depuis qu'elle avait été soignée par les chiens. Il lui avait ouvert son cœur quand il croyait qu'elle n'allait pas survivre.

— Dis-moi au moins quelque chose Bezia parce que je ne suis pas sûr de te comprendre ! Relança Yedei pour tirer son ami hors de ses pensées.

— Je suis perdu Yedei ! Confia Bezia. Quand je vois Eveneye, j'ai l'impression que plus rien d'autre ne compte à mes yeux. Je pourrais l'aimer de toutes les manières possibles d'aimer, que je ne serais pas satisfait. Pourtant j'ai donné ma parole à ma grand-mère et à Maïssa que je ne me défilerais pas.

— Et Maïssa, tu l'aimes comment ?

— Comme si mon devoir était de l'aimer, je la sens proche de moi, je ressens le besoin de la protéger. C'est assez difficile à expliquer, mais je crois que j'aime ça.

— Tu es entrain de me dire que tu les aimes toutes les deux, si je comprends bien.

— Tu n'as pas besoin d'en rajouter, je me sens cruel de ressentir de tels sentiments pour les deux.

Un sourire déforma les lèvres de Yedei, il secoua la tête comme si une mauvaise pensée traversait son esprit. Bezia connaissait parfaitement son ami, il savait qu'il mourrait d'envie de donner son avis, alors il lui dit ce qu'il attendait pour se lancer.

— Yedei, dis-moi ce que tu penses de tout ça car je suis complètement perdu !

— Bezia, tu sais mieux que quiconque qu'on ne peut lutter contre sa nature. Te forces-tu à aimer les deux ?

— Non !

— Est-il difficile d'aimer les deux ?

— Non !

— Alors peu importe qui te dira que c'est impossible d'aimer deux personnes. Tu pourras choisir de faire comme tout le monde et essayer de t'en convaincre, ou être honnête avec toi-même. Bien entendu, la communauté dans laquelle nous vivons t'impose un choix, sois un homme et assume ton choix.

— Dans ce cas, je choisis Maïssa.

— Je ne te demanderais pas pourquoi !

— Merci.

— Pourquoi ?

— Parce que je n'aurais pas la force de le dire à haute voix. Répondit Bezia, la tête baissée.

Yedei regarda son ami se diriger vers la demeure de Maïssa. Si Bezia pensait qu'il avait définitivement fait son choix, Yedei quant à lui savait que ce n'était qu'une question de temps car il fallait plus d'une vie pour oublier des sentiments aussi rares et aussi uniques que ceux qu'il ressentait pour Eveneye. Pendant un moment, ils devront se contenter de savourer à sa juste valeur l'agréable supplice qui est d'être inconditionnellement attiré par quelque chose sans pourtant l'avoir.

Maïssa qui l'attendait devant sa case depuis un moment, fut plus amoureuse que jamais quand elle vit Bezia arriver dans son nouveau style. Elle alla à sa rencontre et ils se tinrent par la main.

— Tu penses que comme ça, j'ai une chance qu'ils m'acceptent comme gendre ? Demanda Bezia, fier de sa tenue.

— Je n'ai aucun doute sur cela ! Répondit-elle.

Ensemble ils entrèrent dans la case de Maïssa où ses parents l'y attendaient.

— Père, Mère, officiellement je vous présente Bezia, le petit-fils de Zaza.

— On ne nous avait pas menti sur ton charme Bezia ! Lança la mère, pendant que le père resta silencieux.

Le sourire radieux de Bezia s'élargit sur ses lèvres en croisant les yeux de sa future belle-mère, mais disparu complètement quand il aperçut le visage de son père. Même s'il ne l'avait croisé qu'une seule fois, Bezia ne pouvait oublier Mandjou. C'était lui qui avait suggéré à Yedei et à Naghen de se battre pour le cœur de Salomé.

— Laissez-nous seuls, Bezia et moi avons des choses à nous dire. Lança Mandjou.

— Bonne chance ! murmurèrent Maïssa et sa mère à l'unisson avant de sortir de la case.

— Je t'avais dit qu'on allait se revoir, Bezia du crocodile. Lança Mandjou en se tenant debout.

Il avança jusqu'aux côtés de Bezia avant de s'arrêter en face de lui. Le jeune homme ne prononça aucun mot. Il ne pouvait pas s'y tromper, les expressions de son futur beau-père n'étaient point accueillantes.

— Ceci n'est pas une affaire de femmes ! Dit Mandjou. Toi et moi savons qui tu es, et ce en quoi tu peux te transformer. Tu te doutes bien que ce n'est pas dans une maison comme la tienne que je vais envoyer mon unique fille.

— Même si je n'ai pas choisi ce en quoi je peux me transformer comme tu le dis si bien, je n'en suis pas moins fier pour autant. Ce dont m'a permis de sauver des vies et je ne l'utiliserais jamais pour faire du mal. Je pense qu'un homme comme moi, ne peut pas nuire à votre fille.

— Ce n'est pas de cette manière que je l'entends. Aussi je ne voudrais pas passer pour le méchant dans cette histoire. Par conséquent j'attends de toi que tu sois celui qui va se désister.

— N'est-ce pas à Maïssa de choisir ?

420

— Maïssa est encore une enfant, elle ne sait pas vraiment ce qu'elle veut et elle ne sait pas non plus dans quoi elle s'embarque.

— Je compte bien le lui dire !

Irrité, le père de Maïssa frappa énergiquement son poing contre le mur.

— Tu n'as pas l'air de me comprendre. Si tu ne fais pas ce que je te demande, tu verras que je peux te nuire bien plus fort que ne l'a fait Naghen.

— Si vous savez ce dont je suis capable, vous ne devriez pas vous lancer dans de telles menaces !

— Crois-moi mon garçon, tu es encore un débutant. Tous les secrets de ce village n'ont pas encore été révélés.

— Je sais qu'il n'y a qu'un seul élu dans tous les clans. Étant donné que tu fais partie du clan des crocodiles, tu ne me feras pas croire que tu détiens une quelconque aptitude.

Le père de Maïssa éclata d'un sourire sonore pour signifier à Bezia la naïveté de ses propos.

— C'est une certitude que tu n'auras plus si tu ne restes pas loin de ma fille.

Les deux hommes se regardèrent dans les yeux. En voyant qu'il n'était soudainement plus capable de lire les émotions de Mandjou, Bezia comprit que tout son discours n'était finalement pas du bluff.

— À présent, nous n'avons plus rien à nous dire. Trouve le moyen de rester loin de ma famille de ton propre gré, sinon je me sentirais obligé de t'y contraindre.

— On va en rester là pour aujourd'hui mais sachez que les menaces ne me font pas peur, par conséquent je vous promets que ce n'est pas la dernière fois que vous entendrez parler de moi.

Un sourire fier fendit brièvement les lèvres du père de Maïssa. Il tendit sa main pour serrer celle de Bezia. Décidé à rester courtois, Bezia accepta de la serrer. La main de Mandjou commençait à écraser la sienne quand il riposta. Bezia qui, de ses mains nues pouvait arracher un tronc d'arbre, n'arriva pas pour autant à écraser la main de l'Homme en face de lui. Ils desserrèrent leurs poignes avant que Bezia ne quitte à son tour la case.

— Comment ça c'est passé ? S'empressa de demander Maïssa dès qu'elle croisa Bezia.

— Ce ne sera pas encore pour aujourd'hui Maïssa ! Je dois d'abord faire mes preuves ! Sourit-il.

***

Quelques heures plus tard. Au crépuscule un groupe d'individus se regroupa secrètement. Dans le groupe on retrouvait Bandiougou le griot du village, Ouley la sorcière ennemie de Kajia, Mandjou le père de Maïssa et deux autres visages inconnus.

— Je vous ai réunis aujourd'hui pour vous parler des jeunes élus. D'aussi longtemps que j'occupe mon poste de sorcière principale, j'ai connu plein d'élus comme vous, ne jamais faire usage de leurs pouvoirs. Ça ne fait pas longtemps que cette nouvelle génération a découvert son pouvoir et le village est passé à deux doigts d'y passer.

— Qu'est-ce que tu suggères Ouley. Demanda Bandiougou.

— Quand j'ai rencontré Naghen, Acyl ou même Bezia, j'ai tout de suite vu qu'aucun d'entre eux, n'utilise ses pouvoirs au service de la cause pour laquelle ce sort a été lancé. Par conséquent, je juge nécessaire qu'ils doivent en être privés.

— Eux et leurs totems ne font qu'un. Les en débarrasser signifie également les tuer. Remarqua une fois de plus Bandiougou.

— Hélas, je ne vois pas d'autres solutions.

— On ne peut pas faire cela, ils ont quand même délivré ce village de l'ambition de Kajia. Objecta Bandiougou.

— Nous sommes plusieurs dans ce conseil, je vous propose de faire un vote. Chacun des membres du conseil réfléchira un instant avant de donner son vote. Proposa Mandjou.

Les deux inconnus votèrent : oui. Ils furent suivis par Ouley et le père de Maïssa. Seul Bandiougou trouva l'idée insensée mais il ne pouvait aller à l'encontre de la décision du conseil auquel il avait juré fidélité. Cependant, il prit quand même le soin de souligner un point qui n'était pas à négliger.

— Chango ne vous laissera jamais faire du mal à ses enfants !

La pièce commença à trembler sous le bavardage qui s'installa à l'entente de ce prénom.

— Calmez-vous mes frères ! Dit Mandjou. Ça fait une éternité que plus personne n'a entendue parler de lui. Même s'il est vivant et qu'il décide de se montrer, nous avons des alliés bien plus redoutables que lui. Il devra accepter cette sentence ou il subira le même sort que ses enfants.

FIN

Connectez-vous avec moi :

Twitter : www.twitter.com/lasandco
Site web : www.lassanatoure.com
Facebook : www.facebook.com/TotemsLeLivre